U0074588

張隆溪

隆溪文集

張隆溪——著

韓晗——主編

第四卷

本卷包括《闡釋學與跨文化研究》及
《二十世紀西方文論述評》兩書

目　次

闡釋學與跨文化研究　　　　　　　　　　　　　　　　　*5*

序　　　　　　　　　　　　　　　　　　　　　　　　*7*

1.闡釋學的基本觀念　　　　　　　　　　　　　　　*11*

2.經典、權威與解釋的合理性　　　　　　　　　　　*38*

3.語言、藝術與審美意識　　　　　　　　　　　　　*69*

4.闡釋學與跨文化研究　　　　　　　　　　　　　　*99*

5.科學與人文　　　　　　　　　　　　　　　　　　*127*

二十世紀西方文論述評　　　　　　　　　　　　　　　*141*

前記　　　　　　　　　　　　　　　　　　　　　　*143*

管窺蠡測——現代西方文論略覽　　　　　　　　　　*145*

誰能告訴我：我是誰？——精神分析與文學批評　　　*152*

作品本體的崇拜——論英美新批評　　　　　　　　　*162*

諸神的復活——神話與原型批評　　　　　　　　　　*171*

藝術旗幟上的顏色——俄國形式主義與捷克結構主義　*184*

語言的牢房——結構主義的語言學和人類學　　　　　*195*

詩的解剖——結構主義詩論　　　　　　　　　　　　*207*

故事下面的故事——論結構主義敘事學　　　　　　　*219*

結構的消失——後結構主義的消解式批評　　　　　　*232*

神・上帝・作者——評傳統的闡釋學　　　　　　　　　　244

仁者見仁，智者見智——關於闡釋學與接受美學　　　255

附錄：學術著作年表　　　　　　　　　　　　　　　　267

闡釋學與跨文化研究

序

　　這本小書的內容是筆者應復旦大學邀請，2011年十一月下旬在復旦所做「光華傑出人文學者系列講座」的演講，總題目是「闡釋學與跨文化研究」。在復旦一共演講了四次，其中有三講的基礎是2007年元旦後數日，我應邀在臺灣大學人文社會高等研究院所做高研院人文講座的演講。這次整理成書，除在復旦的四講之外，又增加了「科學與人文」的第五章。所以本書的內容是在臺灣大學和復旦大學兩次講座的基礎上完成的，還包括了在復旦四次演講後的問答。在此我首先要感謝復旦大學和楊玉良校長的盛情邀請，感謝復旦大學外文學院院長儲孝泉教授，感謝臺灣大學人文社會高等研究院院長黃俊傑教授，還要感謝復旦演講後整理問答部分紀錄稿的朋友。

　　本書的主要內容是以德國哲學家伽達默（Hans-Georg Gadamer, 1900-2002）的著作為基礎，討論闡釋學的基本觀念，並著重討論人文研究在我們這個時代的意義和價值，以及跨文化理解的問題。闡釋學是關於理解和解釋的理論，涉及人類認識的各個方面，而伽達默尤其強調語言和書寫的文本，強調經典和傳統，強調人文和藝術的理解和解釋。他強調說，我們生命中的真和美不是按照數量化的科學方法可以計算的價值，也不是這種科學方法可以窮盡瞭解的價值。這樣理解起來，闡釋學就成為在二十世紀為人文價值辯護的理論，而對數量化科學方法的批評使得闡釋學不僅是一門理論，而且成為一種有相當靈活性和創造意義的藝術。也許正因為如此，闡釋學雖然是二十世紀西方發展出來的一種

理論，但比較起如解構論（deconstruction）等其他有一套方法可循的理論來，在學界就始終不是那麼流行。我對闡釋學深感興趣，一個原因正在於這不是一種容易僵化的理論，沒有一套可以按部就班去操作的方法，不是一旦學會就可以到處套用的教條。闡釋學深化我們對理解本身的理解，所以具有哲學的理論意味，而如何理解，理解到怎樣的深度，又和理解者本人的眼界和知識準備密切相關，具有藝術創造的自由度和人文研究獨特的個人性質。我對闡釋學感興趣的另一個原因，還在於闡釋學在西方是以希臘羅馬經典闡釋傳統和聖經闡釋傳統為基礎，也就是以經典及其評注為基礎，來探討語言、理解和解釋的問題。在中國文化傳統中，我們有儒、釋、道的經典和評點注疏的傳統，有文學經典及其闡釋的傳統，所以西方闡釋學討論的許多問題，我們在中國文化傳統中很容易找到相應的問題和討論，也就可以在東西比較研究的框架下來理解闡釋學的許多概念，探討許多問題。我們可以說，普遍的闡釋問題為東西方比較研究打開了一片廣闊的領域。

　　本書按照在復旦大學演講的次序，第一章首先說明闡釋學這個名稱的來源和基本定義，尤其從中國和西方跨文化研究的角度，討論闡釋問題的普遍性，評論伽達默主要著作《真理與方法》及其重要性，然後大致梳理闡釋學在德國哲學傳統中從施賴爾馬赫、狄爾泰到胡塞爾、海德格爾，再到伽達默的發展歷史，並集中討論闡釋學的幾個基本概念，包括闡釋循環、理解的先結構和先見、理解者的眼界或視野，以及視野之融合等等。第二章討論經典的解釋、傳統對於現在的意義，說明真正的權威不是外在強加於人的，而是經過自己理性的判斷和選擇、自動尊重和服從的權威，最後討論理解的多元與理解的合理性問題，說明文本或事物本身可以為理解提供一個基本框架和範圍，防止脫離文本本意的過度詮釋。第三章討論藝術和審美意識，強調人的精神生活和文化價值的重要，討論康德《判斷力評判》和自亞里斯多德以來為詩辯護的傳統，說明西方藝術，尤其是繪畫藝術的本體意義、審美經驗的「同時性」概

念，以及美與真和美與善之統一。第四章討論東西方文化之間的差異和相互理解的問題，差異的存在是毋庸置疑的，但在闡釋學上有意義的問題是：我們要如何克服語言、文化、歷史和社會等各方面的差異，達到不同文化傳統之間的相互理解？在西方，尤其在法國，有一個把中國視為「他者」的傳統，當代美國學者中也有類似的論述。批判這種把文化差異互相對立起來的文化相對主義，是達到跨文化理解的前提。以上四章就是在復旦大學演講的內容，現在整理成書，我又增加了原來就計畫有的第五章，討論科學與人文的關係，通過論述想像在科學研究中的重要，消除科學與人文之間的簡單對立。無論科學還是藝術或人文研究，都是人類認識自然和世界的成果，都是人對自然和人類社會的理解和解釋，也就都是闡釋學關注的問題。伽達默針對十九世紀以來科學主義無所不在的壓力，強調藝術和人文精神的價值，這是非常重要的貢獻。與此同時，我們也要避免把科學與人文簡單對立起來，而忽略了二者在更深層次上的關聯。

語言、表達和理解是人生當中無處不在的普遍現象和普遍問題，在這個意義上，可以說闡釋學包含了一切理解和解釋的問題。但與此同時，普遍的哲學闡釋學也就沒有一個特別具體的角度，不會提供一個可以操作的方法，可以教人按部就班、循序漸進地去解讀一個文本，完成一篇論文。在十九世紀，以天才無意識創造的理論為基礎，施賴爾馬赫曾說，闡釋的任務是最終比作者本人理解得更好，但在二十世紀的闡釋學理論中，伽達默強調理解者各自的視野和闡釋的多元，認為只要有理解，就一定是不同的理解，但不必是更好的理解。如果闡釋只是讓我們知道理解和解釋有多種可能，既不提供一個唯一可靠的理解，也不提供一個可以讓人依從的方法，也許就有人會問：瞭解闡釋學還有什麼用呢？在某種意義上，這正是哲學面臨的一個基本問題。老子出關前，關令尹要他著書立說，以明道德之意，而他一開始就說：「道可道，非常道；名可名，非常名」，也就是說，道德之意不是可以言說的，所以讀

書大概是無用的。《莊子‧知北遊》說得更清楚:「道不可聞,聞而非也。道不可見,見而非也。道不可言,言而非也。」既然不可言說,讀書討論還有用嗎?《天道》篇裡說齊桓公在堂上讀書,在堂下做車輪的輪扁不是就對他說:「君之所讀書,古人之糟魄已乎?」然而《莊子‧外物》很有趣的一段,又講出了另一個道理,或者說道理的另一面,那就是用與無用的辯證關係。莊子常說語言無用,惠子就針鋒相對地說,你的語言也無用。莊子卻回答說:「知無用而始可與言用矣。」他接著還舉例說,地雖廣大,「人之所用容足耳」,腳踏的一片地方很小,其他的地方就「容足」而言,都是無用的。可是把腳踏的一片地方都去掉,人還能動嗎?所以莊子總結說:「然則無用之為用也亦明矣。」從實用的眼光看來,人文研究的東西大概都沒有用,既不能生產殺人的武器,也不能生產救人的藥物,既無補於家常日用,又無助於技能工巧。但換一個角度看來,人文研究也許「生產」的是最有價值的東西,那就是訓練人的頭腦和思維,培養人的性情和倫理觀念,使人的生命具有真正的價值和意義。伽達默在闡釋學中強調的,就正是這樣的人文精神。我們今天所需要的,也正是這樣的人文精神。

張隆溪

2012年2月24日序於香港

1.闡釋學的基本觀念

　　闡釋學是從西文翻譯過來的名詞，有人又譯為詮釋學或解釋學。這個詞的原文在德文裡是Hermeneutik，英文是hermeneutics，自十七世紀以來，這個詞的意思就是解釋的理論，或解釋的藝術。從辭源上看，這個詞來自希臘神話中為諸神傳達資訊的神使赫爾墨斯（Hermes），而瞭解赫爾墨斯是怎樣一個神，對於我們理解以他命名的闡釋學（hermeneutics）之性質，就會有所幫助。

　　赫爾墨斯是眾神之王宙斯和仙女邁雅（Maia）的兒子，剛剛出生就從搖籃裡爬出來，跑到奧林帕斯山附近，偷了太陽神阿波羅放牧的牛。他把這些牛藏在庇洛斯的山洞裡，而且一路滅掉牛群走過的痕跡。他還殺了兩頭牛，又殺了一隻龜，用龜殼和牛的內臟做成一把七弦琴。太陽神阿波羅是一位重要的神，也是宙斯的兒子，算起來還是赫爾墨斯同父異母的兄弟。他發現牛被盜，就找到邁雅那裡，但赫爾墨斯乖乖躺在搖籃裡，做出一副天真無邪的模樣，好像根本沒有做過壞事。然而宙斯早把一切看在眼裡，赫爾墨斯無法抵賴，只好帶阿波羅到山洞去，把那些牛如數歸還。阿波羅喜歡赫爾墨斯發明的七弦琴，就拿牛和他交換。後來還把牧牛的神杖送給他，所以赫爾墨斯手中有一根具有奇妙法力的神杖（Caduceus），上面繞著兩條蛇。赫爾墨斯是醫生的保護神，他手持那根繞著兩條蛇的神杖，後來常常和希臘神話中另一位醫神阿斯勒丕亞斯（Asclepius）只有一條蛇的神杖混淆起來，成為西方醫藥界的徽章。不過蛇與醫藥相關，象徵醫術是把握毒藥與良藥、生與死這樣正

反兩面的辯證關係。對毒藥與良藥之間的辯證關係，中國古人也早有認識。《周禮・天官》謂「醫師掌醫之政令，聚毒藥以共醫事，」鄭玄注說：「藥之物恒多毒，」就特別指出藥物往往具有毒性，但只要使用得當，對患病的人說來，又可以成為良藥。這說明東西方文化對事物變化的辯證關係，都有深刻的認識。[1]神使赫爾墨斯頭戴一頂有翼的帽子，腳穿一雙有翼的鞋，行動神速，來無影，去無蹤。可見他生來就很淘氣，機敏狡猾，善於裝扮，也很有創造力。他不僅發明七弦琴，還用蘆葦做成排簫，又發明了一些體育活動的遊戲。他一方面是旅行者和商人的保護神，另一方面又是小偷的保護神，似乎處處體現出正反兩面。就像羅馬詩人維吉爾描寫那樣，赫爾墨斯舉著神杖，

　　既能把蒼白的鬼魂從冥界喚起，又能把他們送去那裡，

　　既能讓他們長眠，又能讓死者重新張開兩眼。[2]

　　作為神的信使，赫爾墨斯往返於神人之間，傳達神的資訊，而他說的話即所謂神諭（oracle），往往模棱兩可，頗類《老子》七十八章所謂「正言若反」，必須通過辨析，有時甚至要通過痛苦的經驗，才可能理解。因此，由赫爾墨斯之名產生的hermeneutics即闡釋學，就意味著真正的理解和認識，都不是輕而易舉就可以獲得，而必須通過認真思考的努力才可能達到。因此闡釋學一個基本的前提，就是對語言抱審慎的態度，認為語言雖有傳達意義之功能，但語言表述和意義之間，往往無可避免有不同程度的差距，所以我們對於一切語言表達，都需要通過仔細思考和分析，才能達於正確的理解。最先建立普遍闡釋學理論的德國

---

[1]　關於良藥與毒藥的辯證之理，請參見拙著《同工異曲：跨文化閱讀的啟示》第三章（南京：江蘇教育出版社，2006），頁47-72。

[2]　Virgil, *The Aeneid*, trans. Rolfe Humphries (New York: Charles Scribner's Sons, 1951), Book IV, p. 95.

學者施賴爾馬赫就說：「闡釋學中唯一的先決條件就是語言，其餘需要去發現的一切，包括其他主觀和客觀的先決條件，都必須在語言中去發現。」[3] 人們常常以為語言和意義一一對應，理解不成問題。但施賴爾馬赫區分作為內在語言的思考和外在語言的表述，認為二者並非同一。思想作為內在語言沒有表達的問題，「然而一旦思考者發現有必要把他所思考的東西固定下來，說話的藝術就由此而產生，也就是說，原來內在的說話發生了轉化，於是解釋也就變得必要。」[4] 由此可見，一旦思想要通過語言來表達，就必然產生內在思考與外在表達之間的距離，而只有通過理解和解釋，才可能克服這個距離。所以理解絕非自然而然就可以達到，恰恰相反，施賴爾馬赫認為從更嚴謹的闡釋學觀點看來，以為理解可以自然而然產生，誤解只是偶然發生的情形，那是一種比較弱的闡釋觀念，而更強的闡釋學觀念則必須作這樣一個基本的假定，那就是「誤解是自然而然產生的，因此理解必須在每一步都要有意識地去爭取。」[5] 闡釋學一方面以語言為先決條件，另一方面又對語言的達意能力，持審慎保留的態度。闡釋意味著對語言和文字都要作一番考察，要透過表層的敘述，深入到意義的內涵實質。

在希臘神話中，眾神和著名的英雄都往往有欺詐行為。上面所講赫爾墨斯的故事是一例，荷馬筆下的奧德修斯是又一例。希臘人久攻特洛伊城而不能勝，最後由足智多謀的奧德修斯想出一條妙計，讓希臘軍隊偽裝撤退，卻在特洛伊城外留下一隻巨大的木馬。特洛伊人不知有詐，將木馬拖進城內，到夜半時分，藏在木馬中的希臘兵士傾巢出動，才一舉攻佔了特洛伊城。這正所謂兵不厭詐，可見奧德修斯是一個善於使用欺詐手段的軍事謀略家。特洛伊戰爭打了十年，希臘人用特洛伊木馬這

---

[3] Friedrich Schleiermacher, *Hermeneutics: The Handwritten Manuscript*, trans. James Duke and Jack Forstman (Missoula: Scholars Press, 1977), p. 50.

[4] 同上，頁97。

[5] 同上，頁110。

樣的欺詐計謀獲勝，這是一個有名的故事。戰爭結束之後，奧德修斯在外漂泊遊蕩又過了十年，才終於回到家鄉。但他並沒有立即露面，卻喬裝打扮成一個窮苦老人，經過好一翻周折，瞭解到他的妻子守身如玉，始終如一在等他回來，才殺死糾纏著向她妻子求婚的人，與她重新團聚。在這裡，奧德修斯裝扮的假像和最後表露的真相，和赫爾墨斯有正反兩面一樣，都表現出希臘文化中一個重要的主題，即外表不可靠，表面和實質之間有一定距離，就像前面所說外在語言和內在思想，或語言表述與思想意義之間有距離一樣。柏拉圖《理想國》第七部有關於洞穴的一個著名寓言，就給這個主題以哲學的表現。柏拉圖說，如果一些人從小就被禁錮在一個洞穴裡，不能轉身，面向洞壁而背對著一團火，他們就只看得見洞壁上晃動的影子，以為那就是真實，卻不可能知道事物的真相。即使其中一人能逃出洞外，得見天日，認識事物的真相，也很難返回洞中，說服其他囚禁在洞裡的人，使他們認識到自己所見只是影子，而非真正的現實。這個寓言的確很能表現希臘人對認識論問題的重視，體現在外表下面去探究事物真相和本質的精神。

　　然而，是否只有希臘人和在希臘文化影響下的西方思想傳統，才有這樣一種探究本質的精神，東方文化就缺少這種精神呢？有一位研究中國的西方學者正是抱這種看法。他認為柏拉圖那個洞穴寓言典型地表現了古代希臘人的「認識論悲觀主義，」即認為人的感官所直接感受的現實，都是不可靠的幻象，所以「認識不能由感官得來，而只能由心智獲取。」而他認為與希臘人相比，中國人則有一種「認識論樂觀主義，」即中國人有「認為外表一般都頗可靠，人們能夠以現實為可信那種樂觀主義。」[6] 如果真是如此，那麼中國古人就不可能有什麼闡釋意識，和

---

[6] David N. Keightley, 「Disguise and Deception in Early China and Early Greece,」 *Early China / Ancient Greece: Thinking through Comparisons*, eds. Steven Shankman and Stephen W. Durrant (Albany: State University of New York Press, 2002), pp. 128, 127. 我在為此書所撰的書評中，反駁了這種把中國和希臘簡單對立的看法。參見 *Comparative Literature* 57:2 (Spring 2005): 185-92.

上面施賴爾馬赫所說闡釋學的基本假定相反，中國人會認為理解是自然而然產生的，也就無須有意識地去爭取。西方一些學者往往把中西文化對立起來，把中國的思想文化作為一面反照西方的鏡子，因此常常把中國和西方簡單化，儘量誇大兩者的文化差異。我在此特別提出這一點，因為我希望在討論闡釋學和其他相關問題時，能夠隨時從一個跨文化的角度去看問題，既可以借鄰壁之光，照自家園地，也可以在比較中見出各自的特點，取長補短，達到更真確的認識。要做到這一點，就必須破除東西文化截然對立、互不相通的觀念。如果東西方的思想和學術真有如南轅北轍，風馬牛不相及，那麼我們在這裡討論闡釋學就完全喪失了意義。

可是中國古人在認識論問題上，真是那麼樂觀麼？讓我舉幾個絕不算生僻的例子。《老子》七十章云：「吾言甚易知，甚易行。天下莫能知，莫能行。」《孟子・離婁章句上》：「道在邇而求諸遠，事在易而求諸難。」雖然儒、道不同，但這裡所說的意思卻相差不大，都是說他們講的道理本來很簡單，但一般人卻不能理解，更不能實行。這哪裡像是什麼「認識論樂觀主義」呢？老子出關，因為受關令尹喜之請，不得已而著書，言道德之意五千言。但他開篇就說：「道可道，非常道；名可名，非常名，」即認為可道之道、可名之名，都不是常道至理，因此老子對語言達意的能力，幾乎完全抱否定看法。《莊子・知北遊》更進一步說：「天地有大美而不言，四時有明法而不議，萬物有成理而不說，」以天地四時和自然萬物的井然有序，來證明無須取用乎語言。儒家和道家在思想觀念上儘管很不相同，但是據《論語・陽貨》記載，孔子也曾有「予欲無言」之歎。他的學生子貢不解其意，孔子就反問道：「天何言哉？四時行焉，百物生焉，天何言哉？」這句話的意思和莊子說的話，不是頗為相似嗎？這不也是用天地自然的運行，來否定語言的功能嗎？孔子雖然說「辭達而已矣」（《論語・衛靈公》），好像對語言達意的問題沒有深究，但他又提出「必也正名乎」（《論語・子

路》），可見他也很明確地意識到，名與實之間可能存在差距。從春秋時代的正名到魏晉之間的言意之辯，中國古人對語言和意義的問題有極深入的討論和思考。如果說柏拉圖的洞穴寓言可以代表西方思想傳統對語言的質疑，那麼孔孟和老莊這些話，不也代表了中國古人對語言達意能力的懷疑嗎？那位西方漢學家難道沒有讀過孔孟老莊的書？如果讀過還硬要把中國和希臘對立，說希臘人有「認識論悲觀主義，」中國人有「認識論樂觀主義，」就更足以證明把中國作為反襯西方的「他者」，確實是一些西方人根深蒂固的偏見。

　　至於講到欺詐和偽飾，《韓非子‧難一》說：「戰陣之間，不厭詐偽。」戰國時代兵家的理論，更以詭詐偽裝為一個重要內容。在中國通俗小說中，像《三國演義》描寫的多次戰事，尤其是諸葛亮神機妙算的草船借箭和空城計等章節，更是兵不厭詐最為人熟知的例子。佛教傳入中國後，中國思想中更添加了色、空、幻和實相等觀念，對外表和真實也有更為深刻的認識，有更加豐富的語彙去表達。小說如《西遊記》，就有無數妖魔鬼怪裝扮成各種模樣，最終卻又逃不過孫行者的金睛火眼。孫悟空自己就有七十二變，更是詐偽的一流高手。《紅樓夢》太虛幻境門前有一幅著名的對聯，說是「假作真時真亦假，無為有處有還無。」這幅對聯可以說把中國傳統中關於虛實、有無的思想，做了極為簡練精彩的表述。

　　我舉這些例子不過是想要說明，無論在希臘還是在中國，無論東方還是西方，人們都早已認識到在真與假之間，在外表和實質之間，在語言表達和意義之間，都有程度不同的差距和緊張關係，因此都必須通過一定努力，即通過闡釋的行動，才可能達到較為真確的理解。中西思想和文化傳統當然有各種各樣的差異和區別，但差異只是程度和強調重點的不同，不是思維方式的根本對立，更不是非此即彼，互不相容。只要有語言和表達，就必然有理解的需要。換言之，闡釋意識是普遍存在的。在闡釋學發展中十分重要的德國哲學家狄爾泰曾經說：「當生命的

外在表現（Lebensäu β erungen）完全陌生時，解釋就不可能。當生命的外在表現完全不陌生時，解釋就沒有必要。因此，解釋就處於這兩個互相對立的極端之間。只要有陌生之處，就需要解釋，理解的藝術就應該把陌生轉化為己有。」[7] 這句話講得很有道理，生命的外在表現可以見於生活的各個方面，以各種形式呈現出豐富的內容，包括人的各種姿態、表情和形象，而尤其表現為語言文字的表述，其中大部分都介乎完全陌生和完全熟悉這兩個極端之間，因此闡釋是人生隨時所需，也是隨處可見的現象。闡釋意識的普遍性，並不局限於東方或者西方。

當代闡釋學最重要的理論家是德國哲學家伽達默，他提出「闡釋問題的普遍性，」而他最終是以語言的普遍性來論證這一點，即「理解和語言是密不可分的。」[8] 加拿大學者楊・格隆丹進一步論述說，伽達默所謂「語言和理解是普遍的（universal），」他的意思就是說，語言和理解構成了「我們生存於其間的宇宙（universe）。」[9] 無論東方或西方，任何民族都有自己的語言，語言都是生存環境之一部分，也都是生命表現必不可少的方式，因此任何民族都有理解和闡釋的需要。我們正可以從研究語言、表達、理解這類基本而普遍的問題入手，去探討在東西方文化中都普遍存在的闡釋問題。把闡釋學理論還原到語言、表達、理解這類基本而普遍的問題，就不會是把產生於德國哲學傳統的一種西方理論，生搬硬套挪用到中國或東方的文本上去，而是從東西方不同傳統對語言和理解問題的探討，在比較中去更為深入地認識闡釋學及其普遍意義。

---

[7] Wilhelm Dilthey, *Entwürfe zur Kritik der historischen Vernunft*, in *Gesammelte Schriften*, 17 vols. (Stuttgart: B. G. Teubner, 1914-74), 7:225.

[8] Hans-Georg Gadamer, 「The Universality of the Hermeneutical Problem,」 *Philosophical Hermeneutics*, trans. David E. Linge (Berkeley: University of California Press, 1976), p. 15.

[9] Jean Grondin, *Introduction to Philosophical Hermeneutics*, trans. Joel Weinsheimer (New Haven: Yale University Press, 1994), p. 122.

　　前面已經提到，施賴爾馬赫把語言視為「闡釋學中唯一的先決條件。」伽達默繼承了這個觀點，但對闡釋學本身，則又提出不同看法。施賴爾馬赫認為由於時間的距離，用法的改變，詞義或思想方式的變化，誤解必然會產生，於是闡釋學就以避免誤解為要義。避免的方法是把凡與過去、歷史和原作者本身意圖無關的東西，都全部去除，也即去除屬於現在和理解者本人的因素，因為這些因素都有礙純客觀的理解。伽達默在這裡對施賴爾馬赫理論的描述並不完全準確，因為施賴爾馬赫在康德哲學影響下，其實很注重人認識事物無可避免的主觀性。有學者指出，作為一個神學家，「施賴爾馬赫的理論以對人之主觀性的全面描述開始，這一描述在理論上充分承認不同宗教經驗的合理性，但又不至於滑入相對主義的陷阱。」施賴爾馬赫對人之主觀性的描述「意識到而且強調人的一切知性活動都是有限的，都受一定條件的制約。」[10] 不過伽達默的目的在於批評十九世紀以科學方法和客觀主義為基礎的浪漫闡釋學，認為那種以客觀、科學為標榜的浪漫闡釋學既否定了主觀性，又看不見本身無可避免具有的主觀性。闡釋學既然以語言為先決條件，而語言和理解是生活經驗中非常普遍的經驗，避免誤解也就並非闡釋學唯一或首要的問題。他認為那種科學的方法論，企圖克服自我的主觀性和偏見而「把闡釋意識局限於避免誤解的技術，」本身正是十九世紀以來一個極大的偏見。[11] 十九世紀德國著名史學家蘭克（Leopold von Ranke, 1796-1886）曾認為，歷史思維的理想就是消除個人，歷史意識的任務就是完全排除自我，以便歷史家可以去客觀地理解過去。可是伽達默說，即便是十九世紀那些最能體現蘭克理想的史學名著，「我們也能依據其成書時代的政治傾向，相當準確地將它們分類。當我們讀到莫姆森

---

[10] Jacqueline Mariña, 「Schleiermacher, Realism, and Epistemic Modesty: A Reply to My Critics,」 in Brent W. Sockness and Wilhelm Gräb (eds.), *Schleiermacher, the Study of Religion, and the Future of Theology* (Berlin: Walter De Gruyter, 2010), p. 122.

[11] Gadamer, 「The Universality of the Hermeneutical Problem,」 *Philosophical Hermeneutics*, p. 8.

的《羅馬史》時，我們知道誰才會寫出這樣的書，換言之，我們可以確定這位史學家所處時代的政治環境，他也正是在這樣的環境裡，把過去時代的聲音組織成一個有意義的整體。」[12] 歷史家儘管力求客觀，卻仍然不能擺脫自己所處時代的大環境，這是人作為有限的歷史存在無可避免的局限。

科學家的情形也是如此，儘管科學研究力求做到客觀，但統計的計量方法就可以做例證，說明所謂科學的客觀性其實有主觀因素作為基礎。統計首先要設定統計的問題，這就和做統計的研究者及其環境分不開。所以伽達默說：「由統計確立的好像是一種事實的語言，然而這些事實所回答的是哪些問題，如果提出別的一些問題，又會有哪些事實會開始說話，這就是闡釋學要提的問題。」[13] 通過歷史學和統計學這兩個例子，伽達默希望對所謂純客觀的科學方法提出質疑，並由此對語言和闡釋問題、對人文學科的意義等等，作更加深入細緻的思考。

伽達默最重要的著作是《真理與方法》，而這個標題具有一種反諷意味，因為他要說的一個主要意思，就是人生的真理並不能完全用數量化的科學方法來把握。這當然是現代社會一個具有根本意義的大問題，因為自十七世紀以來，自然科學的發展使人類整個生活方式發生了極大改變，尤其是二十世紀以來，自然科學及其方法的巨大影響，已經不僅止於對自然的研究本身，而且在社會政治和人們的日常生活中也無所不在。尼采不是早就說過：「我們十九世紀最突出的並非科學的勝利，而是科學方法對於科學的勝利。」[14] 這句話值得我們深思。科學的進步的確給現代人的生活帶來了許多便利，從旅行和交往通訊的便捷到醫療技術的改進和壽命的延長，我們到處可以看見科學在現代生活中的積極作

---

[12] 同上，頁6。

[13] 同上，頁11。

[14] Nietzsche, *The Will to Power*, trans. W. Kaufmann and R. J. Hollingdale (New York: Random House, 1967), no. 466, p. 261.

用。但同時我們也看到，正由於科學的發展，武器和軍事技術的改進，二十世紀經歷了破壞性超過歷史上任何其他戰爭的兩次世界大戰，而首先進入現代工業社會的西方和日本曾經不斷向外擴張，在十九世紀和二十世紀初產生出殖民主義和帝國主義，侵佔和掠奪亞洲、非洲和南美許多國家和地區，使歐洲也變成慘酷的戰場，到處屍橫遍野，一片斷壁殘垣，與理性、平等、正義等現代社會的基本價值觀念完全背道而馳。我們享受到科學技術發展的成果，同時又覺得今日世界並不因為科學的發達而使人們的生活變得更充實、更美滿。恰恰相反，科學方法高於一切，生活中各個方面都一概講求實效和利益，而且這種效益又是以量化的方法來統計推算，結果往往是有其量而無其質。在方法控制一切的情形下，社會組織和運作方式往往變得機械，講形式而不顧內容。生活中無法量化但卻十分重要的價值，尤其是精神文化的價值，得不到足夠重視而日益邊緣化，結果造成現代人生活在精神方面的畸形和貧乏。如果說歐洲剛剛脫離中世紀而進入現代的早期，文藝復興時代的人文主義主要針對宗教的壓力為人的精神和文化價值辯護，那麼世界發展到現代甚至後現代的今天，伽達默所著《真理與方法》一個重要意義，便是針對科學或者說科學主義及其計量方法的壓力，為人類的精神文化價值辯護。由此可見，伽達默這部著作不僅僅探討狹義的理解和解釋問題，不僅僅梳理闡釋學發展的歷史，而且在二十世紀新的環境裡，為人文學科的真理和認識價值作出了最具學理的闡述。

明白了這一點，我們就可以理解，為什麼伽達默的哲學闡釋學會特別注重藝術和審美的問題，而《真理與方法》開頭第一部分，就以「藝術經驗中展現的真理問題」為標題，深入討論人文主義和人文學科、康德以來的德國美學，以及藝術品的本體性質及其在闡釋學上的意義等問題。第二部分的標題是「真理問題延伸至人文學科的理解」，著重討論十九世紀浪漫闡釋學，尤其是施賴爾馬赫和狄爾泰的思想，然後由海德格爾對存在與時間的探討，引出伽達默自己的闡釋學理論，這是全書最

為核心的部分。第三部分標題是「由語言指引的闡釋學的本體轉向」，
這部分回到語言問題，討論語言在闡釋經驗裡的仲介作用，語言和概念
形成之關係，以及語言的本體意義等問題。《真理與方法》是二十世紀
最重要的哲學名著之一，是伽達默在六十歲時寫成的巨著，包含了這位
哲學家數十年研究思考的成果，所以內容豐富而深刻，我在有限的篇幅
裡，不可能做很詳細的評介。在這第一講裡，我希望從闡釋學發展的歷
史輪廓，認識伽達默對闡釋學作出的貢獻，然後揀出闡釋學幾個核心的
概念來集中討論，看闡釋學對於我們理解當代社會和學術問題，能提供
一些怎樣的啟示。

　　讓我們首先梳理一下闡釋學發展的歷史。西方闡釋學的歷史源頭
可以追溯到神學和歷史語言學，也就是《聖經》解釋和希臘羅馬古典著
作解釋這兩個評注傳統。羅馬天主教會於十六世紀在特倫托舉行的會議
上，確定了有關《聖經》解釋的正統立場，即在解釋過程中，教會的傳
統說法在教義上具有權威性質。這一立場使教會的傳統評注具有不可辯
駁的權威性，而經文本身的意義，也需要通過教會的正統解釋才能得到
正確的理解。在宗教改革時，馬丁‧路德拋開了天主教教會傳統的諷寓
（allegorical）解釋，強調《聖經》的語言和文字本身，認為《聖經》
意義自見，「是自己的解釋者（*scriptura sui ipsius interpres*）。」[15] 然
而《聖經》語言並非處處都淺顯明白，個別章節須在全部經文的整體中
去理解其意義，而全部經文又須積累個別章節的局部意義才得以理解。
路德把這個古代修辭學已經意識到的循環關係，應用到《聖經》的解
讀，所以闡釋循環的概念很早就產生了。不過從啟蒙時代的觀點看來，

---

[15] Martin Luther, *Works*, ed. Helmut T. Lehman, trans. Eric W. Gritsch and Ruth C. Gritsch (Philadelphia: Fortress Press, 1970), 39:178; quoted in Gerald L. Bruns, *Hermeneutics, Ancient and Modern* (New Haven: Yale University Press, 1992), p. 143. 有關路德闡釋理論的討論很多，我認為尤其值得推薦的是Karlfried Froehlich, 「Problems of Lutheran Hermeneutics,」 in John Reumann et al. (eds.), *Studies in Lutheran Hermeneutics* (Philadelphia: Fortress Press, 1979), pp. 127-41.

宗教改革時期的神學仍然是一種教條，因為《聖經》的統一性和權威沒有受到理性的檢驗。十八世紀以後，《聖經》逐漸成為歷史文獻，局部和整體之闡釋循環的原理，也從文本解釋的範圍，擴大到文本及作者與整個歷史環境的關係。在古典研究的傳統中，十七、十八世紀也發生了類似的歷史演變，經過所謂古今之辯（querelle des anciens et des moderne），希臘羅馬的經典喪失了絕對典範的地位，成為學者們研究解讀的歷史文獻。這一世俗化和理性化的歷史過程為闡釋學的出現奠定了基礎，但有關理解和解釋的這些概念，那時候都還停留在純技術的層面，到施賴爾馬赫才提出作為一種哲學理論的普遍闡釋學。

施賴爾馬赫認為每個個人都是普遍生命的一部分，所以人與人可以互相溝通瞭解。他把局部和整體的闡釋循環運用於心理的理解，認為每一思想結構都應該在作者一生的總體架構中去理解，而解釋者可以站在這一架構之外，客觀地把握和理解作者的思想。十九世紀浪漫主義美學認為藝術是天才無意識的創造，在這一思想基礎上，施賴爾馬赫提出闡釋學的任務是「首先理解得和作者一樣，然後理解得甚至比作者更好。」[16] 既然作者無意識地創造出作品，而解釋者把作者意識不到的思想和感情帶到意識層面，那麼解釋者就比作者更能理解作品的內涵和意義。伽達默認為這一點很重要，可以由此得出「闡釋學永遠不應該忘記」的另一點，即「創造作品的藝術家並不就是作品特定的解釋者。作為解釋者，他並不自動比作品的接受者更有權威。」[17] 解釋不應該以作者的原意為准，這就成為現代闡釋學一條基本的原則，但伽達默只強調歷史的距離使理解有所不同，而認為不必作價值判斷，說後來的理解就一定比作者自己的理解更好。認為理解必定後來居上，乃是來

---

[16] Schleiermacher, *Hermeneutics*, p. 112.

[17] Hans-Georg Gadamer, *Truth and Method*, 2nd rev. ed., English trans. Revised by Joel Weinsheimer and Donald G. Marshall (New York: Crossroad, 1989), p. 193。以下引用此書不另注，只在文中注明頁碼。

自啟蒙時代的批評原則，這一原則在浪漫主義美學關於天才創造的思想中，更進一步得到鞏固。伽達默的看法與此不同，他認為「理解其實並非理解得更好，既不是因為思想更清晰而對主題有更深入的瞭解，也不是意識活動高於無意識活動那種根本的優越性。如果說我們有所理解，那就是我們理解得不一樣，而那也就足夠了」（296-97）。換言之，伽達默注重的是理解的多元，由於理解者及其環境的不同，他們和被理解的事物之間有不同的距離，於是產生不同的理解。充分承認理解者自己的因素，也就必然產生闡釋多元的概念。尤其在人文學科方面，理解和解釋，就像文學藝術的創造本身一樣，並不是越新越好，後來者必然居上。經典作品和經典性的解釋，往往比故意別出心裁的標新立異、花樣翻新更有說服力，也更有價值。這也正是經典本身的含義，即超越時間局限，在不同時代、不同環境裡都有活力，使人覺得經典的文本並不是過去留下來的遺跡，而好像屬於我們自己這個時代，可以超越時空的距離，對現在的我們說話。

在十九世紀，狄爾泰是繼施賴爾馬赫之後，發展闡釋學理論另一位重要的哲學家。狄爾泰的「生命哲學」力求為人文學科奠定認識論的基礎，其關鍵的一步就是「從個人經驗的完整結構轉為歷史的完整性，而歷史的完整性並不是任何個人所經驗的」（224）。在這裡，我們顯然發現個人經驗與全部歷史之間有一種緊張的關係。每個人都有具體的經驗，但這種個人經驗顯然受到個人生活環境和經歷的影響，不能直接等同於全部歷史。如何解決這一矛盾是一個重要問題。黑格爾哲學曾以絕對理念為基本，絕對理念通過異化，最後可以在哲學的最高認識中回歸到自身，即觀念復歸於觀念的自我認識，由此解決認識的個別與普遍的矛盾。從闡釋學的角度看來，也就是解決了局部和整體的闡釋循環問題。但是狄爾泰拒絕了黑格爾的抽象超越，他堅持從具體的生命本身去討論認識生命的歷史意識。他從義大利哲學家維柯那裡受到啟發，認為歷史是人的活動所構成，所以人創造歷史，也就能準確認識歷史。在這

種歷史的認識當中，主體和客體是一致的。狄爾泰說：「歷史學之所以可能的第一個條件就是，我自己就是一個歷史的存在，研究歷史的人也就是創造歷史的人」（222）。但伽達默對此表示懷疑，因為在錯綜複雜的現實歷史中，很難說個人有什麼能力創造歷史，而且受歷史限制的個人意識並不能把握歷史的整體和全貌。「在相對性中如何可能有客觀性，我們如何構想有限和絕對之間的關係，」這是狄爾泰沒有解決的重要問題。所以伽達默認為，「我們在狄爾泰那裡，找不到對相對主義問題的真正答案，」也就一直困擾於相對主義問題，這說明狄爾泰「未能真正堅定地走向他的生命哲學的邏輯結果」（237）。這就是說，人的認識都相對於具體存在的時空，受到歷史環境的局限，所以難以獲得客觀的確定性。狄爾泰從具體的生命出發，拋棄了黑格爾的絕對理念，卻又想取得絕對理念那樣認識的確定性，就陷入了無法解決的矛盾。

在笛卡爾哲學影響之下，狄爾泰希望歷史認識也能從懷疑走向確定，而他的模式是自然科學那種確定性。他把人生和歷史這些充滿不確定因素的認識對象，都看成像文本那樣客觀化的東西，於是闡釋學成為歷史意識的普遍媒介，通過這一媒介就可以解讀生命的表現，最後達到對生命本身的認識。所以伽達默說，「狄爾泰最終把歷史探究設想為一種解讀，而不是歷史的經驗（Erfahrung）。」然而歷史經驗是隨時變動的，並不等同於客觀化的文本。人們在歷史經驗中認識人自己的歷史，而不是像認識自然那樣，可以與認識的對象分開，所以狄爾泰的闡釋學並未能真正在科學的模式之外，去設想探討歷史的認識方式。伽達默說，由於笛卡爾主義的影響，「歷史經驗的歷史性並沒有真正融會到狄爾泰的思想中去」（241）。這就是說，歷史經驗與理解者之間的關係，全然不同於自然與理解者之間的關係。狄爾泰沒有充分認識到這一點，也就沒有肯定歷史認識中人自身的因素。後來通過胡塞爾的現象學，尤其通過海德格爾的存在本體論，才找到克服相對主義的途徑。胡塞爾提出「水準」、「眼界」或「視野」（horizon）這一概念，在闡

釋學中有很重要的意義。他又提出「生命世界」的概念，那是人作為歷史存在所構成的世界。胡塞爾批評休謨等經驗主義者，認為主體性並非與客觀性對立，任何客觀性，任何忽略經驗和認識主體的所謂客觀，包括科學家自認為客觀的成就，其實都是人的「生命的構造」，而非絕對客觀（249）。胡塞爾現象學這些概念充分注重人的主動性，對於闡釋學的發展，這是相當重要的貢獻。總起來說，伽達默特別強調人的理解離不開理解者自己的主觀性，幻想可以擺脫主觀而達於純粹客觀的理解，最終只是一種幻想，尤其在我們談到理解歷史和生命本身這類複雜的現象時，我們應該擺脫相對主義的困惑，充分正視人的理解離不開理解者的主觀因素這樣一個基本事實。

　　胡塞爾認為他對客觀主義的批判是現代傾向在方法學上的延伸，海德格爾則相反，認為他自己的哲學是回到西方哲學的開頭，去恢復遺忘已久的希臘人關於存在問題的探討。海德格爾真正的前驅是尼采對哲學傳統的批判，而海德格爾把理解從純粹的認識論問題轉為存在和本體論問題，最根本的就是Dasein即「在世界中存在」或「定在」的概念。這個概念顯然與狄爾泰的「生命哲學」以及胡塞爾「生命世界」的概念有關，但海德格爾的突破在於把存在與時間聯繫起來，存在是在生命世界中具體的「定在」。他說：「存在是什麼，要在時間的視野裡來決定。於是對於主體性而言，時間的結構顯出在本體意義上有決定的意義。」伽達默甚至更進一步說，「海德格爾的命題是：存在本身就是時間」（257）。繼胡塞爾之後，海德格爾認為歷史的存在和自然的存在並不能截然分開，自然科學的認識只是人的認識之一種。從具體時空中的存在來探討理解的問題，就使闡釋學發生了根本變化，擺脫了十九世紀浪漫闡釋學所困擾的客觀性和相對主義問題，也就可以充分肯定歷史意識的歷史性，可以從一個新的角度去看理解和解釋的問題。伽達默是海德格爾的學生，他在海德格爾存在本體論的基礎上，把闡釋學發展成為二十世紀哲學一個重要而豐富的領域。我們可以說，打破十九世紀科學主

義和實證主義的方法論，消除主觀與客觀的對立，充分承認理解有理解者本身的因素為前提，並由此討論人文學科的特點和重要性，這就是伽達默在二十世紀對闡釋學作出的重要貢獻。

　　現在讓我們集中討論闡釋學幾個核心的概念。第一個是我們已經提到過的闡釋循環。傳統上所謂闡釋循環是指字句與全篇，或局部與整體之間的關係，即整體意義由局部意義合成，而局部意義又在整體環境中才可以確定。海德格爾則從存在和本體的角度來看這個問題，從Dasein即「定在」的時間性當中，推出理解的循環結構。我們在理解任何事物的時候，頭腦並不是一片空白或所謂「白板」，我們的理解總是由頭腦裡先已經存在的一些基本觀念開始。海德格爾在《存在與時間》中說，理解總是「植根於我們預先已有的東西，即先有（fore-having）之中。」[18] 這就是說，對事物的理解和理解者預先的期待，或稱理解的先結構，也構成一個循環。然而這並不意味著我們的理解始終陷在先入之見裡，也不意味著闡釋或理解過程是一惡性循環。海德格爾明確地說：「在這循環之中，暗藏著最基本認識的正面的可能性，我們要把握這一可能性，就必須懂得我們最先、最後和隨時要完成的任務，就是決不容許我們的先有、先見和先構概念呈現為想當然和流行的成見，而要依據事物本身來整理這些先結構，從而達到科學的認識。」[19] 換言之，儘管闡釋由理解的先結構開始，但在理解過程中，被理解的事物會構成一種挑戰，理解者必須隨時「依據事物本身」來修正理解的先結構和先入之見，以求達於正確的認識。由此可見，以為闡釋循環只是肯定主觀成見，闡釋學是一種主觀主義或相對主義理論，實在是一個極大的誤解。海德格爾在這裡說得很清楚，闡釋的任務是要避免陷入主觀成見，而且伽達默在引用了這段話之後，也進一步解釋說：「海德格爾闡釋思考的

---

[18] Martin Heidegger, *Being and Time*, trans. John Macquarrie and Edward Robinson (New York: Harper & Row, 1962), p. 191.

[19] 同上，頁195。

要點，並不在於證明有闡釋的循環，而在於指明這一循環在本體意義上有正面作用」（266）。所謂在本體意義上有正面作用，就是承認我們的理解總是從理解的先結構開始，承認我們看事物總有自己的視野，否認這一點，就歪曲了理解過程的實際情形，而充分意識到此點，才可能真正瞭解我們理解和認識事物的過程。然而承認理解從理解者自己的預期和先入之見即理解的先結構開始，僅僅是開始，而不是理解的全部。理解是一個逐步改變的過程，此過程不可避免從已經先有的看法開始，然後再修正這看法，而每次修正又形成新的看法，即新的視野，在逐步修正中才漸漸達到接近正確的認識。所以伽達默描述理解的過程說，「理解是從先有的觀念開始，然後用更合適的觀念來取代先有的觀念」（267）。他又說：「在方法上自覺的理解不僅僅注意形成預測性的觀念，而且要自覺到這些觀念，以便驗證它們，並且從事物本身獲得正確的理解。海德格爾說應該從事物本身得出先有、先見和先構想的概念，從而達於科學的認識，也就是這個意思」（269）。我們由此可見，理解和闡釋是一個主觀觀念與客觀事物不斷互動的過程，雖然理解必然從預設的觀念開始，但在與事物本身互動的過程中，這種先入之見會得到不斷修正，越來越接近正確的認識。

　　伽達默所強調的先結構，具體說來就是思想文化的傳統，因為我們生活在一定的傳統中，我們的思想和預見都不可避免受思想文化傳統和生活環境的影響和限定。海德格爾的研究證明，笛卡爾的意識概念和黑格爾的精神概念，都有古希臘哲學中實質本體論的影響，康德針對教條式形而上學的「批判」哲學，本身仍然有一種「有限性的形而上學」（metaphysics of finitude）。這就是說，過去哲學家們自許為客觀獨立的觀念，其實仍然不可能完全脫離他們所批評的傳統。傳統並不是外在的客體，而是我們生存於其中的環境，是形成理解先結構的因素。反對和批判傳統，有時候反而顯出與傳統有十分緊密的關係。在此我們可以討論另一個重要概念，那是伽達默故意採用的一個引起爭議的術

語，即「偏見」（德文Vorurteil，英文prejudice）。然而所謂prejudice，就是pre-judgment，也就是預先作出的判斷。伽達默說，「這個概念直到啟蒙時代之前，並沒有今天我們熟知的負面含義。其實這個概念的含意就是在最終考察決定某一情形的所有因素之前，預先形成的判斷」（270）。也許我們可以把伽達默使用這個特殊術語翻譯為「成見」，即先入為主之見。伽達默故意用偏見或成見這個詞，就是要引起人們注意理解的先結構，明白理解總是從我們已經預先形成的見解和判斷開始，從而避免主觀客觀的簡單對立。他指出啟蒙時代崇尚理性和客觀認識，把成見視為完全是負面的，可是「克服一切成見，啟蒙時代這一個普遍的要求，將被證明本身就是一種成見，而去除這一成見就可以另闢新徑，去恰當理解我們自己的限定性，這種限定性不僅控制我們作為人的存在，而且控制我們的歷史意識」（276）。伽達默說，人的理性本身也只是具體的、歷史的理性，受歷史環境的限制，而不可能是什麼絕對的理性。狄爾泰的出發點，即經驗和自我考察，也都不是最基本的，因為任何經驗都受社會、國家等大的歷史現實影響。所以伽達默說：「其實不是歷史屬於我們，而是我們屬於歷史。早在我們以反思的方式理解自己之前，我們已經以自然而然的方式，在我們所生存的家庭、社會和國家這樣的環境裡理解自己了。」他由此得出結論說：「一個人的成見遠比其判斷更構成其存在的歷史現實」（276）。在理解開始之前，我們已經有一定的成見，而我們與事物接觸之後形成的判斷，不可避免是在成見影響之下作出的。所以伽達默說，在構成一個人歷史現實的成分當中，成見比判斷更基本，也更值得注意。

闡釋學另一個重要概念是前面已經約略提到過的「水準」、「眼界」或「視野」（德文Horizont，英文horizon）。人總是存在於具體的時空裡，而理解的預期或者先結構就是這種具體時空所決定的眼界或視野。其實我們的預期並非純粹主觀的行動，而是來自傳統和我們所受的教育以及生活經驗。因此，不管自己的主觀意願如何，理解者意識中必

然會有成見，而且「他並不能預先把那些使理解得以產生的建設性成見，和那些妨礙理解而導致誤解的成見區分開來」（295）。區分建設性的成見和導致誤解的偏見，只有在理解過程中才可以逐漸做到，而要瞭解如何做到這一點，就必須強調以往在闡釋學中被忽略的時間因素，即時間的距離及其在闡釋學上的意義。伽達默認為，只有在海德格爾把時間觀念引入存在的模式，賦予理解以「存在」和本體的意義之後，時間距離在闡釋學上的正面意義才突顯出來。我們現在可以認識到，時間不是割裂過去和現在的鴻溝，卻恰好是把過去和現在聯繫起來的傳統。時間距離不是應該克服的障礙，反而是使意義得以明朗的條件。我們都知道，沒有經過時間的檢驗，價值判斷往往難以確立，當代藝術品的價值之所以不易確定，原因就在於此。伽達默說：「只有與現在的聯繫淡化消失之後，它們真正的本性才得以呈現，對其含義的理解也才可能具有權威性和普遍性」（297）。由於同樣的道理，也只有通過時間的檢驗，我們才可以區分產生理解的成見和導致誤解的偏見。人們很難覺察自己的成見，只有在面對文本即面對某個問題時，才容易對自己的成見產生疑問。所以理解正是從問題開始，而「問題的實質則是打開各種可能性，而且一直保持開放的態度」（299）。

能夠提出恰當的問題，意識到理解並不是主體去認識客體這樣簡單的一回事，我們就可以認識到「理解基本上是受歷史影響的過程」（300）。這是伽達默提出的一個比較難懂的概念，即所謂「影響的歷史」（德文Wirkungsgeschichte，英文history of effect）。雖然這個術語比較難懂，但其含義卻也並不是那麼複雜，其要點就是要意識到我們自己意識的歷史性，即意識到「不管我們自己是否明白，在一切理解當中，歷史的影響都在起作用。天真地相信科學方法而否認影響的歷史之存在，實際上只會造成對認識的歪曲。」伽達默又進一步解釋說：「受歷史影響的意識（wirkungsgeschichtliches Bewußtsein），首先是關於闡釋情形的意識」（301）。這就是說，在理解事物的時候，我們應

該意識到自己總是處在歷史和傳統影響之中，意識到作為有限的存在，我們的認識不可避免會受到環境條件的局限。上面提到的「水準」、「眼界」或「視野」這一概念，其實就是描述我們每一個人在理解人或事物的時候，都有自己一個獨特而有限的角度。我們現在的視野是過去歷史的影響形成和決定的，所以在現在和過去之間，並沒有一道截然分明的界限，沒有不可逾越的鴻溝。伽達默說，「現在的視野其實不斷處在形成的過程中，因為我們不斷需要檢驗我們的成見。……所以既沒有孤立的現在的視野，也沒有必須去獲取的歷史的視野。理解就總是這些被認為是獨立存在的視野之融合」（306）。「視野之融合」（德文 Horizontverschmelzung，英文 fusion of horizons）又是一個十分重要的概念，因為理解既不是消除自我的視野，完全把自己變成他人，也不是把自己視野中必然存在的成見強加給他者，卻是二者的融合。在視野融合的一刻，主與客、自我與他者、現在與歷史等諸種對立都消除了，而自我變成一個不同於原來的自我，因為理解了他者，融合了他者的視野而有了新的認識，變得更加豐富、更有知識和修養。這就是德國傳統中常常強調的自我修養（Bildung）的概念；理解和認識最終就是要完成這種修養，使人變得更高、更完善，這也是闡釋學的意義所在。

演講後問答

問：張教授，您剛才說每個人的理解會因自身所處的不同歷史階段對文本產生新的視野融合。但剛才您提及了一個說法，即「正確的看法。」既然每個人的理解都是結合自己所處的時空，在理解上應該都有差異，我們要以什麼樣的標準來界定「正確」呢？

答：首先我應該強調，我說的是理解是一個逐漸達於正確認識的過程，而不是簡單的正確看法。剛才我提到很多領域的認識，這種認識首先與認識的對象有關。有些比較簡單的認識確實有比較明確的正誤之分，比如說數學，簡單的二加二等於四，大概只有這一個答案是正確的，其他答案都是錯的。這種認識是比較容易辨別正誤的。而在人文學科領域，如藝術，就比較難區分，也沒有唯一正確的說法。所以在比較複雜的人文學科領域，我們不大會用「正確的」這個說法。我剛才講的「正確」一詞也是引用伽達默的話。關於什麼是正確的，什麼是不正確的，這是我下一節要講的內容，也是闡釋學中一個重要的問題。伽達默非常重視人的主觀性和理解的關係，他的觀點我不完全贊成，但他的主要意思是對的。以前的科學主義認為只有一種客觀認識是正確的認識，而且講認識不斷進步，總是後來者居上，但伽達默認為，我們不必認為後來者居上，新的認識才是正確的價值判斷，不同人只是理解和認識都不一樣。那麼跟著就產生一個問題：大家都理解得不一樣，還有沒有正誤之分呢？還有沒有高低之分呢？這是你的問題，對吧？這個問題很重要，今天我沒有講這個問題，但是我下一節會講的。

問：我試圖把概念用在圖像的闡釋上。我從問題出發，在故宮的一個雜誌上新找到了一個瓷器圖片。上面有兩個人互相牽扯，後面一個人的手裡拎著一個圓的東西。那個圓的東西上面塗了金，所以作者在發表時認為是一面鏡子。我是研究圖像學的，我在我的資料庫中有一個木刻版畫，和這張圖片有一定的關係。這兩個人實際上是明末清初瞎子討飯，唱「蓮花落」的一個場景。從這個角度我可以知道，他們手中這個圓的東西是一個樂器──鑼。這就說明，如果你對全景不瞭解，就不可能知道這個東西。我在探討的過程中就在想，如何將闡釋學在圖像闡釋中應用得更為深入。我們在翻譯的時候也會碰到類似的問題，您看如何運用闡釋學的思路更為精密地探討類似的問題？謝謝！

答：剛才我說了，我們在理解問題的時候，往往需要重視傳統。你剛才講了一個例子，我對其中具體的情況不大瞭解，但可以肯定，圖像闡釋與傳統的關聯是非常重要的。以前我在北大西語系的時候研究過莎士比亞悲劇，其中很重要的悲劇《哈姆雷特》有一段講哈姆雷特從英國回到丹麥的時候，看見有幾個人在挖墓。那時娥菲麗婭死了，這幾個人就是為她的安葬在挖墓。掘墓人把土裡挖出來的骨頭往外扔，後來扔出來一個頭骨，說這原來是宮廷小丑尤利克的頭。哈姆雷特拿起這個頭骨，對他的朋友霍拉修說：「我認識尤利克，他是宮廷裡的小丑。我小的時候他不知道親過我多少次，還抱著我。但現在這個樣子，讓我感到好噁心。」哈姆雷特拿著尤利克的頭骨發了一通議論，闡述人的生命有限，在死亡面前沒有什麼高低貴賤之分，無論有多大權勢的英雄，像亞歷山大和愷撒，死後也最終會歸於塵土，變成這幅模樣。這當然是很有名也很重要的一段。如果我們孤立地看莎士比亞悲劇這一幕的話，這固然是關於生死很重要的討論，但如果你對繪畫和圖像有所瞭解，你對這一幕的理解就會深入得多。因為在西方的繪畫傳統中，尤其自十三世紀以來，

就有所謂memento mori的主題，表現人必然會死亡。繪畫中常常出現頭骨，使人不忘生命有限，思考生死的問題。所以如果到歐美的重要博物館去看，就會看見很多畫，尤其是表現聖徒的繪畫，如聖傑羅姆、聖瑪格達琳，往往都是拿著一個骷顱頭。瞭解西方繪畫圖像傳統，就知道莎士比亞在寫這一幕時，哈姆雷特拿著尤利克的頭骨有一段獨白，這不僅是文學的表現手法，其實在西方繪畫傳統中，也有重要的淵源。在這樣的傳統和聯繫當中去理解，就把意思理解得更準確、更豐富。

你剛才舉的例子我不是很熟悉，你提及有人說那個圓的東西是面鏡子，你從別的根據來看，可能是另外一個東西。在繪畫中，形象學一定是有傳統的。往往一個具獨創性的藝術家畫出一幅名作，和當時的宗教思想等有關聯，後來很多畫家就跟著畫同樣的東西，表現類似的主題，於是蔚然成風，形成一個傳統，許多同類的作品都會表現這類主題。如果在你討論那個問題時，你能引出一個清晰的依據，找出很多類似例子來說明你的理解，就會很有說服力。假如只有一個孤證就很難。這在歷史、文學和圖像的解釋中都是一樣，假如你有很多前後關聯的例子，這樣的解釋就非常清楚。如以十七世紀荷蘭的靜物畫為例。十七世紀荷蘭的商業和貿易發達，是近代商人的社會，世俗化的社會，所以荷蘭發展出靜物畫，往往表現財富和世俗的享樂。如畫很漂亮的花或水果，也有乳酪、龍蝦和酒杯等，這些都是用來表現財富。但往往在這種畫裡面，你會看見很有趣的東西，很漂亮的花旁邊會有一些已經枯萎，很新鮮的水果旁邊會有一個已經腐爛，還會有蒼蠅或蜥蜴爬在上面。這些就像那個頭骨一樣，都在表現memento mori，表現這些世俗的事物和享樂都是短暫的、靠不住的，一切都終歸於消亡。所以，即使看起來是世俗的繪畫中，往往也隱含一點宗教的意味。這也只有從傳統中去看，才會看得比較清楚。

問：我是一名跨文化的初學者，能否推薦一些比較實用的關於跨文化的書籍？此外，如果以後我想從事這方面的研究的話，有沒有比較好的研究方法？

答：推薦書是很複雜的一個問題。這也要看你自己要研究哪個方面。復旦大學出版社曾經出版了一套研究生入門叢書，其中也有我的一本。這套叢書我覺得非常好。後面也有比較簡單的推薦書目，應該比較實用。

問：我讀過您剛提及的那套書，讀過你的《中西文化研究十論》。我很欽佩您在捍衛中國古典文化以及厘清西方學者對中國傳統的誤解方面做出的貢獻，比如您指出了外國學者就漢字對中國古典文化的影響方面的一些錯誤理解。您剛才談到伽達默的闡釋學思想，因為他的思想可以說是存在論或本體論的，您覺得中國從古代先秦到現代的哲學思想中，有沒有和他們的哲學闡釋學比較接近或在本體論上比較相似的觀點？

答：所謂「本體」這個詞聽起來好像哲學意味很強，其實它的簡單意思就是：我們存在當中的東西。伽達默認為闡釋不僅是認識論的，不是你要去理解什麼才會產生的問題。因為理解是人生當中隨時隨地都存在的問題，在這個意義上來說是個本體論的問題。他是海德格爾的學生，所以伽達默繼承了海德格爾存在就是時間的觀念，認為理解的問題就是存在當中的問題。從這個意義上來說，它是本體的。在西方理論中，伽達默認為他的思想是普遍性的東西，而不是西方才有的。這和德里達的理論很不一樣。德里達認為邏各斯中心主義只有西方才有，東方沒有。伽達默認為闡釋學不限於某一個文化，只要有人的地方就有闡釋學，就有闡釋現象。在這個意義上，他本人沒有將理論限定在西方語境。這是第一，這也是我對他的理論比較感興趣的一個原因。因為我們討論的問題都涉及到語言和理

解。哪一個民族沒有語言？都有語言。有語言就有理解的問題。所以這是很普遍的。我也很反對用中國的東西去套西方的思想。但與此同時，不能說不去套就不要去比較。這完全是另外一個問題。

　　闡釋學的起源有兩個：一個是《聖經》的解釋傳統，一個是古希臘羅馬的解釋傳統。換句話說，都有一套經典的文本，然後會有各種各樣的評注和解釋。從當中發展出一套總體的理論叫闡釋學。中國的文化傳統非常注重經典，如儒家、道家的經典和佛家的佛經，它們都有各種各樣的解釋。所以中國其實有很豐富的闡釋和評注傳統，其中產生了很多問題和講法。不一定用同樣的術語或概念，也未必一定會總結出「本體論」或「認識論」的學術詞彙，但中國傳統中對語言的討論，關於語言和理解、理解的障礙、如何去克服障礙、如何達到意義的表現、溝通和交往，這些問題其實就是闡釋學的中心問題。四川大學教授周裕鍇先生寫過《中國古代闡釋學研究》一書，在裡面用了非常豐富的例子──從先秦一直到近代──完全從中國古典的材料中討論一些問題，看不同時代的中國人如何探討理解和解釋的問題。所以我認為在中國古代有很多材料可以與伽達默所說的闡釋學去進行比較。但中國人不像德國人這樣會總結出一套理論，德國人從康德以來尤其喜歡談論大理論，著書立說在寫法上當然不一樣，但探討的問題和講出來的道理其實是可以相通的。所以不要以為只有西方的大部頭的經典──從蘇格拉底的對話到黑格爾的哲學到當代的哲學──才是哲學，中國古代的評注都比較簡短，但也有哲學的精髓。我們要關注所討論問題的性質。如果是討論同樣的問題，哪怕語言表述完全不一樣，但實際上都是討論哲學的問題。

問：我研究的是清末民初的翻譯，您剛才講到闡釋學時提及的一句話，讓我印象很深刻。您說：「闡釋學的任務首先是理解得和作者一

樣，然後是理解得比作者更好。」我就有一個疑惑，在我的翻譯研究中，可否這樣認為：譯者理解原著要比原著的作者理解得更好？或者說讀者理解譯文要比譯者理解得更好？這是我的第一個問題。第二個問題是，做翻譯研究到了一定階段，就會有老師向我提出，在做譯者研究的時候要注意譯者在翻譯上有何局限性或不足之處。我注意到您的演講中有一種價值判斷，想問您我可否不對某個譯群或譯者做價值判斷？因為我感覺它已經是歷史性形成的東西了，可不可以直接接受下來？然後作為文學史或翻譯史中的一個部分，作為一個豐富多彩的表現點而已？我想聽聽您的意見。

答：譯者能不能比作者理解得更好？這是完全可能的。好的翻譯要求譯者兩種語言的水準都很高，而且對原文一定理解得很清楚，才可能用另外一種語言把它表現出來。所以，譯者對原文的理解應該是非常透徹的。在寫作的時候，不見得每個字都推敲得那麼精確，但翻譯的時候，每個字都不能繞開。當然有人繞開，這是另外一回事情，是不應該繞開的。我曾經聽見好幾個學哲學的德國人告訴我，他們寧願讀英文翻譯的康德，而不願意讀原文的康德。在德文中，康德的文章特別難懂。相比較而言，英文的翻譯要好懂得多。這個例子講了一個道理：翻譯的人一定要理解得很清楚以後，才能用英文把它說出來。可能康德故意表現得很晦澀，但英文不能這樣晦澀地表現，否則別人就不懂。所以譯者一定要自己先懂了，才可能把原文翻譯出來。所以，有可能譯者要比原著者理解得更好。歷史上有很多這樣的例子，比如歌德。他最重要的作品是《浮士德》。歌德自己曾說，法國詩人納瓦爾（Gérard de Neval）翻譯的《浮士德》要比他自己的德文原文更好。當然，後來的學者認為這個意見不對，但歌德自己認為納瓦爾翻譯得非常好。還有很多其他例子，比如德國很著名的翻譯家翻譯希臘悲劇，就有人認為那是希臘悲劇的新生。德國人經常有這種想法。例如十九世紀德國著名的莎士比

亞專家格爾維努斯（G. G. Gervinus）有一部兩卷本的莎士比亞評論，他在書的序言中說：我們德文的莎士比亞比英文的原文更好，因為十九世紀德國翻譯莎士比亞的都是當時最重要的浪漫派詩人，如施萊格爾（August Wilhelm Schlegel）、蒂克（Ludwig Tieck）這樣的大家，所以他認為德文的譯本非常美，比莎士比亞的原文還要美。當然這個說法我們是不能接受的。但無論如何，在觀念上來講，譯者對原文的把握比作者還要清楚，這是完全可能的，也是可以做到的。但是，翻譯的問題在於，如果太超越了原文，和原文太不一樣，就不再起翻譯的作用。例如《天演論》，翻譯和原文差得很遠，但當時發揮了很大的作用，就很難說譯者的理解比原作者更好。《天演論》的情況不一樣。我們現在還認為它是一個經典，那是因為在當時它所起的輸入新思想和新意識的作用，而不是指它的翻譯和原文比較如何。現在有人還認為讀嚴複的《天演論》要比新譯文更有意思。雖然新譯本也許更準確，可是讀起來就一般。所以翻譯和原著有區別，在不同的時代往往需要有不同的翻譯。

第二個問題是價值判斷的問題。我有兩個觀點，一是價值判斷是每個人都會有的。雖然不一定要在文章中寫出來，作為文章的一部分，但價值判斷總是有的，我們總會覺得翻譯或者理論說得對還是不對，我們喜歡還是不喜歡。價值判斷是很難避免的。我們完全不要價值判斷，完全只是陳述事實，這是很難的事情。因為你在選擇用什麼去陳述的時候，就一定會有價值判斷。所以價值判斷不是要去回避，也不一定要去說這個好或者不好，重要的是如何去形成合理的價值判斷。

2.經典、權威與解釋的合理性

　　闡釋學的發端和經典的解釋有密切關係，無論是《聖經》的解釋或是希臘羅馬古典的解釋，闡釋學都與文化傳統中重要文本的閱讀相關。在古代希臘，荷馬史詩不是作為文學意義上的詩來閱讀，而是作為人們信仰和行為規範的經典來閱讀。在基督教興起之後的西方，《聖經》更是具有基本規範意義的經典。在人類文化重要的傳統裡，基本上都有一部或多部用文字記載的經典，有對經典的箋釋評注，而一個文化傳統及其基本的價值觀念，在相當程度上都有賴於這個文化中的經典和評注來體現，並通過一代又一代人的努力延續傳遞下去。

　　在中國文化傳統中，我們很容易理解這一點，因為中國儒家、道家和佛家的經典，或者更廣義的文學、歷史、哲學的經典，都是構成中國文化傳統重要的典籍，是文化價值觀念的載體，也是中國文化精神的體現。我們可以說，有文字記載的思想文化傳統是闡釋學得以產生的基礎。伽達默說：「理解語言表述的傳統總是比理解一切別的傳統更重要。比較起造型藝術紀念碑式的作品來，語言表述的傳統也許較少那種感覺上的直接性質。然而語言傳統缺乏直接性並不是一個缺陷；這種表面看來的缺乏，所有『文本』這種抽象的異質，卻恰好表明語言中的一切都屬於理解的過程」（389）。口頭語言隨生隨滅，書寫文字既把口頭語言保存下來，又形成獨立存在的文本，，脫離了口頭講述的直接環境，於是對文本的解釋就更成為必要。所以伽達默說，「書寫文本提出了真正的闡釋任務。書寫文字是自我異化。克服這種異化，閱讀文本，

於是就成為理解的最高任務」（390）。語言是內在思想的表述，而文字是以外在形式記錄思想的表述，語言表述和內在思想或意義之間，必然有一定距離，這就是《易・繫辭上》所謂「書不盡言，言不盡意，」也就是迦達默所謂「書寫文字是自我異化」的意思。但語言的有限又恰恰包含了意義的無限，所以中國古人常說「言近而旨遠」，「意在言外」，「言有盡而意無窮」，而獲取言中和言外之意，就需要理解和解釋，普遍的闡釋現象也就由此而產生。而與此同時，書寫文字又是保存記憶和傳統的重要手段，所以對文字記載的解釋，尤其是文字記載的經典之解釋，在闡釋學中就具有特別重要的意義。由此我們可以看出，在語言文字、經典、傳統和闡釋之間，有十分密切的互動關係。

隨著時代和社會的變遷，經典也會發生變化。中國古代經典，尤其像儒家的四書五經，在現代已經失去了在過去科舉考試制度時代曾經有過的權威，但這並不意味著經典及其價值在文化傳統中消失了。雖然政治層面的儒學思想對於我們基本上已經失去了意義，但其文化價值，包括倫理意義上的價值，卻仍然存在而且相當重要。這主要表現在意義很寬泛的「傳統」這一觀念當中。

我們在前面已經討論過，我們生活於其中的思想、文化和社會的傳統，形成我們理解任何事物時的眼界或視野，構成我們理解的「先結構」，也即伽達默所謂「成見」。十七世紀以來的理性主義和十九世紀的科學主義都標榜客觀而貶低「成見」，恰好歪曲了歷史現實的實際情形，所以伽達默認為，「我們可以為真正歷史的闡釋學提出如下這樣一個根本的認識論問題：什麼是成見合理性的基礎？什麼東西可以把合理的成見區別於其他那些無數的偏見，即批判的理性毫無疑問應該去克服的那些成見？」（277）。唯理主義把成見分為兩種，一種是盲從「權威」產生的成見，另一種是過於急切、使用自己理性不當而由「浮躁」產生的成見，認為按照一定方法合理使用理性，就可以去除一切成見和錯誤。這就是笛卡爾的方法論，按這種方法論的觀點看來，成見完全是

負面的，不過是先入為主的偏見。如果說「浮躁」的成見是運用理性不當，那麼依賴「權威」的成見就更成問題，因為那意味著完全沒有使用自己的理性。康德曾經說過，啟蒙的根本意義就是大膽使用自己的理性來獨立思考，因此，依賴權威產生的成見就成為啟蒙的對立面。在啟蒙時代，理性於是否定一切權威，凡屬於過去和權威的東西，都應該一概反對。從這個立場看來，路德宗教改革的意義，就在於打破了教會和教皇的權威，使《聖經》本文的意義得以從過去傳統教條的束縛中解放出來，在理性的指引下產生出新的解釋。這一看法影響深遠，所以從康德到施賴爾馬赫，都是從負面去理解權威，把權威等同於教條，視為理性的敵人。對於不合理的、強加於人的外在權威，這種理性的態度當然是正確的，是我們應該堅持的。

不過在《真理與方法》中，伽達默對權威提出了另一種新的理解。他提出的問題是，權威是否一定是理性的對立面呢？他認為把權威等同於教條和偏見的根源，這本身就可能是啟蒙時代理性主義的一個偏見。就權威而言，那固然可能是偏見的來源，但也有可能是真知的來源。伽達默說：「啟蒙時代區分對權威的信仰和使用自己的理性，這本身是合理的。如果權威的聲望取代了自己的判斷，那麼權威就確實成為偏見的來源。但這並不能排除權威也有可能是真理的來源，而啟蒙時代貶低一切權威，就不可能意識到這一點」（279）。自啟蒙時代以來，權威就被理解為和理性對立，和思想的自由對立，於是權威幾乎成為盲目服從的同義詞。但伽達默提出另一種完全不同的理解，認為權威和理性並非必然對立。他說：

　　這並不是權威的本質。我們可以承認，權威首先是有權威的人；然而人的權威歸根到底並不是以屈從和放棄理性為基礎，而是以認識和承認的行動為基礎，也就是說，認識到別人的判斷和見識比自己更高明，因此，他的判斷應該佔據優先的地位，即比自己

的判斷更優先。由此我們可以明白，權威不可能被別人授予，而須自己去贏得，任何人要有權威，都必須自己去爭取。既然權威的基礎是承認別人更好，那就是一個理性的行為，即理性意識到自己的局限，於是信賴別人更為高明的見解。這樣適當理解起來，在這個意義上的權威就和盲目服從命令毫不相干。權威其實和服從無關，而與認知有關。……因此，承認權威總是意味著意識到權威所說的並不是非理性或武斷的，而在原則上可能是真確的。老師、上級、專家的權威，其本質就是如此（279-80）。

伽達默希望恢復權威本來的正面意義，就提出和啟蒙時代以來完全不同的權威概念，認為真正的權威並不是一種令人盲從的威懾力量。例如在學術領域裡的權威，就不同於政治、軍事或宗教信仰的權威。歐洲啟蒙時代強調理性而反對盲從權威，那主要是針對當時教會的權威和非理性的宗教信仰而言，在思想啟蒙中當然有非常重要的意義，但把權威等同於讓人屈從，則又忽略了權威的真正意義。伽達默提出權威的新解，並不是放棄理性和判斷，而恰恰強調人們依據自己作出的理性判斷，認識到別人有更真確的認識、更高明的見解，於是自覺尊重那更合理、更高明的意見。在這個意義上說來，權威其實是教育的基礎，也就是對知識的尊重。譬如我們做學生的時候，遵從老師的教導，或者在生病的時候，會到醫院去請醫生診治，這些都顯然是自己理性的判斷。我們接受老師或醫生的指示，並不是盲從權威，而是我們知道老師比我們懂得更多，可以為我們傳道、授業、解惑，醫生則有醫學的專門知識，比我們更知道應該怎樣保養我們自己的身體，對待我們自己的疾病。所以權威的本質不是非理性的盲從，而恰恰有賴於理性的判斷和認識。但這並不是說，老師或醫生就一定正確，學生或病人只有服從，而不能有自己的判斷。事實上，我們的生活經驗和現實狀況隨時在檢驗我們自己的認識，也在檢驗我們所服從的權威的認識，當權威的意見和決定帶來

不好的結果時，也就是權威失去其權威性時，我們就需要重新思考而作出不同的判斷。大家都知道亞里斯多德的一句名言：「吾愛吾師，吾更愛真理。」這就說明，老師的權威也要接受真理的檢驗，而這種檢驗是通過自己的理性思考來完成的。換句話說，服從權威或者不服從已失去信譽的權威，都是理性的判斷，也都是符合理性的行為。莊子曾批評桓團、公孫龍等辯者之流，說他們「能勝人之口，不能服人之心」（《莊子‧天下》）。真正的權威就必須是使人心服口服、自動接受的權威。思想學術上的權威就是如此，是理性而非強制的，是基於自發的尊重，而非屈從外來的壓力。

在我們生活的當代社會，由於價值的多元和不同社會群體的利益衝突，往往在反對權威的口號下，自我放縱，物慾橫流，表現出的不是反對權威和教條的理性，而恰恰是固執己見的非理性。在「文革」中，在大學裡曾經高喊「打倒資產階級學術權威」的口號，對我們的學術造成了嚴重危害。也許現在更糟糕的情形是極端自我中心，完全自我膨脹，不願意承認別人有比自己更高明的認識，甚至沒有能力識別什麼是更高明的認識，於是造成整個社會喪失起碼的是非標準，在學術領域也造成無序的亂象。因此，在我們注重多元價值的同時，重新認識通過理性判斷而承認的權威，對於建立一定的學術標準和倫理規範，就有十分重要的意義。

與此同時，既然權威的本質是我們自發的尊重，那麼一切外在的、強加於人和強制人去服從的權威，就都不是真正的權威，而只是一種強迫和壓制，與權威的真正意義毫不相干。我們認識到權威的本質是自己理性的選擇和對更高理性的認識和尊重，那麼與某種職權、地位或官階相關的所謂權威，就都不是真正的權威，也不應該盲目服從這樣的權威。伽達默講權威和傳統，容易使人產生誤解，以為那是一種保守傾向，但他強調權威是我們自己理性判斷的結果，是自發對更高明的知識和學問的尊重，就和保守和盲從毫不相干。

在伽達默看來，傳統習俗對我們作為歷史的存在有一種潛移默化的作用或影響，也就有一種權威。他認為「傳統和習俗確定的東西有一種無名的權威，我們有限的歷史存在的一個特點就是，承傳的權威——而不僅是有明確依據的權威——總是有支配我們態度和行為的力量」（280）。我們在生活中處理許多事務的實際情形，的確正是如此。因為我們並不能事事都從頭到尾自己觀察、體驗，得出邏輯的推論，於是在很多情形下，我們都依賴某種承傳的權威，即相信常識或一般認可的意見，也就是傳統和習俗。然而傳統和權威一樣，也往往被認為是與使用理性這一思想自由的原則相對立。伽達默對此提出不同看法，他說：

> 事實上，傳統裡總是有自由的因素，有歷史本身的因素。甚至最純粹穩固的傳統，也不是靠曾經有過的東西的慣性力量便能自動延續下去，卻需要不斷被確認、把握和培養。它在本質上是保存，是在一切歷史變遷中都很活躍的保存。然而保存正是理性的行動，儘管是以不聲不響為其特色的行動。由於這個原因，只有計劃和發明才顯得像是理性的結果。但這是一個幻象。甚至像革命時期，生活發生劇烈變化的時代，在所謂劇變之中保存下來的舊事物，也遠比一般人所知道的要多得多，舊的和新的結合起來，才創造出一種新的價值。無論如何，保存是自由選擇的行為，有如革命和復興是自由選擇的行為一樣（281）。

歷史總是不斷變化的，但變化並非一夜之間就完全變得和過去兩樣，和過去決裂到沒有一點保存的餘地。例如在近代中國歷史上，五四無疑是反傳統的，然而五四固然激烈反傳統，但在激進之外，也有與傳統聯繫和繼承的一面。余英時曾特別強調五四與傳統相聯繫的一面，指出五四打破傳統偶像的風氣，在清末今古文之爭裡已略見端倪。他認為新文化運動的宣導者們在「反傳統、反禮教之際首先便有意或無意地回

到傳統中非正統或反正統的源頭上去尋找根據。因為這些正是他們比較最熟悉的東西,至於外來的新思想,由於他們接觸不久,瞭解不深,只有附會於傳統中的某些已有的觀念上,才能發生真實的意義。」[1] 當然,五四時代吸收外來思想,並不都是附會於中國固有的舊觀念,但外來文化的成分要在本國文化中紮根,就不能不盡可能與本國傳統中已有的成分相結合,賦予舊觀念以新的意義。只有這樣,外來思想才能融入固有傳統而真正起作用,逐漸改變傳統的面貌。可以說,這是任何文化傳統在歷史變遷中發展變化的基本情形。傳統絕不是鐵板一塊的統一體,其中本來就有趨於保守的正統觀念,也有趨於變革的非正統觀念,既有精英文化的所謂大傳統,也有民間文化的小傳統。任何反傳統的激進思想,都自然會在傳統中去尋找非正統或反正統的源頭。在有關五四的討論中,我們往往只看見五四反傳統的一面,不大注意五四與傳統相關的另一面,所以余英時指出這後一方面,是很必要的補充。

　　伽達默認為傳統不可能僅靠慣性的力量就能自動延續下去,而必須靠一代代人自覺的選擇,要「不斷被確認、把握和培養,」才能繼續存在。這就是說,我們對傳統取什麼態度,選擇哪些方面加以保存,對傳統的延續起非常重要的作用。所以傳統的限制和自由的選擇並不互相排斥、決然對立。恰恰相反,是我們理性的判斷和選擇使傳統得以繼續存在並發揮作用,這是值得我們特別注意的一點。伽達默說:「我們與過去的關係通常並不是與它保持距離或擺脫它。恰恰相反,我們總是處在傳統之中,而且處於其中並不是把它客觀化,就是說,我們並不把傳統所說的視為非我的、異己的東西」(282)。他又說:「歷史闡釋學從一開始就必須拋棄傳統和歷史研究之間、歷史和認識之間的抽象對立。

---

[1] 余英時,「五四運動與中國傳統」,見《史學與傳統》(臺北:時報文化,1982),頁102-03。

活的傳統的作用（Wirkung）和歷史研究的作用形成作用的統一體，分析這個統一體將可以揭示其間相互作用的關係」（282-83）。活的傳統這個概念把過去和現在聯成一個統一體，把傳統和我們生活其中的現在聯繫起來，於是我們可以認識到，傳統不是外在於我們的客體，而是我們生存於其中的文化環境的主要成分，我們看傳統也就不是認識主體去看外在的客體，因為認識主體本身正是在文化傳統當中形成的。拋棄傳統和史學之間、歷史和理性認識之間的抽象對立，當然不是否認歷史本身的客觀性，而是強調認識歷史不僅僅是肯定歷史事件的客觀性，而且是認識歷史事件對於我們現在的意義。這樣一來，歷史的意義與我們的理解就發生密切的關係，歷史不再是被客觀化的死的對象，我們對歷史的理解和闡釋也就負有一種道德責任，具有社會倫理的意義。

　　伽達默區分傳統在自然科學和在人文研究中不同的意義，指出自然科學儘管也受時代環境的影響，但自然科學注重的是知識的進步，是最新的成果，而人文學科則不同，傳統對於人文研究說來，遠比對自然科學說來重要。伽達默說，一個顯而易見的事實是，「人文學科中的偉大成就幾乎永遠不會過時」（284）。當代科學的最新成就也許比十六世紀到十九世紀的科學知識更高明、更正確，但我們在審視文學藝術時，卻不會用這種後來居上的進步觀念去看當代的作品。誰也不會相信當代最新的文學作品，在文學價值上一定超過歷史上偉大的經典作品。伽達默於是提出「經典」概念，指出經典從來包含有規範性的意義。在大部分的西方語言裡，「經典」和「古典」（the classical）是同一個字，這個字既包含有規範的意義，即我們所謂「經典」，又有某一歷史階段或風格的意義，例如文學藝術中的「古典主義」。黑格爾就把希臘藝術稱為古典藝術，認為那是藝術發展的黃金時代，但他又說藝術是已經過去了的東西，因此代表一種往昔的、歷史的風格。在此我們不必去細究這個詞在西方歷史中的複雜性，因為伽達默強調的是這個概念的規範意

義，而中文裡「經典」一詞就充分表示了這樣的意義。伽達默說：「經典總是超越變動的時代和變動的趣味之上。……凡我們稱之為經典的，我們都總會意識到有某種經久長存的東西，有獨立於時間條件而永遠不會喪失的意義——那是和每一時刻的現在並存的一種沒有時間性的現在」（288）。沒有時間性也就是超越時間和變動的趣味，這是一個十分重要的概念。伽達默說：

> 經典體現歷史存在的一個普遍特徵，即在時間將一切銷毀的當中得到保存。在過去的事物中，只有並沒有成為過去的那部分才為歷史認識提供可能，而這正是傳統的一般性質。正如黑格爾所說，經典是「自身有意義的（selbst bedeutende），因而可以自我解釋（selbst Deutende）」。但那歸根到底就意味著，經典能夠自我保存正是由於它自身有意義並能自我解釋；也就是說，它所說的話並不是關於已經過去的事物的陳述，即並不是仍需解釋的文獻式證明，相反，它似乎是特別針對著現在來說話。我們所謂「經典」並不需要首先克服歷史的距離，因為在不斷把過去和現在相聯繫之中，它已經自己克服了這種距離。因此經典無疑是「沒有時間性」的，然而這種無時間性正是歷史存在的一種模式（289-90）。

最後這一句話很有意思，所謂經典的「無時間性」是「歷史存在的一種模式」，就是說經典是在當前的現實歷史中存在的，經典並不是脫離現在的古代文本，卻是和我們現在的狀況和目前的關懷緊密相關聯的。所以伽達默說，「這就是經典的意義：作品直接說話的能力之期限基本上是無限的。無論經典的概念表示有多少距離，如何不可企及，成為文化意識的一部分，『經典文化』這個詞就已經暗示，經典隨時都是有意義的。文化意識表現為與經典作品所屬那個世界共同分享，成為一種終極

的群體」（290）。這就是說，經典作為文化價值的體現和載體，隨時把過去和現在聯繫在一個傳統之中。因此，直截了當說來，經典的「無時間性」就是經典在任何時間都有意義，其「歷史存在的模式」，就是經典隨時都作為現在有意義的東西存在，而不是過去的遺物，更不是往古的殘餘。

　　伽達默強調經典在不同時代都有規範性意義，但經典概念正如傑拉德‧布朗斯所說，「很容易被人誤解」。也許不少人會把經典的「無時間性」和普遍人性或普遍真理的概念相聯繫，而當代西方的各種後現代批評理論早已質疑和解構了普遍人性和普遍真理的概念。於是布朗斯覺得有必要辯解說，「對伽達默說來，經典的真理性並非如此。」[2] 他進一步闡述說，按伽達默的理解，經典不是被動接受我們的閱讀，而是主動影響我們。閱讀經典著作就好像在與蘇格拉底對話：「每部著作對於要來解釋它的人說來，都佔據著蘇格拉底的位置，所以當我們力圖通過分析和詮釋，在形式上化解這著作的文本時，不管我們是否意識到，我們其實都總是像蘇格拉底的對話者那樣，處在被詢問並將自己打開和暴露出來的地位上。」[3] 換句話說，經典對於現在的我們仍然有意義，並不是由於經典表現了共同普遍的人性，而是經典對我們有教化作用，就像蘇格拉底對他周圍的對話者發生影響一樣。這也就是經典的規範性意義之所在，因為經典體現了我們文化傳統中正面的價值，幫助我們形成我們的自我以及我們的文化觀念。在世界各主要的文化傳統裡，經典都是文化價值的體現，包含一個文化傳統持久的觀念和行為規範。

　　不過這種規範和價值並非完全外在於解釋者的現在。威因顯默在闡述伽達默的思想時說：「經典的價值不是現在已經過去而且消失了的

---

[2]　Gerald L. Bruns, *Hermeneutics Ancient and Modern* (New Haven: Yale University Press, 1992), p. 155.

[3]　同上，頁156。

時代的價值，也不是一個完美得超脫歷史而永恆的時代之價值。經典
與其說代表某種歷史現象的特色，毋寧說代表歷史存在的某一特定方
式。」[4] 這一特定方式說到底，就是過去與現在的融合，就是意識到現
在與過去在文化傳統和思想意識上既連續又變化的關係。威因顯默進一
步說：「在解釋中，當經典從它的世界對我們說話時，我們意識到我們
自己的世界仍然是屬於它的世界，而同時它的世界也屬於我們。」[5] 這
就是說，經典並非靜止不變，並非存在於純粹的過去，也並不是與解釋
者無關的外在客體。經典的「無時間性」並不是脫離歷史而永恆，而是
超越特定時空的局限，在長期的歷史理解中幾乎隨時存在於當前，即隨
時作為當前有意義的經典存在。當我們閱讀經典時，我們不是去接觸一
個來自過去、屬於過去的東西，而是把我們自己與經典所能給予我們的
東西融合在一起。如果說自然科學是日新月異，過去的東西往往很快就
失去價值和意義，體現人文傳統的經典則恰恰相反，代表著文化積累的
價值而對現在起積極作用。只要想想我們自《詩經》、《楚辭》和漢、
魏、唐、宋以來豐富的文學經典，就不難明白所謂經典「無時間性」這
個概念。經典是文化傳統的體現，經典的文本超越時代及其趣味的變
化，所以成為聯繫現在與過去的最佳途徑。這的確是自然科學與人文學
科一個根本的區別。伽達默也因此堅持把闡釋學與自然科學的客觀主義
相區別，認為解釋者與經典不是主體與客體的關係，而是相互對話的一
種參與。由此可見，伽達默完全擯棄了十九世紀浪漫闡釋學奉為根本的
普遍人性概念，認為那種永恆不變的普遍人性缺乏對歷史的理解，而他
的闡釋理論則以理解過程本身的歷史性和參與的意識來取代普遍人性概
念。在伽達默看來，研習經典乃是與經典對話，而在這種柏拉圖式的對
話中，人文的經典代表了傳統的智慧，可以給我們教益。正是在與經典

---

[4] Joel C. Weinsheimer, *Gadamer's Hermeneutics: A Reading of Truth and Method* (New Haven: Yale University Press, 1985), p. 174.

[5] 同上，頁175。

的對話或闡釋中，經典顯示出超越時間的長久價值和現實意義，在一代又一代的人的承傳中繼續存在，也對一代又一代的人發生影響，形成一種具有強大生命力的文明。

　　經典作為闡釋的對象，其意義總是和理解者所處的時代和環境相關聯，這一點我們在上面已經討論過了。由於不同時代不同的理解者有不同的眼界和視野，對經典有不同的預期，闡釋的多元也就在所必然。中國古代早已有闡釋多元的明確意識，《易・繫辭上》說「仁者見之謂之仁，知者見之謂之知，」就明確指出不同的人對同一部經典，也必定會有不同的理解。董仲舒《春秋繁露・精華》提出「《詩》無達詁，《易》無達占，《春秋》無達辭，」在中國文學批評傳統裡，就有十分深遠的影響。董仲舒這句話的原意，誠如周裕鍇所說，與文學批評的多元概念本來毫不相關，「不過是西漢今文經學家『六經注我』的靈活闡釋方式的真實寫照罷了。」[6] 但他也承認，董仲舒這句話「之所以在後世被誤讀，並由此引出影響深遠的詩歌闡釋學觀念，乃是因為它提出了一種對文本的理解和解釋的多元化態度，即對文本確定性意義的解構。」[7] 的確，把「詩無達詁」從西漢今文經學家狹隘的含義那裡解放出來，賦予它文學闡釋多元觀念的新意，正是中國闡釋傳統中一個重要的發展。清代的沈德潛在《唐詩別裁》序裡就說：「古人之言，包含無盡；後人讀之，隨其性情淺深高下，各有會心。……董子云：『詩無達詁，』此物此志也。」由此我們完全可以理解，同一部儒家經典在歷代可能有不同的理解。中國的經典傳播到其他文化環境裡，在韓國和日本等東亞各國，更必然有不同的理解。闡釋的多元不僅是一個抽象概念，而且是歷史的事實，值得我們去仔細研究和分析。

---

[6] 周裕鍇《中國古代闡釋學研究》（上海：上海人民出版社，2003），頁74.
[7] 同上，頁79.

　　強調理解總是不同，必然會引出另外一個重要問題，那就是闡釋的合理性問題。換言之，在眾多不同的理解中，是否有一定的尺度和標準，使我們可以區分合理的理解和顯然不合理的誤解呢？經典可能有多種解釋，然而在什麼意義上這些不同解釋都仍然是同一部經典的解釋？經典對解釋者有什麼限制作用？伽達默始終強調理解的多元，但如果以為闡釋學是一種只注重主觀而漫無準則的理論，那就完全錯誤了。法國詩人保羅‧瓦勒裡（Paul Valéry）曾說，他的詩有什麼意義，完全由讀者來決定。伽達默並不同意這一看法，他把這種極端相對主義的看法稱為「站不住腳的闡釋虛無主義」（95）。文學、藝術和歷史等人文學科，往往沒有唯一正確的理解，但這絕不意味著不同理解完全沒有對錯和高下之分。究竟怎樣才是合理的解釋，怎樣可以區分合理的解釋和顯然牽強附會的誤解，就成為闡釋學必須討論的一個重要問題。

　　我在第一章略述闡釋學發展歷史的時候，提到在宗教改革時，馬丁‧路德曾認為《聖經》意義自見，「是自己的解釋者」。上面討論伽達默的經典概念時，我又引用了伽達默的一段話，其中提到黑格爾的看法，即黑格爾認為經典「自身有意義」，而且「可以自我解釋」。黑格爾這一看法當然有路德的影響，但這又不僅僅是路德的看法。在西方文化傳統裡，這個看法還可以追朔到更早，一直到奧古斯丁的《論基督教教義》一書。奧古斯丁在希臘化時期的北非文化環境中成長，熟悉希臘哲學和文學的經典，為了論證語言精簡的《聖經》比描繪細膩的荷馬史詩等希臘經典更高明，他說聖靈有意使《聖經》的經文既有淺顯易懂的段落，也有晦澀難解的段落。有些人急於瞭解經文意義，他們讀淺易的段落，就可以很快滿足他們的意願。但另外有些人習慣於深思而喜愛艱深，並以淺顯為淺薄，如果《聖經》的語言都明白易懂，他們就會以為其中沒有什麼值得瞭解的深意，對《聖經》產生一種鄙棄輕視的態度。所以奧古斯丁說，《聖經》是一部意義明確的書，其中既有意義顯豁的段落，也有晦澀難解的段落，但「晦澀之處所講的一切，無一不是在別

處用曉暢的語言講明白了的。」[8] 奧古斯丁這一論斷在基督教闡釋傳統中，對於維護經典的權威性，對於堅持《聖經》文本的基本意義，都有十分重要的作用。

奧古斯丁這一思想在中世紀很有影響，在十三世紀又得到當時基督教最重要的神學家聖托瑪斯・阿奎那的回應。在十三世紀，亞里斯多德的著作被翻譯成拉丁文，在西方引起極大反響，而亞里斯多德基於人之理性的思想，對基督教神學的精神世界提出了挑戰，於是如何調和信仰與理性，成為一個重大問題。在亞里斯多德和希臘哲學影響之下，當時的思想界對於精神和現實的看法逐漸發生很大變化。如果說中世紀思想把具體的現象世界最終歸納在一個抽象的具有精神意義的象徵世界裡，到十三世紀，不少人就已經把自然視為具有本體意義的真實存在。阿奎那深入研究亞里斯多德的著作，可以說最能代表當時基督教對希臘哲學傳統作出的回應。他的著作明確反映出當時思想世界的重大改變，即如義大利著名學者和作家艾柯（Umberto Eco）所說：「象徵的世界圖像變而為自然的世界圖像，並由此激勵人們以敏銳批判的態度去研究事物之間的因果關係。」[9] 阿奎那深受亞里斯多德影響，儘量以理性態度對待《聖經》的解釋，所以在他的著作裡，產生了一種新的闡釋傾向。他反對完全脫離《聖經》經文的諷寓解釋（allegorical interpretation），而強調經文字面意義的重要。他在一段著名的話裡說：「凡信仰所必需的一切固然包含在精神意義裡，但無不是在經文的別處又照字面意義明白說出來的。」[10] 這當然是繼承了奧古斯丁的觀點。阿奎那認為只有《聖經》才有精神意義，而這精神意義必須以經文的字面意義為根本。

[8] St. Augustine, *On Christian Doctrine*, II. vi. 8, trans. D. W. Robertson, Jr. (Indianapolis: Bobbs-Merrill, 1958), p. 38.

[9] Umberto Eco, *The Aesthetics of Thomas Aquinas*, trans. Hugh Bredin (Cambridge, Mass.: Harvard University Press, 1988), p. 141.

[10] Thomas Aquinas, *Basic Writings of St. Thomas Aquinas*, ed. Anton Pagis, 2 vols. (New York: Random House, 1945), 2: 17.

正如艾柯所說，一旦精神意義僅限於在《聖經》經文裡，那種把現象世界中的一切事物都視為具精神意義的象徵觀念，就逐漸喪失了絕對統率的地位。於是精神的事物歸於精神世界，世俗的事物則復歸於自然。由此艾柯總結說，「在阿奎那的著作裡，我們看到《聖經》之後歷史和自然世界的世俗化。」[11] 因此，在基督教教會神學中，阿奎那代表了一個深刻的轉化。有學者把這稱為十三世紀的文藝復興，我們可以說，阿奎那的思想的確在基本意義上預示了後來文藝復興時代的來臨。

在新教興起的宗教改革中，馬丁路德繼承了從奧古斯丁到阿奎那關於經典闡釋的這一傳統。路德明確宣稱聖靈「只可能有最簡單的意思，即我們所說的書面的、或語言之字面的意義。」[12] 這一傳統強調基督教經典文字本身的意義，而反對把《聖經》的字面意義與精神的解釋對立起來，認為任何精神的或諷寓的解釋，都必須以經文本身的字面意義為基礎。在路德看來，就像在奧古斯丁和阿奎那看來一樣，《聖經》本身就是自己的解釋者，所以在討論路德的《聖經》闡釋時，卡爾弗里德·弗雷利希認為，在那樣一個基督教的闡釋傳統裡，「字面意義並不排斥精神意義，反之亦然。其實這二者是相輔相成的關係。」[13] 前面提到黑格爾認為經典「自身有意義」，而且「可以自我解釋」，顯然就是以奧古斯丁、阿奎那到路德這一闡釋傳統為背景。

如果在中國闡釋傳統中來看對經典文本的重視，我們可以見出在宋人反對漢唐注疏的瑣碎保守當中，就有類似上面所說西方自奧古斯丁、阿奎那至路德那樣以文本為基礎的闡釋傾向。正如朱熹所說，「舊來儒

---

[11] Eco, *The Aesthetics of Thomas Aquinas*, p. 152.

[12] Martin Luther, *Works*, ed. Helmut T. Lehman, trans. Eric W. Gritsch and Ruth C. Gritsch, vol. 39 (Philadelphia: Fortress Press, 1970), p. 178.

[13] Karlfried Froehlich, 「Problems of Lutheran Hermeneutics,」 in John Reumann with Samuel H. Nafzger and Harold H. Ditmanson (eds.), *Studies in Lutheran Hermeneutics* (Philadelphia: Fortress Press, 1979), p. 127.

者不越注疏而已，至永叔、原父、孫明復諸公，始自出議論。」[14] 而自出議論的依據，就是回到經典文本，在對經文整體的理解和把握中，作出自己的解釋。周裕鍇談到歐陽修等人對漢唐注疏的懷疑態度時，說得很對，認為「對權威的盲從意味著理性的萎縮，而對經傳的懷疑則源於理性的張揚。歐陽修曾說明自己疑古的動因，這就是摒棄那些偏離儒家思想體系的曲解和雜說，恢復儒家經典的原始本義。」[15] 從歐陽修的《詩本義》到朱熹的《詩集傳》，都可以明顯見出這一傾向。

　　在當代文學批評理論中，義大利學者艾柯很早就從符號學的角度，討論過讀者在閱讀中的積極作用，論證作品是開放式的。[16] 在二十世紀文學理論發展中，承認讀者的作用本來是合理的觀念，但很快就被推演過度，達到否認作者和文本的不合理甚至荒謬的極端。法國批評家羅蘭・巴爾特（Roland Barthes）曾提出「作者已死」的口號，在西方影響甚大。他認為任何一個文本都是由許多文本的片段組成，互相之間構成複雜的互文性（intertextuality），作者的意圖完全不起作用。尼采在十九世紀宣稱上帝已死，巴爾特則在當代文論中宣稱，作者已經死去。作者不再是作品背後的聲音，不再是語言的主人，「文本的統一不在其起源，而在其目的地」。由各種語言片段組成的複雜文本沒有一個恒定統一的組織，而「這各種各樣的文本只在一個地方集中，那個地方就是讀者。」[17] 作者的意圖和讀者的解釋於是形成非此即彼、互相排斥的對立關係。其實「作者已死」這個概念，正是很有影響的作者巴爾特告訴讀者的，然而巴爾特的追隨者們似乎沒有或者故意忽略這當中的反

---

[14] 朱熹《朱子語類》卷八〇（北京：中華書局，1986），頁2089.

[15] 周裕鍇《中國古代闡釋學研究》，頁210.

[16] 參見Umberto Eco, *The Role of the Reader: Explorations in the Semiotics of Texts* (Bloomington: Indiana University Press, 1979); *The Open Work*, trans. Anna Cancogni (Cambridge, Mass.: Harvard University Press, 1989).

[17] Roland Barthes, 「The Death of the Author,」 in *Image-Music-Text*, trans. Stephen Heath (New York: Hill and Wang, 1977), p. 148.

諷意味。這種走極端的傾向在美國的讀者反應批評中得到進一步發揮，其主將斯坦利・費希（Stanley Fish）不僅認為作者已死，而且連什麼是文本，也由讀者決定。費希甚至宣稱說：「文本的客觀性只是一個幻象。」[18] 所以什麼是文本以及文本有什麼意義，都由讀者決定。艾柯顯然對美國讀者反應批評這種極端傾向覺得不滿，所以他1990年在劍橋大學做坦納講座（Tanner Lectures）時，就提出「作品的意圖」（*intentio operis*）這一新奇概念，認為作品語言可以設定某些限制，避免言過其實的誤解，即他所謂「過度的解釋」（overinterpretation）。

艾柯所謂「作品意圖」並不是擺在文本表面，無需讀者參與就可以發現的東西，而是與「讀者意圖」（*intentio lectoris*）密切相關的。艾柯說：「讀者要下決心才會『看見』它。因此只有作為讀者方面猜測的結果，才談得到文本的意圖。讀者最初的行動，基本上就是猜測文本的意圖。」[19] 由此可見，艾柯仍然十分重視讀者積極參與的作用。美國的讀者反應批評家也許會強調，要提文本意圖這個概念，必定還是要由讀者來決定什麼是文本的意圖，然而艾柯的重點卻不在讀者的決定，而在於指出讀者的決定或猜測，隨時會受到文本的挑戰和回應，因而讀者需要不斷調整和修正最初的猜測，以便在閱讀過程中形成更恰當、更符合實際的理解。艾柯明確地說，文本意圖也就是從奧古斯丁到阿奎那都一直強調的文本的一致，以及字面意義之重要這個老概念。艾柯說：

> 如何驗證關於文本意圖的猜測呢？唯一的辦法就是把文本作為一
> 個統一的整體來檢驗它。這也是一個老的概念，來自奧古斯丁
> （《論基督教教義》）：文本任何部分的解釋，如果得到同一文

[18] Stanley Fish, 「Literature in the Reader: Affective Stylistics,」 in *Is There a Text in This Class? The Interpretive Authority of Interpretive Communities* (Cambridge, Mass.: Harvard University Press, 1980), p. 43.

[19] Umberto Eco with Richard Rorty, Jonathan Culler and Christine Brooke-Rose, *Interpretation and Overinterpretation* (Cambridge: Cambridge University Press, 1992), p. 64.

本另一部分的證明，就可以接受；但如果與同一文本的另一部分相抵觸，就必須斷然拒絕。在這個意義上，文本內在的統一就可以控制此外無法控制的讀者的意願。[20]

　　文本的意圖於是表現為文本的統一，表現為語言文字意義總體的一致。因此，承認文本意圖的重要性也就意味著注意文本字面或明顯的意義。文本，尤其是有複雜結構和豐富含義的文本，往往有不同解釋的可能，但與此同時，文本又總是設定某種限制，所以解釋的可能又並不是無限的，更不是沒有高低上下之分。艾柯提出文本總體的統一性為標準，即讓文本的不同部分互相支援，彼此驗證，來檢驗解釋是否合理，並區別各種不同解釋的高下和相對價值。雖然這並不能完全排除意義的含混和解釋的多種可能，但畢竟是以文本為基礎的闡釋方法，可以防止脫離文本、不著邊際那種想當然的猜測，也可以排除那些斷章取義、牽強附會的曲解和誤解。我們前面談到海德格爾討論闡釋循環和理解的「先結構」概念時，強調說闡釋的任務就是不要任隨自己的先見把主觀構想的意義強加給理解的對象，而「要依據事物本身來整理這些先結構，從而達到科學的認識」。艾柯提出「文本的意圖」這個概念，其實也是強調文本即事物本身必須成為理解和闡釋的基本前提，我們的闡釋必須依據事物本身來推演。闡釋是多元的，但闡釋的多元不應該走極端，承認讀者的作用不必完全排除作者和文本，而真正有說服力的正解和勝解，一定是考慮到各種因素，可以把文本意義的總體解釋得最完滿圓通、最合情合理的解釋。前面討論到權威的建立是理性的選擇，以承認別人更高明的見解為前提。具有權威性的解釋也正是如此，那就是最能照顧到文本各方面細節及其聯繫、最能揭示文本的豐富意蘊、最深刻又最具說服力的解釋。所以闡釋學教給我們的多元態度，固然不是堅持

---

[20] 同上，頁65。

己見，自以為唯一正確，但也絕不是漫無規矩，毫無標準，而是一種有原則的克服和寬容的態度。在理解和闡釋的過程中，我們應該儘量追求近於正確的解釋，同時又採取開放的心態，隨時準備聽取他人的見解，以吸取更合理的成分來使自己的解釋更圓滿，更完善。

演講後問答

問：張教授，您剛才提及對文本的闡釋有其主觀性，仁者見仁，智者見智，但也要在總體上受原文的制約。我今天提的問題與翻譯相關，在翻譯的時候，我們需要對文本進行闡釋，先假定這個闡釋是正確的，但發現文本經過翻譯，在新的語境下有新的意義，有新的闡釋的可能。在這個時候，翻譯的下一步表達要怎麼做？是原封不動地保留原文意義，還是按照新的語境來對之前的理解進行修正，以新的面貌產生一個新的文本？

答：翻譯確實與闡釋和理解有密切關係。翻譯的過程也就是理解的過程。翻譯就是理解了原文以後，把原文用另外一種語言表述出來。在表達的時候，新的語境會有新的意義，往往和新的語言有直接關係。換句話說，原文，譬如一首詩，在原先的語言中會有各種各樣的聯想，用新的語言表現的時候，這種聯想可能就不太一樣了。所以有時候，翻譯和原文會有區別。脫離了具體的例子很難談這個問題，一般說來，翻譯後的一首詩在新的語言中給讀者的印象和聯想，應該接近詩歌原文在原來語言中給讀者帶來的印象和聯想。當然這個難度很大，我們應該儘量爭取做到這一點，而不是在翻譯中過多發揮，把譯作變成一個完全不同於原作的東西。舉個例子來講，我在美國教西方文學批評史，經常會講到賀拉斯的《詩藝》，*Ars Poetica* 有很多英文翻譯，我選的那個教材用的是一個新的翻譯版本，我看了就覺得很不舒服。因為賀拉斯舉了當時一些重要的作家和藝術家，但是譯者覺得這些人在當代美國幾乎沒有人知道，就把這些人名換成了當代美國學生容易接受的人名。原文講到音樂對

人的影響，舉了一個人名，譯者居然用貝多芬取代了。古羅馬賀拉斯的詩裡怎麼可能出現貝多芬呢？我完全不能接受這樣的譯法，這不僅不符合歷史，而且這樣遷就讀者，實在是太低劣的做法。翻譯本來就是要給讀者介紹他們可能不知道的新東西，如果因為讀者可能不熟悉就改動原文，那何必要翻譯呢？

問：張教授，剛才您講到經典的無時間性（timelessness），自主性，及其非常強大的生命力。我想是不是有這樣一種可能，在歷代的教育傳承過程中，作品變成一種經典的東西，成為經典。我們任何一個教師所受的訓練，有一個傳承的過程，這就構成了我們本身知識的一部分。我們又把這些知識傳承給學生，同時，這些知識構成教師權威的一部分。在這個意義上，也許經典本身有強大的生命力，但也許是歷史傳承使得經典流傳下來。

答：你講得很有道理。這兩者的確都起作用，但是它們對不同性質的經典可能影響不同。比如說，宗教的經典，聖經或者伊斯蘭教的可蘭經，institutionalize的作用就非常重要，只要是信仰這種宗教的人就不可能去改變這些經典，它們和教會組織有很大的關係。至於說，這些經典本身的意義，或者說對現代人以及其他時代的人有什麼意義，在很大程度上，就不是重要的問題。信教的人就必須接受這樣的經典。但是寬泛意義上的經典，尤其是我們講的文學藝術經典，變動的可能性就非常大了。當然，你是否認為一部作品是經典，和老師教給你什麼是有關係的。但是同時我們應該看到，經典的變化也很大。例如說，在十九世紀末至二十世紀初，拜倫是最有名的英國詩人，知名度遠遠超過十九世紀的其他詩人。但在二十世紀，拜倫的名氣就遠遠不如華茲華斯和濟慈等詩人。所以在這個過程中，十九世紀英國浪漫主義文學經典的變化非常大。在T. S.艾略特的現代主義時代，像John Donne這些玄學派詩人成為非常重要的詩人，

但到二十一世紀，就很少有人談到這些詩人。這就體現了變化。這和宗教經典就不一樣。宗教經典，相對比較固定，文學經典變化就比較多。而且這和一個時代的風氣以及對作品的理解等因素，都有關係。這兩者不是完全衝突的，只是對於不同作品的影響可能不同。

問：張教授，您好！聽了您基於文本的闡釋學的認識，我非常認同。我的問題是，基於相同的一個文本，進行不同維度的闡釋。譬如文革之後對於魯迅《野草》的研究，基於同樣的文本，結合日記等材料進行一些實證的研究，可能會得出不同的結論。想請問您對這個問題的看法。謝謝！

答：對於文學藝術作品，往往有不同的理解。相對魯迅的雜文和小說，以前對魯迅的《野草》研究得比較少。文革後，孫玉石寫了一部關於《野草》的著作。《野草》的文本沒有變化，魯迅的其他文本以及各個文本之間的關係，也是一直都存在的，但如何看待這些關係，和研究者所處的時代環境可能有很大關係。以前研究魯迅較關注他革命和激進的方面，而在《野草》裡，魯迅較多地進行自我剖析，體現了魯迅複雜的、消極的一面，這在以前討論得較少。在文革之後，相對開放的環境裡，這個問題就可以討論了。這也是後來大家對《野草》感興趣的原因。至於說兩種解釋哪種更好，這很難講。尤其是文學藝術的解釋，我們往往很難說哪種方法對，哪種一定就錯。同一種方法，同一個環境，由於解釋者功力不同，對作品理解的深度不一樣，得到的解釋就會很不一樣。我們很難說哪種方法更好，而只能說哪個具體的解釋、哪本書或者哪篇文章是更好的。換句話說，方法只是給你指引，具體的結論，尤其是人文學科，往往和研究者本人有很大關係。人文研究所以帶有很強的個人性，而且還要看具體的表述是否更有說服力。這是最重要的。

問：張教授，您好！您剛才談到經典是無時間性的，經典克服了時空的重重障礙，來到了當下。那麼經典的這種當下性是來自何方呢？是來自作者，文本，還是讀者的闡釋？謝謝！

答：我們說的經典，往往是指過去的一些東西，那麼過去的作者和過去的環境顯然不可能預見到將來的情形。伽達默所說的經典沒有時間性，這不是一個永恆的人性的問題，而是指在不同時代，我們自己通過理性選擇，認定它是仍然有意義的經典。一個經典之所以在當代有意義，一定是當代的讀者認為這個經典還有意義。所以，更多取決於當下的環境，而不是過去的環境。我們剛才談到宗教經典和文學經典的區別，宗教經典較少取決於讀者自己的決定，宗教信仰和宗教組織決定了這個經典是重要的，你不會去懷疑它的重要性和經典性質。而文學、哲學、歷史這些方面的著作，往往就取決於個人的選擇。有些東西我們可能覺得已經過時了，現在沒有太大意義。在這個意義上，說經典沒有時間性，是指我們現在的人決定，這些經典對我們還有意義。

問：文本可能有兩種，有的相對淺顯，有的非常含混。對於含混的作品，我們當下的人可能從中讀出當代的意義。但有的作品寫得太清楚，較多受時間和環境的限制，反而不容易讓當代人有所聯想，因此它的經典性可能就被其他作品所替代。您怎麼看這個問題？

答：經典作品往往都是比較有深意的，深意不一定要用晦澀的形式表現出來。有的作品意大於言，往往容易成為經典。我們講到，當代的作品很難成為經典，因為它們沒有經過時間的檢驗，你不知道，再過幾十年一百年，人們是不是還會覺得這些作品有意義。我們認為古代的作品有意義，往往是古代作品中精華的部分，通過時間的篩選保留下來的。時間選擇也是人的選擇。也就是說，在不同的時代，不同的環境，人們都覺得那些作品有意義。所以，經典不

可能是某個人來決定。在美國，曾有段時間，流行一種去經典化（decanonization）的思想，就是說，經典都是人為決定的，往往都是一些白人、男性、有權威的大學教授們決定的（笑）。因為我們覺得這個是經典，所以大家都要讀這個。其實這個想法是不成立的。譬如說，伊莉莎白女王也沒有說大家都要去讀莎士比亞。莎士比亞真正成為經典是在十八世紀以後，自十七世紀初莎士比亞去世之後，又經歷了啟蒙時代、君主立憲時期，一直到現代，這是經歷了不同的政治歷史環境之後的結果。我們現在讀唐代的詩，並不是因為哪個朝代的皇帝說它們是好的。哪些是經典，不是政治或學術的權威能決定的，而是讀者自己的選擇。經典，是讀者自發對它的尊重，而不是外力強迫的。

問：張教授，您好！您剛才提到，經典是經過時代的篩選流傳下來的。我的問題是，經典經過很多時代很多人的闡釋之後，會不會內涵越來越少了，我們當代的人就無法知道它真實的面目了？另外，您剛才還說到，現代社會很多人反對權威，我身邊也有這樣的人，認為我們頭腦中的東西都是錯的，社會上越流行的東西越不好，越成功的人越不好。不知道您怎麼看？謝謝！

答：關於第一個問題，二十世紀曾有個古史辨運動，他們認為，歷代的經典，尤其是古代經典的意義，都被歷代的注疏以及各種解釋掩蓋了，因此他們希望恢復經典本來的意義。當時有一個疑古的傳統。當然，今天看來，他們有些做法是過分了。有些他們認為假的、虛偽的東西，通過考古，我們發現不是。這種懷疑的態度是理性的，即不要盲從權威。但懷疑過頭也不好。這就是你的第二個問題，例如像你的朋友認為的，凡是成功的，都是虛偽的。這是對社會的一種觀察，覺得現在的社會有很多不公平的地方，有很多很糟糕的方面，因此產生這樣極端的看法。任何看法都不是突然產生的，而是

一定有其原因。但任何看法走極端都是危險的，因為事物不應該是
絕對的，事物總是複雜的，不應該以偏概全。年輕人的反叛精神有
一定合理性，這可能也說明認識的深度和廣度還不夠。這可以通過
自己的學習、成長以及經驗的積累加以糾正。

問：張教授，您好！您今天談到，經典是一種自發的選擇，是對更高認
　　識的尊重。我覺得有些問題可能沒有解釋清楚。我的疑問是，這是
　　從誰的角度自發選擇？是從誰的角度來對更高認識的尊重呢？這會
　　不會對個人的良知、能動性等抱有理想化的想法？在這個想法裡，
　　意識形態和文化霸權又是怎麼體現的？另外，在我們這個後現代時
　　代，如果每個人都堅持自己的理解和詮釋，權威和經典是不是又會
　　變成迷思（myth），變成神話了呢？您剛才談到文本有一個內在
　　的統一性，但是並不是每個讀者都有能力來鑒別文本的內在統一
　　性，而且，就算鑒別了文本的內在統一性，這也可能是某種詮釋訓
　　練的必然結果。可能我的問題比較龐雜，我主要在考慮權威和民主
　　化的關係。如果說經典是一種自發的選擇，那麼它是不是具有一種
　　類似於統計學的意義？不知道您怎麼看。謝謝！

答：伽達默談的權威，主要是針對十八世紀以來西方的傳統，尤其是啟
　　蒙時代的觀念來講的。他認為，啟蒙時代把權威看成理性的對立
　　面，看成是自由選擇的對立面，這是不對的。因為他認為，權威的
　　本質是一種尊重和認識，是理性選擇本身的結果。你的問題是，誰
　　來選擇，以及選擇和意識形態控制、文化霸權的關係是怎樣的。這
　　是很好的問題。他的設想是否理想化呢？我覺得可能是。伽達默書
　　中的討論並沒有涉及具體的時代歷史環境，而是假設在正常情況
　　下，人應該怎樣。這本身帶有一定的理想化色彩。換句話說，在一
　　個正常的社會裡面，一個受過教育的人，怎樣去認識權威呢？是
　　通過這個人自己理性的判斷。他首先設定每個人都是有理性的。

古代有個說法，人是理性的動物。在希臘文裡，理性是logos，但logos也是說話或語言。以前我們把人說成是「理性的動物」（animal rationale），其實人也就是「有語言的動物」（animal with language），因此理性和語言有很密切的關係。每個人都懂語言，因此都有理性的本質。在這個假設的基礎上，他認為每個人都能做理性的選擇，因此理性的選擇是從個人角度看的。從這個意義上說，這是一種民主的設想。每個人有自由選擇的可能性，有自由選擇的能力，以此來選擇更高的認識，承認其權威性。至於說到與文化霸權和意識形態控制的關係，你說在後現代社會，這些東西好像都被解構掉了，那麼怎麼辦呢？我說，後現代解構的本身就是一種霸權。誰是你的權威？德里達。我所說的理性的選擇，是需要每個人真正去思考，而不是借助任何的權威。這就要提到我剛才舉的例子，羅蘭・巴特是很重要的一個批評家，我很喜歡他寫的東西，可是當他說作者死掉的時候，我就覺得他走極端了。我們現在每個學生都說作者早就死了，誰告訴你的？羅蘭・巴特。他是什麼人？他是個作者。你沒覺察到這當中有反諷的意味嗎？可是很多人沒有認識到這種反諷。我覺得真正批判的思維，是要對所有的權威進行思考，包括後現代理論的權威。但這也不等於說，因為要對後現代的權威進行思考，現代的、前現代的就成為權威。因此，霸權就是沒有使用你自己理性的思考，就被動去接受一個現成的思考。作為一個理性的人、學生或者學者，進行思考的時候，不要接受任何權威。權威的本質是自己理性的選擇。沒有經過自己理性選擇的，就是一種霸權。任何一個時代的風氣，都可能形成霸權。批判的思考是針對這些東西的。

問：張教授，您好！您剛才講到了傳統在歷史當中總是有活躍、自由的因素。以我現在的體會來說，在當下這個時代，我感到特別迷茫，

不知道該怎樣選擇和規範自己？未來的路是怎樣的？不僅僅是現實的考慮，而是更高層次的考慮。有些老師也說，現在缺乏一個規範的主流的價值。當我去讀一些經典，回歸中國文化傳統的時候，我依然不能夠找到答案。想問您是如何看待當下的時代與中國文化傳統的關係。

答：我們每個人在成長過程中都會有各種各樣的疑問。最根本的還是在於要自己去思考。你說回歸到中國的傳統，當然這就包括閱讀中國的經典。你在閱讀的時候會看到，有些東西現在看來可能是過時的，有些東西到現在看來還是有道理的。尤其是把它上升到一個抽象的理論層次的時候，很多道理都是對的。這要自己去認識，並一步一步建立起自己對事物的正確判斷。首先，對生命的尊重，這在任何權威、經典和文化傳統中都是非常重要的。《摩西十誡》的第一誡就是不要殺人。因此，凡是不尊重人的生命，那就是錯的。這是一個非常簡單的是非問題。從這裡開始，你可以找到很多其它問題的答案。所以每個人的價值系統的建立，是需要通過一步一步的思考去實現的。但大部分人是不喜歡做這個事情的，就等著別人告訴我什麼是對的就好了。所以，存在主義哲學有一定的道理，它說自由其實是一個可怕的事情。任何事情都要讓自己選擇，是很累的。所以我們都不大願意自己選擇，這其實是偷懶的辦法。一個認真的人要想真正建立起自己認為是正確的價值系統的話，就要自己去做理性的判斷。這是很困難的。但是，一個認真的人就應該去這樣做。我們的時代可能很壞，但不可能是最壞的。我告訴你，我經歷過更壞的時代（笑）。所以，你應該比我更有信心。

問：剛才您提到經典之所以超越時間性，不在於它表達了具有某種永恆性的價值，而在於不同時代的人都可以發現它在當下的價值。但如果不同時代的人所發現的當下價值具有共通性的話，那麼這種價值

是否具有歷時性？比如說，我們喜愛《世說新語》這本書，這本書當然不會在歷史中一直是一種顯學，但是在每個歷史時代，總有一部分人喜愛它，因為我們從中發現了一種自由自在的、飛揚的、恣肆的、美好的生命。那麼是不是這樣一種人性的自由和自在，可以成為在歷史當中綿延不絕的一種價值？

答：對，我覺得你講得非常好。我們說將普遍人性作為一個簡單的基礎，來證明經典的超越時間性，在理論上是不夠的。但是，這並不否認在不同的時代，人們有很多的共同性。你剛才舉的例子非常好。那種豁達、自由的心態，可能在不同的時代，對很多人都有吸引力。雖不能說它是永恆的，但在不同的時代，大家都會覺得它是好的。我剛才舉了個例子，說尊重生命，我相信它是永恆的。我們沒有聽說過有不尊重生命的文化，如果有，大概他們因為毀滅別人和自己，也早死光了，也就不可能存在了。所以我想只要有人，只要有文化傳統的地方，對生命都會是尊重的。因此我覺得這是一個永恆的東西。這個永恆與我們講抽象的永恆是有一定區別的。我完全贊成不同的時代中，大家對於某些東西會產生共鳴。這就是為什麼經典在不同的時代可以成為經典的原因。換句話說，經典本身有一定的東西是不同時代的人都可以去追尋的。

問：您剛才說經典是由理性的人做出的理性選擇。但人和人是不一樣的，有的人理性強一些，有的人理性弱一些，會不會出現這樣一種情況：理性強的人做出一個選擇，然後理性弱的人會去附和他？例如夏志清寫了一部《中國現代小說史》，捧了一些如錢鍾書、張愛玲、張天翼這樣的作家，於是後來人們才開始去研究這些作家。前兩天《東方早報》有篇對夏志清先生的採訪，其中就提到，夏志清不斷地說：「我真聰明，我當時就發現這些人多麼了不起」（笑）。所以我想問的是，所謂的經典會不會就是理性的強人的選擇？

答：夏志清先生自己是比較喜歡說這種話的。我和他認識，所以我不覺
　　得很驚訝。至於說有沒有理性強的人和理性弱的人，我承認人和人
　　是不一樣的，每個人因為處在不同的生活環境中，他的教育程度，
　　知識涉獵的範圍都不同，所以思想都是不一樣的。但人在潛在的能
　　力上，即可能性上是完全一樣的。至於那種可能性實踐到什麼程
　　度，那就完全不一樣了。這和他的社會環境，他的生活經歷等各方
　　面都有關係。這也是我前面演講中提到的horizon，就是每個人都
　　有不同的視野。所謂理性強人，如果從好的方面講，就是權威。什
　　麼是權威？就是他的認識是很高的認識。而且你有理性的認識，你
　　就可以認識到他的高度。打個比喻說，傳統中我們認為杜甫的詩是
　　寫得最好的，雖然有不喜歡他的詩的人，但大部分人都認為他的詩
　　是最好的。但這個認識是怎麼來的呢？有兩種可能，一種是你的老
　　師告訴你，杜甫的詩是最好的，所以你就接受了。另外一種是你自
　　己也會寫詩，對中國文學有很高的修養，你認識到杜甫的詩寫得最
　　好，你認識到你自己寫不出來那樣的詩。你認識到甚至別的大詩人
　　寫的詩，都沒有他那麼好。這就是一種更有理性的判斷。而不是盲
　　從。這才是真正好的情況：你自己去做判斷。如果你沒有經過自己
　　的理性判斷而只是盲從，前面提到的理性強人就有可能變成一種霸
　　權。如果你經過自己的思考，那麼這種權威就會成為一種正面的權
　　威。沒有自己的理解，即使是對的理解也只是外在的權威，而不是
　　內在的。伽達默講的權威就是這個意思，即通過自己的理性判斷承
　　認和接受的權威。他認為十八世紀啟蒙時代的錯誤，不在於反對權
　　威，而在於把權威跟理性完全對立起來。他認為真正的權威是理性
　　判斷的結果。所以我認為我們每個人都應該通過自己的思考，去認
　　識什麼是更高的認識。這樣才是建立一個社會規範的基礎。不然的
　　話，怎麼建立社會規範呢？憑什麼我要服從這個東西呢？如果沒有
　　自我的判斷，就會沒有規範，然後就會有人的自我迷失，不知道什

麼是好，什麼是壞的。或者會產生一種極端的看法：凡是現成的東西都是壞的。在美國有位年輕的歷史學家叫Sophia Rosenfeld，她寫的一本書專門講十八世紀的common sense，常識。為什麼十八世紀的整個歐洲都在講常識問題呢？十八世紀一個重要的哲學家維科，他有一個很重要的觀念就是常識（sensus communis）。然後還有伏爾泰，還有英國的休謨，這些人都談常識問題。為什麼？因為在那個啟蒙時代，大家都希望在理性的基礎上，建立一套規範。當時要擺脫中世紀的血統世襲制度和觀念。為什麼法國、英國啟蒙時代的思想家都喜歡中國呢？因為中國有一個很重要的制度：科舉考試制度。在理論上來說，不管你的家庭背景如何，只要你能考上，就一定能當官。在中國古代，你只要四書五經讀得好，詩寫得好，考試考成功了，一定會有高官做。這就提供一種社會地位的變動性。即使出生很貧窮，也可以改變命運。在西方，很容易把柏拉圖的哲學家為王和中國的科舉考試制度這兩個觀念結合起來。所以像伏爾泰這樣的人會對中國這麼著迷，他們其實並不懂中文，也沒去過中國，都是從傳教士的介紹中暸解中國的情形，就非常喜歡中國的這個制度。比較當時歐洲世襲的社會制度來講，這當然是更好的一個制度，起碼會有一種改變的可能性，而且這種改變是基於你自己讀書讀得好不好。這在當時的西方看來簡直太理想了。因為在西方，你讀書讀得再好也沒用。生下來不是公爵，就一輩子也當不了公爵。公爵的兒子即使再蠢，一個字不認識，也會是公爵。十八世紀在脫離了這個制度以後，要建立起好與壞的規範時，就要靠理性和常識。法國為什麼會有「百科全書派」？那就是啟蒙思想家們用百科全書的方式，把什麼事情都給你講出來，認為理性會怎麼看這個問題，然後逐漸形成一個社會共識。這是很重要的。我們在後現代的批判當中往往把啟蒙否定掉了，這是比較簡單化的否定。現在，在美國的歷史研究當中，這本書變得非常重要，而且很成功，

　　我自己看了後覺得非常好。再回到由理性再建立一個社會規範，建立共識，這個在美國恰好是一個很缺乏的問題。這對中國而言，也是一個很重要的問題。

3.語言、藝術與審美意識

　　在1906年左右，王國維大概最早在中國提出了美育問題，在那之後不久，蔡元培於1917年在《新青年》發表《以美育代宗教說》，認為一切宗教都排除異己，陡起爭端，唯有美感能使人超脫個人利害的特殊性而具人類之普遍性，能夠「破人我之見，去利害得失之計較」，更能「陶養性靈」，使人「日進於高尚」。[1] 認為美感沒有實際利害的考慮，這一觀念顯然有德國哲學家康德的影響，而以美育代宗教更顯然是西方社會經過十八世紀啟蒙時代而世俗化之後，也就是尼采所謂上帝已死之後，在精神方面取代宗教的一種選擇。在二十世紀初，那曾經是一個爭論得頗為熱烈的話題，當時的中國學者也參與其中。然而我們看二十世紀的實際情形，無論西方還是東方，美和藝術都並沒有取代宗教而成為最重要普遍的思維模式，反而是與美和藝術非常不同的科學技術有突飛猛進的發展，產生了至今也是最具深遠影響的力量。在整個現代社會和人們的日常生活中，科學和科學方法都成了最具普遍意義的規範和原則。然而自然科學是人對自然的認識，科學方法則是一套規範，並不等同於認識本身。自然和人類社會有重大區別，把研究自然的方法用來處理人類的社會、生活與文化，當然很不恰當，也必然會出現許多不能解決的問題。當然，美育不能也不必代替宗教，但在科學方法主導一切的情形下，我們實在應該重新認識美和藝術在我們這個時代的意義。人

---

[1] 蔡元培《蔡元培美學文選》（北京：北京大學出版社，1983），頁72。

的生活和認識是複雜而豐富的，科學認識只是人對自然和事物的認識，是人的認識之一部分，除此之外，還有精神意識是人類生活中非常重要的方面。科學不能取代人類的精神生活，這不必贅言。伽達默就明確指出人類文明和自然有根本區別。他說：

> 人類文明與自然主要的分別在於，文明不僅僅是一個各種力量和能力發揮作用的地方；人之為人在於其行動，在於他有怎樣的行為舉止，也就是說，人因為是人，便會按一定的方式行動。因此，亞里斯多德認為倫常（ethos）不同於自然（physis），是自然規律不適用的領域，但又不是無規律可循的領域，其所有的是人類的文物制度和人類的行為方式，而這些都只在有限的程度上和自然的規律相似（312）。

　　既然人類的文化和文明不同於自然，自然規律也不適用於文化和文明，那麼研究自然規律的科學顯然就不能取代人文研究。我們在二十一世紀應該看得很清楚，科學的發展並不能解決人類精神生活的需求，甚至與精神生活和文化傳統形成對立。在近三十年中，我們經歷了中國從文革到改革開放以來空前巨大的變化，今日中國的情形，是三十多年前難以想像的。在這種巨變之中，在發展經濟和科技的同時，究竟怎樣可以使我們的文化和精神生活有更健全的發展，的確值得我們深思。王元化先生為2003年中國人文教育高層論壇題詞，對此問題曾提出一個很好的回答。他說：「人文精神不能轉化為生產力，更不能直接產生經濟效益。但一個社會如果缺乏由人文精神所培育的責任倫理、公民意識、職業道德、敬業精神，形成精神世界的偏枯，使人的素質越來越低下，那麼這個社會縱使消費發達，物品豐茂，也不能算是文明社會，而且最終必將衰敗下去」。[2] 他在

---

[2] 王元化《清園書屋筆箚》（杭州：中國美術學院出版社，2004），頁27。

一篇討論人文精神的文章裡還直截了當地說：「一個以時尚為主導的社會文化中，是沒有真正有深度的精神生活可言的。」[3] 這些話當然是針對當前的社會狀況有感而發。在大力發展經濟和科學的同時，我們有必要強調精神文化的價值，強調人文教育的價值，而在這當中，美和藝術在我們生活中有怎樣的位置，可以說具有標誌性的意義。

在前面我已經提到，伽達默特別注重美和藝術的意義，《真理與方法》正是在科學方法至上的現代社會環境裡，為人的精神文化價值辯護。所以，這部哲學名著不僅是德國闡釋學傳統在當代最重要的表述，而且是在二十世紀對人文學科的真理和認識價值所作最深刻的闡發。伽達默的哲學闡釋學特別注重藝術和美學的問題，因為審美判斷不以邏輯推演為基礎，藝術的意蘊也不像數學那樣可以精確規定。換言之，美和藝術代表了與科學很不相同的另一種創造，另一種經驗和另一種認識。在人類生活中，這如果不是比科學更重要，也至少是同樣重要的創造、經驗和認識。伽達默反復強調說，科學認識和科學真理並不是全部認識或全部真理。英國的道德哲學家們曾指出，道德和審美判斷服從的不是理，而是情或者趣味。康德也指出，審美判斷沒有邏輯的基礎。這點對美學說來很重要，最先探討美學的德國哲學家鮑姆加屯（Alexander Gottlieb Baumgarten）就說，判斷力所識別的是感性的、個別而獨特的東西，審美判斷就是關於這個個別的東西是完美還是不完美的判斷。然而伽達默認為，判斷並非只是審美的，因為「我們對法律和道德的認識也總是由個別案例來加以補充，甚至由個別案例來決定，因而具有建設的意義。法官不僅具體應用現成的法律，而且通過他的判斷做出貢獻，發展法律。道德也和法律一樣，通過個別案例的豐富細節來不斷發展。所以對美與崇高的鑒賞那種判斷，並非只在自然和藝術的領域裡才有建設意義。我們甚至不能像康德那樣，說判斷的建設作用『主要』表現在

---

[3] 王元化《清園近作集》（上海：文匯出版社，2004），頁7。

這一領域裡」（38）。　個別案例之所以是個別，就說明一般規律不能完全包括它，所以對個案的判斷和鑒定不僅只是應用一般規律，而且也是對規律的修正和補充，是一般規律和具體情形相結合來共同作出的決斷。法律的改進和發展，就是依靠個別案例來補充和修正。這就說明在人類認識的發展中，注重普遍規律的科學認識和真理，也不斷需要個別和特殊的經驗來加以補充和修正，而美和藝術雖然並非沒有自身的規律和原則可循，但其注重的恰好就是這樣的個別和特殊。個別與普遍的關係，審美經驗與邏輯推理的關係，也就表現在藝術與科學的互動之中。

伽達默非常重視康德在《判斷力批判》裡對審美判斷的論述，但他強調判斷不僅是審美的，而且在法律和道德中也非常重要，就把判斷和趣味等相關的概念放在更大的範圍裡，顯出審美問題與人類生活其他主要方面的聯繫。康德充分承認審美判斷的主觀性，他對審美判斷的超驗證明建立起了審美意識的自主性，承認審美領域是不同於邏輯演繹的另一個意識活動的領域。但與此同時，他也就排除了自然科學知識之外其他知識的真理性。也就是說，只有以邏輯判斷為基礎的科學才是真理。伽達默對此並不同意，他說：「康德賦予審美判斷的超驗作用足以把審美判斷區別於概念知識，因而可以決定美和藝術的現象。可是把真理的概念只留給概念知識，是正確的嗎？我們不是也必須承認，藝術品也有真理嗎？」（41-42）這就是伽達默在哲學闡釋學中何以特別注重美和藝術的主要原因，即認為美和藝術能夠給人以真理，而那是不同於概念知識或科學認識的真理。

康德的美學更多討論的是自然美，他認為自然美與道德的觀念有聯繫，所以比藝術美更高。但伽達默認為，我們也可以反過來說，自然美不如藝術美，因為自然美不能明白表達，而藝術美的優越正在於藝術的語言不像自然那樣，可以任隨人心情的不同來做不同的解釋，卻可以確切表達一定的意義，同時又不是限制人的頭腦，而是打開人的認知能力去自由馳騁。康德之後哲學的發展，改變了康德許多概念的意義。席

勒的審美教育就把藝術──而不是趣味和判斷──提到首位，黑格爾美
學更完全以藝術作為討論的基點，而且自然美在黑格爾那裡，已經只是
「精神的反映」（58）。十九世紀中葉以後出現了反黑格爾主義的傾
向，並且提出了「回到康德去」的口號，但是反黑格爾主義並沒有真正
回到康德去。康德注重自然美，而十九世紀後期以來的美學卻把藝術和
天才作為美學的中心概念，康德注重的自然美和趣味問題反而被人忽
略。康德本來把天才概念局限在藝術的創造，而十九世紀則把天才概念
擴大到一切創造，並且以無意識創造的觀念為基礎。這些觀念通過叔本
華和無意識學說，產生了非常普遍的影響。值得注意的是，十九世紀天
才無意識創造這個概念，使解釋成為必要。因為無意識創造的作品，其
意義內涵必須通過理解和解釋，才可以上升到意識的層面，而這就和闡
釋學在十九世紀的興起有直接的關係。正是在天才無意識創造這一概念
的基礎上，施賴爾馬赫最早提出了普遍闡釋學，並且規定闡釋學的任務
是「首先理解得和作者一樣，然後理解得甚至比作者更好。」[4] 闡釋學
一個基本的原則就是意義大於作品本身，超出作品表面的範圍，並且可
以通過理解和解釋充分展現出來。理解和解釋不僅是運用邏輯的理論，
而且是需要想像和創意的藝術，也就是闡釋的藝術。

　　什麼是藝術的真理，藝術的真和一般現實的關係如何，這在西方
傳統中是一個古老的問題。柏拉圖認為唯一的真實是理念，我們一般所
謂現實即現象世界是這個理念世界的影子，而摹仿現象世界的藝術更是
影子的影子，摹仿的摹仿，所以柏拉圖說，「摹仿和真理隔了三層」，
加之藝術無助於人理性的成長，卻只培養人的感情，所以柏拉圖要把詩
人逐出他的理想國。[5] 可是柏拉圖的學生亞里斯多德卻看法不同。在西

---

[4] Friedrich Schleiermacher, *Hermeneutics: The Handwritten Manuscript*, trans. James Duke and Jack Forstman (Missoula: Scholars Press, 1977), p. 112.

[5] Plato, *Republic*, X, 602c, 607a, *The Collected Dialogues, including the Letters*, eds. Edith Hamilton and Huntington Cairns (Princeton: Princeton University Press, 1961), pp. 827, 832.

方,可以說亞里斯多德最早開始了為詩辯護,也就是為藝術辯護的傳統。亞里斯多德並不認為理念世界是唯一的真實,自然或現象世界也不是理念世界的影子,摹仿現實的藝術也就並沒有和真理隔了三層。恰恰相反,他在《詩學》裡比較歷史和詩,認為「歷史講述的是已經發生的事,詩講述的是可能發生的事。由於這個原因,詩比歷史更帶哲理,更嚴肅;詩所說的是普遍的事物,歷史所說的則是個別的事物。」[6] 由此可見,在亞里斯多德看來,像歷史那樣據實記錄具體的人物和過去發生的事件,並不能揭示事物的本質,而藝術摹仿或藝術再現不是照本宣科地表現事物的表像和個別特點,反而能揭示出事物的本質和普遍意義。所以亞里斯多德已經提出藝術之真的問題,而且把這種揭示本質和普遍意義的藝術之真,區別於僅僅記錄實際情形表面的歷史之真。

伽達默對藝術的理解繼承了亞里斯多德的傳統,他把藝術定義為普通現實的轉化,於是「從這個觀點看來,『現實』可以定義為未經轉化的,而藝術則把這一現實提升(Aufhebung)為真理」(113)。藝術再現不是機械地複製事物,不是簡單重複或拷貝。伽達默說:「本質的再現絕不是簡單摹仿,而必然具有揭示性。摹仿必定會去掉一些成分,又突出另一些成分。」這種去粗取精的過程,就使人能更清楚地認識事物的本質,所以他說:「藝術再現中隨時都有認知,即對本質的真正認識;因為柏拉圖認為一切本質的認識都是認知,於是亞里斯多德就可以說,詩比歷史更具有哲理」(115)。伽達默繼承了亞理斯多德以來為詩辯護的傳統,堅持認為藝術揭示事物的本質和普遍意義,那就是藝術或者人文知識給人的真理。這種真理不是只有唯一答案那種精密數學式的真,而是有深邃意義和豐富內涵的哲學啟迪式的真。不僅如此,在人類的社會生活中,有明確答案的數學式的真理並不是唯一重要的,藝術和哲學關於人生的真理往往要重要得多。

---

[6] Aristotle, *Poetics*, 51b, trans. Richard Janko (Indianapolis: Hackett Publishing, 1987), p. 12.

　　伽達默進一步討論美術作品，尤其是繪畫作品的本體價值。他指出藝術品存在的方式是表現（Darstellung），而一幅畫與所畫原物之關係，就完全不同於拷貝與原物之關係。正如亞里斯多德認為詩不像歷史那樣只是紀錄事實，伽達默也強調說，繪畫不是像拷貝那樣只如實複製所畫的人或物。拷貝的本質是原物的表面複製，就像鏡中之像，隨著原物的變動而轉瞬即逝，沒有自己獨立的存在，所以拷貝是消除自身的，而「相比之下，繪畫卻不是註定要消除自身，因為它不是達到某一個目的的手段。繪畫的意義就在它本身，被再現的原物在畫中如何表現，就成為其要點」（139）。因此，繪畫有其自身存在的本體意義，而「這作為表現的存在，即不同於被再現的原物的存在，就使它不是只反映他物的影像，而具有繪畫之為繪畫的正面特性」（140）。伽達默借用新柏拉圖主義關於萬物都是從至高的一溢出而產生（emanation）這個概念，來說明繪畫與原物的關係。他說：「新柏拉圖主義溢出的概念不僅止於流出的物理運動。其首要的應該是源泉的意象。在溢出的過程中，所溢出事物的本源，即至高的一，並沒有因之消耗而變得貧乏」（423）。換句話說，繪畫或形象的表現是原物的延伸，而原物並不因此而減少。

　　在西方藝術史上，這個觀念有非常重要的意義。猶太教和後起的伊斯蘭教都反對用具體形象來表現上帝和神的世界，認為那是褻瀆神聖的偶像崇拜。早期基督教也有類似的禁忌。新柏拉圖主義帶有神秘色彩的觀念，即認為上帝及其神性並不因為在藝術形象中得到具體表現而有絲毫減損，就在基督教教會神學中克服了舊約中反對具象的觀念，使藝術的表現具有正當性，於是西方基督教的造型藝術便由此而產生。伽達默借用新柏拉圖主義這一觀念，闡述繪畫藝術是原物存在的延伸，認為不僅原物不會因為具象的表現而有任何損失，而且繪畫的本體意義和自主性還會影響到原物，因為「嚴格說來，只有通過繪畫（Bild），原物（Urbild）才成其為原物——例如，只有通過風景畫，一處風景才顯

出其如畫的性質來」（142）。這就是說，藝術為我們揭示出事物的本質，我們對事物的認識也往往因為藝術的表現而進一步深化。藝術不僅只摹仿自然，而且能夠揭示自然中的美，也就使我們認識到自然的美。所以風景畫的出現不僅表示人對自然有了審美的意識，而且還幫助我們形成審美意識和審美的眼光，教會我們去發現和欣賞自然之美。

　　這一看法讓我們想起十八世紀義大利思想家維柯（Giambattista Vico）在其《新科學》裡提出的一個著名觀念，所謂 *verum factum*，即創造和真理的互相轉化，人們最能夠認識的乃是他們自己創造的東西。維柯反對笛卡爾貶低歷史和人文知識的看法，認為我們關於歷史即人文的知識，比我們對自然的認識要高一個層次，因為我們能認識的是我們自己創造的，而人類創造歷史，所以也最能夠認識歷史。維柯說，真理的標準不可能是笛卡爾所謂思維的自我（cogito），而只能是創造和真實的互相轉化。人類創造自己的世界和歷史，也在這當中認識世界和人類自己創造的歷史。所以維柯說，「亞里斯多德（《論靈魂》432 7f）關於個人所說的話，同樣適用於人類整體：*Nihil est in intellectu quin prius fuerit in sensu*，也就是說，人的頭腦不可能認識在感覺上預先毫無印象的東西。」[7] 因此，只有人們經驗過的，人才可能認識；人的頭腦控制著我們對世界的經驗和認識，而只有符合頭腦中的經驗和認識的東西，才對人有意義。伽達默並不完全贊同維柯的看法，因為個人的歷史經驗和對整個歷史進程的認識，有相當大的差距。但維柯對創造與認識的互相轉化這一看法，可以幫助我們理解伽達默上面那句話，即「只有通過繪畫（Bild），原物（Urbild）才成其為原物。……只有通過風景畫，一處風景才顯出其如畫的性質來。」正是觀看風景畫的眼光和審美經驗，使我們學會去認識自然之美，即自然風景如畫的性質。英國作家

---

[7]　Giambattista Vico, *The New Science*, trans. Thomas G. Bergin and Max H. Fisch (Ithaca: Cornell University Press, 1968), sec. 363, p. 110.

奧斯卡・王爾德曾故作驚人之論，說「生活摹仿藝術遠多於藝術摹仿生活」；又說「生活為藝術舉上一面鏡子，或者複製出畫家或雕塑家想像出的一些奇特類型，或者把小說中的虛構變為生活中的現實。」[8] 他討論風景畫，認為如果不是通過風景畫，不是因為盧梭和浪漫主義文學，歐洲人哪裡會發現自然之美呢？「如果不是在印象派畫家的作品裡，我們從哪裡可以得到那種奇妙的褐色濃霧慢慢滾過街頭，使煤氣燈的燈火若明若暗，把沿街的房屋都變成一片鬼影？如果不是印象派大師們和他們的作品，我們哪裡會有那種輕紗般銀色的薄霧飄逸在河面上，把彎弓似的橋樑和蕩漾的駁船都變化為淡然遠去的優雅的形狀？」他甚至說，當你在黃昏時分走到窗前，觀看西下的夕陽時，你所看到的難道不是「一幅相當次等的泰納作品」嗎？[9] 王爾德刻意要出語驚人，也許未免言過其實，可是我們仔細想來，他所說的意思無非是藝術能陶冶人的性靈，能教我們去認識生活和自然中的美，這當然很有道理。伽達默說自然之美，即自然風景如畫的性質，也是通過風景畫才充分顯示出來，講的也就是這個道理。

伽達默特別強調藝術作品的本體意義，即自身存在的意義，所以他在這一點上同意黑格爾的說法，即繪畫不是理念或概念的摹仿和簡單複製，而是理念的具體「顯現」（144）。不過強調繪畫和其他藝術作品的本體意義，並不是把藝術品和產生藝術的具體環境分割開來。伽達默討論肖像畫，就指出肖像畫和所畫的人有直接聯繫，哪怕我們不知道畫中人是誰，但表現那個人及其個性就是肖像之為肖像的意義。比較肖像畫和一般其他繪畫中使用模特兒，就可以明白肖像畫有其特別的起因（occasionality），因為肖像表現的是那個具體的個人，而使用模特兒只是為了畫某一種服飾或某一個動作或姿態，其個性並不是繪畫要表現

---

[8] Oscar Wilde,「The Decay of Lying,」in *Intentions* (New York: Bretano's, 1950), pp. 32, 39.

[9] 同上，頁40，42.

的。但肖像畫指向所畫的人，並不因此而減少它作為繪畫藝術本身的意
義，因為指向其起因正是肖像畫本身意義的一部分，而畫中人的個性和
形象也正是在肖像畫中才得以顯現出來。也就是說，肖像畫總有一個畫
中表現的人作為前提，這個人就是這幅肖像的起因。戲劇和音樂這類表
演藝術，就能很清楚地說明這一點。劇本和樂譜都必須靠演出才可能作
為藝術品存在，所以作為具體的起因，劇本和樂譜非常重要。但正如一
個人的特性如何在肖像畫中得到表現，取決於肖像畫本身的藝術品質一
樣，劇本和樂譜只有在具體的演出中，才充分表現出藝術的品質。每一
次的演出都有所不同，所以同一個劇本或樂譜有可能表現得很不一樣。
造型藝術也是如此，同一個原物可以有很不相同的藝術表現，而對藝術
的理解和解釋也是如此。不同的觀畫人不僅看畫的方式不同，甚至他們
所看到的東西就不同。就繪畫而言，包括肖像畫，最終說來其意義還是
在本身的表現，而不僅僅是一個形象，更不是原物的拷貝。因為肖像畫
並不簡單再現畫中人實際的樣子，卻力求表現這個人的本質和特性，所
以必然有一定程度的理想化。由此可見，繪畫、戲劇、音樂等不同的藝
術表現，都提供了闡釋多元的可能性。

伽達默認為，繪畫的本質介乎純粹的指引即符號和純粹的替代即象
徵這兩個極端之間，也就是說，繪畫既表現某一事物，又自身具有本體
存在的意義。符號的功能是指向另外一個更主要的東西，所以符號自身
不應該引人注目，不是指向自己。例如路標、門牌、海報等等，都只是
一種指引符號。相比之下，繪畫，包括肖像畫，在指向所畫的人或物的
同時，卻並沒有消除自己，而是畫中人或物存在的延伸。畫中的人或物
正是在繪畫中得到具體表現，其存在在繪畫作品中顯現出來。繪畫作為
藝術作品是指向自身的，因此和符號完全不同。但象徵也和符號不同，
因為象徵不僅指向被象徵之物，而且本身有其存在的意義，所以在這個
意義上，象徵比較接近於繪畫。然而象徵只是替代被象徵的事物，而不
是那個事物的直接表現，也就不是那個事物存在的延伸。例如十字架這

一宗教象徵，其象徵意義遠大於十字架本身，其象徵的基督教及其整個信仰系統不一定是可以用具體形象來表現的，而十字架就像一個符號，指向基督教信仰。與此同時，整個基督教信仰又在十字架這個象徵中得到表現，所以象徵性的再現和繪畫的再現有相似之處。可是如果不熟悉象徵及其象徵意義，假如我們不知道十字架和基督教的象徵聯繫，那麼十字架這個象徵本身並不能告訴我們被象徵的事物是什麼，因此象徵也就不是被象徵物存在的延伸。在這種情形下，象徵就好像只是個意義不明的神秘符號。我們比較十字架和宗教畫，就可以明白兩者的區別。十字架本身有意義，更有極強的象徵意義，但它本身不是具體的人或物的表現。宗教題材的繪畫則總是表現具體的人或物，同時又有超出具體人或物的意義。所以宗教畫有象徵意義，但其主要內容畢竟就是畫中表現的人或物，哪怕我們不完全熟悉其象徵及其意義，我們仍然可以欣賞畫中表現的人或物。也就是說，藝術的涵義並不依靠一個外在的象徵系統，它自身有其本體存在的價值。符號和象徵則都以一個規定意義的系統為前提。例如作為符號的交通信號，紅色表示停止，綠色表示通行，就有賴於交通部門的規定才有確定的意義。又如旗幟、十字架等象徵，其意義也有賴於某種外在的規定。相比之下，哪怕是宗教畫或紀念性質的雕像和建築，藝術作品就無須這樣的外在系統來確定其意義。在作為紀念碑之前，紀念性質的雕像已經有自己獨立存在的意義，而且這意義不會因為成為紀念碑而改變。換言之，藝術作品有自己獨立存在的本體意義。

那麼，以書寫文字為形式而靠讀者來閱讀的文學，是否也有本體存在的意義呢？伽達默認為，儘管文學不同於建築、音樂或繪畫藝術，但同樣具有藝術品的本體性質。語言是一種具體的存在，文學的意義及理解和語言的具體性密切相關，所以伽達默說：「文學——即以小說這一文學形式為例——在閱讀中獲得其本原的存在，正如史詩在吟游詩人的朗誦中得以存在，或者繪畫作品在人們的觀賞中得以存在一樣」

（160）。他又說：「文學的藝術只能從藝術的本體性質中去理解，而不是在閱讀中產生的審美經驗去理解」（161）。這句話的意思是強調文學作品本身具有本體性質，文學語言指導而且限定讀者的閱讀，所以理解文學首先是理解文學作品的語言本身，是一種闡釋的活動，而不是讀者的審美經驗決定一切。這和前面提到艾柯所謂「文本意圖」的概念有相通之處。伽達默所謂文學，是一個比較寬泛的概念，因為不僅狹義的文學，即詩歌、戲劇、小說，而且一切有內容的用文字書寫的作品，都有一個特點，即無論來自何時何處，在閱讀中都成為當前存在的東西。伽達默說：

> 這和過去流傳下來的任何其他東西都不一樣。過去生活的遺跡——無論是房屋、工具或墳墓裡殘留下來的東西——都經過時間風暴的沖刷消磨而陳舊破爛，唯有文字記載流傳下來的東西，一旦被破譯而解讀，就成為純粹而活生生的精神，就好像在現在一樣對我們說話。由於這個原因，閱讀的能力，理解書寫文字的能力，就好像一種秘密的技藝，甚至像一種魔法，能夠解放我們，也把我們聯繫在一起。這種能力似乎超越了時空。有能力閱讀用文字流傳下來的東西的人，就能夠把過去轉變成純然的現在，並使之存在於當前（164）。

這使我們想起伽達默的經典概念，即經典能超越時空局限，隨時好像是應對當前而存在。在這裡，我們還可以聯繫另一個重要概念，即伽達預設為文藝作品特有的所謂「同時性」（德文Gleichzeitigkeit，英文contemporaneity）。這是伽達默從丹麥神學家克爾凱郭爾（Søren Kierkegaard）那裡借用的概念，克爾凱郭爾本來用此來表達一個有特別神學意味的概念。伽達默說：「對克爾凱郭爾說來，『同時性』並不是『同時存在』的意思，而是表達信仰者面臨的任務：即把兩個完全不同

的時刻合一，一個是自己身處其中的現在，另一個是基督救贖行動的一刻，但二者完全融合，於是在信仰者的經驗中，基督救贖行動的一刻不是遙遠的過去，而是作為現在的一刻來體驗」（127-28）。伽達默借用這個概念來描述我們欣賞藝術品時的審美經驗，因為無論這作品產生在什麼時代或什麼地方，在審美經驗中都成為此時此刻的經驗，沒有過去和現在的分別，也消除了時空的距離。在直接的藝術鑒賞經驗中，我們的興趣不是歷史的，而是審美的，是此時此刻的體驗。

伽達默對美和藝術的重視，除了在他的主要著作《真理與方法》中用不少篇幅來討論相關問題之外，還有許多其他論文和演講涉及美學和文藝。其中最重要的是1974年他在奧地利薩爾茨堡的幾次演講，講稿後來集成一本小書，題為《美的現代意義》（*Die Aktualität des Schönen*，英譯*The Relevance of the Beautiful*）。在談到伽達默對美和藝術的看法時，這是不能不討論的著作。在這本小書的開頭伽達默就提出，藝術需要證明自己的價值和存在的理由，這並不是一個現代才出現的問題。在古代希臘，當蘇格拉底提出新的哲學觀念和什麼是真知新的標準時，藝術就已經受到了這樣的挑戰，需要證明自己可以傳達真理。在古代和中世紀，歐洲歷史上有不少例子，都證明藝術曾經受到挑戰，而基督教能夠利用傳統的藝術語言來傳達資訊，最重要的是借助於所謂*Biblia Pauperum*的概念，即為窮人講《聖經》的概念。窮人不懂拉丁文，無法理解基督教教義，所以只好用圖畫敘述《聖經》故事，以相當於看圖識字的方式來傳教。這樣一來，繪畫藝術在中世紀歐洲的基督教教會那裡取得了正當性，西方藝術於是有從中世紀到十九世紀的發展，其中包括了文藝復興時代古希臘羅馬藝術的重新發現，十八世紀末和十九世紀初社會的轉化以及宗教、政治等方面的重大改變。到十九世紀，黑格爾在其《美學》裡提出，藝術對於我們已經是「過去的事了。」[10] 這當

---

[10] 黑格爾《美學》，朱光潛譯，第一卷（北京：商務印書館，1979），頁15。參見

然可以理解為詩與哲學的古老爭論在十九世紀的翻版，而黑格爾作為哲學家，總是從理念出發來看待美和藝術的問題。在他看來，美必然有觀念的內容和外在的形式，而只有在真的概念「直接和它的外在現象處於統一體時，」才是美的極致，這也就是我們已經提到過黑格爾給美下的定義：「美就是理念的感性顯現。」[11]

伽達默認為，黑格爾這個定義仍然割裂了美和概念知識的真理。當黑格爾說藝術是「過去的事」，藝術的黃金時代在古希臘時，他的意思是說在古希臘雕塑中，神或者神性主要而且完美地顯現在藝術作品裡，而隨著基督教的出現，這已經不可能做到了。黑格爾認為，基督教的真理，其對超驗神性的認識，已經不可能充分表現在造型藝術的視覺語言或者詩的意象和文學的語言裡，神已經不可能在藝術作品裡存在。因此，說藝術是過去的事，也就是說隨著希臘古典時代的結束，藝術又需要證明自己的正當性。但伽達默在前面已經說過，在中世紀，基督教藝術其實已經取得了正當性，而十九世紀末和二十世紀的現代藝術，才在更激進的程度上與過去的傳統決裂，使傳統藝術成了過去的東西。那是黑格爾不可能意料到的，而且也比黑格爾的用意更激烈。只要社會、公眾與藝術家的自我理解能夠融合一致，藝術就在現實世界中有正當的地位，可是自十九世紀末以來，已經不存在這種融合一致的情形，也不再有對藝術家作用的普遍理解。1910年左右立方派藝術的出現就完全脫離了傳統的具象藝術，後來更有抽象畫的發展，使繪畫和任何外在事物斷絕了一切聯繫。文學的情形也是如此。伽達默說：「事實上，我們時代的詩歌已經達到使人能懂得意義的邊緣極限，也許最大的作家們最大成就的特點，就是面對不可言說時那悲劇式的沉默」。[12] 在這種時候我

G. W. F. Hegel, *Aesthetics: Lectures on Fine Art*, trans. T. M. Knox (Oxford: Clarendon Press, 1975), vol. 1, p. 11.

[11] 黑格爾《美學》，第一卷，頁142。參見英譯本，頁111。

[12] Hans-Georg Gadamer, *The Relevance of the Beautiful and Other Essays*, trans. Nicholas Walker (Cambridge: Cambridge University Press, 1986), p. 9.

們需要重新考慮，究竟什麼是美，現代藝術在什麼意義上還可以叫做藝術。從藝術、意義和闡釋的角度，伽達默希望在傳統和現代藝術之間，找到可以在一個廣大範圍內重新建立起來的聯繫。

伽達默在這裡又一次強調審美經驗的獨特性，並且說「在藝術和美當中，我們遇到超越所有概念思維的一種意義。」哲學美學的創建者鮑姆加屯曾用「感性知識」（*cognito sensitiva*）來描述這種認識，而這和傳統所謂知識不同，因為知識一般指脫離主觀和感性而認識到普遍意義，個別感性的東西只是作為某一普遍規律的個別案例才進入認識過程。可是，伽達默說，在審美經驗中，無論所經驗的是自然還是藝術的美，我們都不是把我們所遇所見作為普遍性的個別案例記錄下來。「一個令人著迷的落日景象並非一般性落日的個別案例，而是一個獨特的、展示『天上的悲劇性』的落日。尤其在藝術的領域裡，如果把藝術品僅僅視為引向別處的鏈條上的一環，那就顯然不是把藝術作為藝術來對待的審美經驗。藝術給我們的『真理』並不是僅僅通過作品展示的某一普遍規律。所謂*cognito sensitiva*的意思是，雖然我們總是把感性經驗中的個別與普遍相聯繫，可是在感性經驗的個別性中，在我們的審美經驗中，總是有某種東西使我們不能不注目顧盼，迫使我們恰恰去注意獨特個別的表面本身。」[13] 換句話說，審美經驗是對某一個別美的事物的感性經驗和認識，這種認識不同於基於普遍規律那種數學或概念推理式的認識。如果說科學注重的是規律或普遍性，藝術和審美經驗注重的則是個別和特殊的具體事物。這個區別在康德的《判斷力批判》中，已經得到充分的認識。事實上，個別和普遍的矛盾，或者說具體經驗和邏輯推理的矛盾，正是構成康德《判斷力批判》論述框架的最基本問題。

---

[13] Gadamer, *Relevance of the Beautiful*, p. 16.

　　伽達默充分承認康德的貢獻，因為康德「第一次認識到藝術和美的經驗是一個獨特的哲學問題。」[14] 這個問題就是基於個人趣味和主觀經驗的審美判斷，如何可以同時又具有普遍性。當我說什麼東西很美的時候，我並不是表達一個僅僅代表我個人趣味的主觀判斷，而是假定所有的人都會有類似或相同的判斷和認識。然而這一普遍性又不同於自然規律那種普遍性，這不是把個人的感性經驗視為個別案例，來傳述一個普遍規律。這就構成一個個別與一般、特殊與普遍衝突的問題。康德在《判斷力批判》中討論這個問題，就說明美和藝術自有其獨特的、不同於概念認識所揭示的另一種真理。伽達默在此基礎上，用遊戲、象徵和節日這樣三個概念，在人類的基本經驗中來討論藝術和審美的問題。遊戲首先是一個自在而沒有實際目的的活動，這一概念對藝術和美說來重要的方面，包括其自足和無目的性，以及觀眾參與的意識。象徵最主要是強調藝術作品的本體意義。前面已提到過，伽達默認為，黑格爾以美為「觀念的感性顯現」這一定義，仍然割裂了美和概念知識的真理，把藝術視為觀念的載體。伽達默針對此點提出象徵的概念，強調藝術是不能取代的。他說：「藝術只存在於抗拒純概念化的形式中。偉大的藝術有震撼人的力量，因為當我們面對不能不為之吸引的傑作那強大的感染力時，我們總是毫無準備，也無法抗拒其力量。所以象徵的本質就在於它和可以用理智的語言去重新表述的終極意義沒有關係。象徵是把意義完全保存在自身。」[15] 不過象徵的意義和概念語言的意義並非完全隔絕。伽達默以純音樂為例，認為音樂和意義有一種不明確然而實在的關係。他說：「音樂的解釋者常常覺得需要找到參照點，找到某種概念含義的痕跡。我們在觀看非具象的藝術品時，情形也是如此，我們避免不了一個基本事實，那就是在我們的日程生活經驗中，我們的視力總是引

---

[14] 同上，頁18.
[15] 同上，頁37.

導我們去識別客體事物。我們用來聽高度集中的音樂表現的耳朵，和我們平常用來聽語言的是同樣的耳朵。所以在我們稱為音樂的無字語言和正常通訊交往的普通語言之間，有一種無法去除的關聯。」[16] 所以伽達默認為，哪怕現代藝術和傳統決裂，哪怕藝術家已經不再為整個社會群體說話，卻形成自己的群體，藝術作為藝術，也總還是一種表達和交流，也就有意義和解釋的問題。伽達默提出節日這個概念，就是要強調藝術與社會群體的聯繫，因為節日是大家參與的經驗，是代表社會群體參與最完美的形式之一。他認為「在我們這個時代，從客觀解釋的現實世界的經驗中解放出來，似乎是當代藝術的一條基本原則，在這時我們尤其應該記住這一點。詩人就不可能加入這樣一個過程。作為表達的媒介和材料，語言永遠不可能完全從意義中解放出來。真正不具象的詩只能是一種噪音。」[17] 伽達默強調藝術與現實世界的關聯以及語言與意義的關聯，其中一個要點就在於把現代藝術與過去的傳統藝術聯繫起來，一方面理解現代藝術的意義，另一方面也使現代藝術顯出在我們這個時代的意義。當現代藝術完全去除與語言和意義的關聯時，藝術本身也必然走向衰落。

總括起來說，伽達默希望從我們對於藝術和美的經驗中，從藝術的本體意義和獨特形式中，論證在科學的概念知識和科學方法的數量化程式之外，人的存在還有文化、傳統以及精神和超越的價值，有藝術和美所揭示的真理。這種價值和真理對於我們這個時代，的確有重大的意義，因為拋棄了人文精神和傳統，無視美和藝術在我們生活中的意義，那種完全機械的、程式化的、沒有精神文化價值觀念的社會，將是一個夢魘式的社會，一個我們在反烏托邦式的科幻小說和電影裡常常可以看到那樣令人窒息的社會。在最高的或終極的意義上，美和真、美和善應

---

[16] 同上，頁38.
[17] 同上，頁69.

該是統一的，也就是說，審美認識和真理，審美判斷和道德判斷，應該是一致的。我們在認識美和藝術在我們時代的意義時，這應該是我們思考的原則，也應該是我們思考的出發點。

演講後問答

問：張教授，您好！我非常關注您今天這一講中提到的人文與自然的關係。您講到人文領域看到的真理，是不同於自然規律的，但是中國文化傳統在談到人文創造和社會治理的時候，又特別強調自然之道。這裡的自然當然不是自然界的意思，那自然之道和自然規律之間是一種什麼樣的關係呢？自然之道是不是一種更高的、可以貫通自然界、人類社會與人文創造的存在？在藝術本體層面上，就文學來說，在語言層面上，自然之道是否也有其存在的價值？謝謝！

答：的確，中國古代文學和藝術要求表現的道和近代、尤其是西方十七至十九世紀所說的自然規律，是完全不同的概念。伽達默要反對和竭力批評的就是以科學的規律和方法作為整個認識的全部，而忽略了人們的精神價值的論斷。中國古代講道，其實是非常籠統的觀念。我們對道有不同的看法，有人講文以載道，可能就是把它政治化或者倫理化，文要表現好的倫理觀念，這是一種看法。也有把道理解為廣義的自然，把它和文學聯繫起來。譬如《文心雕龍》，一開始就是「原道」，說「文之為德也大矣」！為什麼呢？因為文是「與天地並生」的，這樣就把自然和文聯繫起來。意思是說，在那個時代，劉勰把文或者文學提高到宇宙的高度，文具有很大的力量。用道來為文作一個陪襯，或者說，借用道的力量來講文的重要性。這裡所說的道和自然規律性是不一樣的。尤其是伽達默強調說，十七世紀以來所謂規律是有數學為基礎的，就是以非常準確的數學形式作為最高的代表，也就是笛卡爾的方法論觀念。笛卡爾是

數學家，他認為研究的對象只有用精密的數學方法可以計算推論出來，才具有真理性。伽達默爾認為這是不對的。所以這和中國道的觀念還不一樣。

問：張教授，您好！我想問一個關於語言的問題，譬如「炙手可熱」，以前是杜甫罵楊國忠的，說他權位過高，不要靠近他，以免惹到他。現在這個詞用法已經完全變了，常常用於形容流行音樂和大牌明星。我覺得這個詞現在的用法完全背離了它本來的意思，但每次我說這個詞用錯的時候，我朋友就說，語言和它的意義是發展的，不是本來是什麼樣子，現在就是什麼樣子。我不太贊成他的觀點，不知您是怎麼看這個問題的？謝謝！

答：這是一個比較複雜的問題。語言確實是變化的，有的用法是在變化當中約定俗成的，大家都這麼用，而且大家都接受這個用法的時候，它和原來的意義就不一樣了。有些詞的語義變化會非常大。同樣舉個杜甫的例子，他的詩句裡有「江國逾千里，山城僅百層」，裡面有「僅」這個字。我們現在說「僅」，意思是「只有」，言其少，但在唐人，「僅」卻可能是言其「多」的意思。所以你看，現在說僅僅怎麼樣，意思是只有這麼些，但杜甫詩裡「僅百層」怎麼可能是「只有一百層」的意思呢？一百層還少嗎？這裡「僅」是虛指城的塔樓很高，所以「僅」在這裡是「差不多有一百層，」是「多」的意思。語言的變化是完全可能的，但有時候，大家並沒有接受這種變化，那這個用法可能就是錯誤的，所以一個用法是否正確，要看當時它的運用範圍、人們對它的接受程度。譬如說「罄竹難書」，是說壞事做得太多的意思，像臺灣的杜正勝把它說成是正面意義，那就很可笑，因為大家現在並沒有把「罄竹難書」用成好的意義。在大家沒有接受正面意義的時候，你把它用作正面意義就是錯的。所以說，什麼是錯，什麼是對，是由一個時代語言的發展

情況來決定的，不一定以古人講的為準。語義變化在語言學中是非常常見的現象。

問：張教授，您好！第一位提問的同學提到，自然之道和西方的自然規律是有區別的。老莊之道對藝術創造有某種影響。我想接著他的問題問，中國的自然之道和伽達默的真理有什麼共同點？

答：談到兩者的關聯性，伽達默強調的是，真理並不只是以科學的精確形式表現的，人文的、表現精神價值的，也有真的東西在裡面。他說的「真」不是數學式的精確的真，而是哲學式的啟迪的真，他認為這種真是更有價值的。也許中國古代有些觀念，比如「道」這樣的觀念，正因為其沒有一個科學的精確的解釋，所以包涵的內容可能更寬泛些。在這個意義上，可能更接近於伽達默所說的人文學科表現的真。雖然老子是非常崇尚自然主義的，也就是說，他反對一切非自然的、人為的東西，包括人的學術，人的藝術創造，但道家的實際影響是很不一樣的，尤其是莊子。我想沒有一個大詩人是不受莊子的影響的，莊子的書也是非常有詩意和文學性的，所以道和語言本身之間可能有一定的矛盾性。莊子說：「得意而忘言。吾安得夫忘言之人而與之言哉」！他認為沒有人可以真正理解他的意思，沒有人會真的「忘言」。可是莊子的語言其實對中國文學起了很大的作用。可能就文學來說，道家比儒家的影響更大。在這個意義上，中國的道和伽達默所說的文學藝術的真理有相通之處。

問：張教授，您好！我是從杭州師範大學過來的，非常榮幸能聽到您的報告。我們知道，您和錢鍾書先生有較多的交往，能否請您簡單談談錢鍾書先生對闡釋學有些什麼看法。謝謝您！

答：闡釋學這個詞可能是錢先生最早用的，hermeneutics譯成中文有很多不同的說法，比如詮釋學、解經學、解釋學等等，但錢先生在

《管錐編》中提到乾嘉樸學的原則，先要知道字的意義，才能通句的意義，理解了句的意義，才能通全篇的意義。他說這就是西方人所說的闡釋循環（hermeneutic circle）。這較早地在國內介紹了闡釋學的觀念，當時闡釋學在國內還很少有人知道。其實除了在德國，闡釋學在其他地方，例如美國，就從來沒有非常熱門過。而錢先生較早地在中國介紹了闡釋循環的觀念。在《管錐編》中，錢先生提到「有誤解而不害為聖解者」，就是說理解有很多種，有時候不見得合乎原來作者的意思，但只要能給人啟發，就是好的解釋。這和闡釋多元的觀念是一致的。當然，錢先生的《管錐編》和《談藝錄》沒有專門地討論一個話題，不同的條目裡面涉及到的方面很多。他說乾嘉樸學提到字句理解的關係，但還只是一邊，失於偏枯，還沒有圓滿地理解闡釋循環。因為不只是從字到句到全篇，還要反過來考慮從全篇到句到字，以及文本和作者的關係，這才真是「闡釋之循環」。錢先生對這些方面，都有所探討。

問：張教授，您好！您在講座上提到，西方傳統中有一種為詩辯護的傳統，從亞里斯多德的《詩學》開始，一直延續到二十世紀的伽達默。我瞭解到十七世紀末十八世紀初德國浪漫派對詩有過堅決的宣導，把詩稱為最高級、最尊貴的藝術。我的問題是，為什麼在我們中國文化傳統或者語境中，沒有分化出一種發自內心的對詩的肯定？我現在也在讀孔子、孟子的一些著作。我發現孔子自己的人生理想就是一種詩化的人生理想，比如在論語的一些篇章裡就有所體現。能不能請您談談對這個問題的個人看法？謝謝！

答：中國人非常重視詩。所有的文人出全集的時候，第一部分都是詩，哪怕他做再大的官，詩都是在第一部分的。自唐以來的科舉考試，也是把詩作為一個重要的方面。所以，中國人對詩是很重視的。中國當然沒有為詩辯護的傳統，因為中國沒有柏拉圖，沒有說詩不

好，所以不必為詩辯護。鍾嶸的《詩品》裡面說，「動天地，感鬼神，莫近於詩」，就是說，詩是最能夠打動人心的。當然，對詩有不同的講法，譬如《詩大序》裡，從儒家的觀點來看，詩能給人以教化。儘管我們現在不一定同意這樣的觀點，但至少說明，他們對詩是重視的。當然，孔子本人並不見得重視詩，孔子不是一個文學家，他對詩基本採取一個實用的態度。他說，「不學詩，無以言」。就是說，你不學詩的話，話都沒法講了。還有，「言之不文，行而不遠」。如果你講的話沒有文采，就不會傳播很遠，大家也不會記住它。所以他是從一個實用的角度來談論詩的。但是在中國傳統中，對詩還是很重視的，有不少關於詩的重要性的論述。孟子在有一點上很像亞里斯多德的講法。孟子裡面有兩段講到文體。其中一段講到詩。《雲漢》之詩曰：「周餘黎民，靡有孑遺」。他說你不能機械理解這樣的詩句，因為它是一種誇張。詩的本意是說災害很大，死了很多人，不是說真的沒有一個人活下來。換句話說，孟子承認詩可以誇張。但對於史書裡「血流漂杵」的說法，他又說「盡信書不如無書」，認為這是不真實的記載。他說，仁義之師怎麼可能殺這麼多人，以至於血流成河，連木杵都漂起來了呢？他認為如果你相信這樣的書，還不如不讀書呢。換句話說，他對歷史有真實的要求，對詩呢，他覺得可以有誇張的成分，可以不要這麼死板地理解。也就是說，孟子認識到詩和歷史是有區別的，而且他認為詩人要揭示本質的意義。在某種意義上，這有些像亞里斯多德所說的詩與歷史的區別。因此，中國古代對詩有許多討論，對詩還是很重視的。

問：張教授，您好！第一個問題，您提到了作者說「作者已死」這個悖論，我有個句子是這樣的，我所說的話都是錯的。這句話包含著矛盾。我想請教您怎麼化解這個矛盾。第二個問題，您剛才提到，

文字和其他古代流傳下來的東西不一樣，因為文字有一個同時性（Gleichzeitigkeit）。我不這樣認為，因為過去流傳下來的文字，儘管改變成了現在的形狀，但它的意義其實已經被遮蔽了。也就是說，如果這個字的意義是從過去轉變而來的，那麼這個文字在它生成的時候，有它特定的含義，現在解讀它的時候，你可以因為不瞭解它當時的意思，有新的闡釋，但是它本身的意思是不可被遮蔽的，這是我的一個觀點。

答：第一個問題。古希臘有個克里特的哲學家說，克里特人都是說謊的。這是一個很有名的悖論。如果一個克里特人跟你說克里特人都是說謊的，那麼你就沒法理解這句話，判定它是否正確。我講「作者已死」的主要目的是說，我們不能盲從權威，強調要通過自己的思考和自己的理性判斷來決定這個話是否有道理。至於化解這個矛盾，我之前已經談到，什麼是合理的理解。闡釋學承認理解不可能擺脫我們的主觀因素，但並不是說，因為我們每個人的看法都是主觀的，都是不一樣的，所以就再也沒有是非、高下、正誤之分了。儘管不同的人有不同的理解，但並不是所有人的理解都是同樣的合理，所有人的理解都具有權威性。那麼什麼樣的理解是合理的、更為接近真理的理解呢？從奧古斯丁到阿奎那再到路德，一直到艾柯，他們都講到，你在理解一個文本的時候，假如你能把一個文本的各個方面都儘量照顧到，能夠對它做一個非常圓滿的解釋，而且互相之間不衝突，那麼這個解釋就比較有說服力。如果你只是抓到一點，不及其餘，然後又把這一點作為唯一的解釋，不能自圓其說地解釋其他方面，而且在文本裡，你有關這部分的解釋被其他部分所否決，那麼你這樣的理解就不太合理。

第二個問題。你提到一個詞在當時有它自己的意義，到了現代，我們理解它的時候加入了我們主觀的因素，可能會遮蔽它原來的意義。這是闡釋學裡討論很多的一個問題。伽達默花了很多篇幅

來討論這個問題。十九世紀浪漫闡釋學的觀點是強調客觀，擯棄任何主觀因素，回到純粹客觀的過去，來理解原汁原味的過去。伽達默認為這是一種偏見，是不現實的，沒有一個人可以做到這點。他舉了十八世紀歷史學家蘭克的例子。蘭克的觀點是，歷史就是要恢復到原來的樣子，不需要摻雜我們主觀的因素。但是，即使是毛姆森的《羅馬史》，在蘭克看來經典的歷史作品，從現在的角度來看，我們都能很清楚地看到這是一部十九世紀特有的作品，並沒有擺脫那個時代的影響和作者的主觀因素。因此，理解並不應該以作者的本意作為標準。施賴爾馬赫一開始就說，理解首先要和作者一樣，然後要理解得比作者還要好，那就意味著，理解可以和作者的不一樣。所以，闡釋學從來不認為，回到原來的過去的某一個時刻，是唯一正確的理解，而且還認為，回到原先的過去的那個時刻是做不到的，是不符合理解的真正實際情形的。我們的理解都是在自己所處的具體環境中進行的。所謂經典，就是對於不同時代的人都有意義的東西，不同時代都認為是好的作品才是經典的作品。經典作品在不同時代的人讀起來，必定有不同的理解，必然帶有那個時代的特有的東西，但這並不妨礙這個作品成為經典作品，反而恰恰是這個原因，使得這個作品成為一個經典作品。去尋求作品在原來時代的理解，這是一個有問題的觀念。哪怕是當代，一個作品一寫出來，我們就去讀，不同的人也會有不同的理解，那麼究竟哪個理解才是正確的呢？要回歸到一個原汁原味的理解，這本身就是一個幻想。

問：張教授，您好！我想請您談談對當代詩歌的看法。我最近在武漢參加了一個中美詩會，遇到了一位美國來的女詩人。她提到，現在的詩人作詩，特意要把詩寫得ambiguous，絕對不能讓人感覺他的詩只有一種闡釋。即使別人的闡釋和他的初衷是不一樣的，他也非常

鼓勵。您剛才也談到，現在的詩歌已經到了對意義極致追求的境地。譬如說，當代詩歌注重音響的效果，有一首詩非常有意思，就是用英語從一數到一百，用不同的感情色彩來讀。還有位教授把莎士比亞的詩歌用電腦語言轉換成奇怪的亂字元演示給我們看。另外有一位是用不同的節奏朗讀nineteen eighty-four，我當時提問，when poetry goes completely beyond meaning ,what can we do, how can we understand poetry? 他非常反對我的觀點。他說什麼東西都是有意義的，說難道這沒有意義嗎？還有一位教授給我們演示了當代印第安的詩歌，也是非常強調音響效果，最開始是一段印第安咒語，之後不斷重複幾句詩。我的問題是，您怎麼看當代詩歌的本體的美？

答：我和你一樣，對當代詩歌往往是feel frustrated。確實，可能像伽達默所說，當代詩人已經到了意義極限的邊緣，那意思是說，幾乎沒有意義。過去的傳統詩歌都講求意義，當代的詩歌可能就是要擺脫這種東西。但是伽達默認為，這些詩歌只要還是用我們日常使用的語言，那麼就還是有一定意義的。我覺得這類詩歌再過幾十年，可能就沒有太大的意義了。換句話說，可能很難成為經典。也許這是我的偏見。我主要研究傳統的東西，說實話，當代的詩我讀得非常少。用不同的聲調、不同的節奏來念一個東西，當然有一定的意義，有一定的詩性。但我覺得真正好的作品，往往不是靠一個簡單的聰明的想法，而應該有更深的意義在裡面，能夠讓讀者在不同時候閱讀有不同的感受，獲得不同的感悟。換句話說，這個作品有豐富的闡釋的可能性，有豐富的意義。往往大詩人不是靠小聰明，而是靠學問。嚴羽的《滄浪詩話》裡說，詩和書沒有關係，但他接下來又說，如果不多讀書、多窮理，就不可能成為大詩人，並且說，一定要從李白杜甫一路讀下來，才能成為大詩人。那意思是說，詩不是靠一種單純的技藝，而是要靠靈性，要靠文學的才能。但是只

有才能，沒有學問，也是不可能成為詩人的。我想，光靠一個聰明的想法，光靠玩，大概成不了一個大詩人，寫不出經典作品。當然，對於當代的作品，我們很難說哪些可能成為經典，哪些不成為經典，那要靠後人來評判。我覺得當代有一個傾向，詩故意晦澀，故意寫得讓人看不懂，畫呢，也是故意沒有形象。原先畫是一種摹仿（imitation），現在畫是抽象（abstract）的，壓根沒有形象在裡面。這樣的繪畫很容易商業化，雇傭權威的評論家講這幅畫如何好，然後大家去看，雖然看不懂，但既然評論家說好，那一定是好的，而且賣那麼高的價錢，那麼一定是有價值的。這就變成一種商業化的行為，是博物館的人、畫廊的人和評論家捧出來的，而不是你看了畫之後發自內心地覺得它好。當然，我不是說當代的畫都是這樣，有時候，你看一幅畫，哪怕是抽象的畫，也可能引起你的某種感受，你一看就喜歡。藝術的東西應該是這樣，憑你直接的感受來評價。審美不同於邏輯思維。藝術能直接訴諸你的感情和你的感受。這樣的東西有它的價值。抽象的繪畫和脫離意義的詩歌，我知道現在很流行，但是我覺得流行的東西不見得就有價值，即使它賣價很高，很有名，但這並不能說明它真正有價值。

問：張教授，您好！您在講座中提到，攝影具有複製原物的特性，所以最後會起到一個消除本身的作用，而繪畫除了反映其他事物外，還有其自身的特徵，所以最後不會起到一個消除本身的作用。錢鍾書在他的一篇文章中提到，好的翻譯會最終起到一個消滅自己的作用。從這個角度來看，一個忠實於原文的譯本，一個忠實闡釋原作意圖的譯本，最後會不會起到消滅本身的作用？謝謝！

答：這裡的消滅自身，是指消滅作為譯本的自身。一個好的翻譯，讓你覺得你在讀原文，而不是在讀一個翻譯本。如果一個翻譯讀起來有很多毛病，就會遮蔽原文。錢鍾書在《林紓的翻譯》裡提到，有

一個詩集，大家都嘲笑它是murdered into English，因為原文是很美的，但翻譯非常糟糕，大家讀了翻譯之後，以為原文的作者寫得不好，所以作者在翻譯中好像被murder了一樣。一個翻譯能傳達原文的意味，讓你感受到你是在讀莎士比亞這樣偉大的作品，而不是在讀一個譯者的語言。好的翻譯就應該是這樣的，讓你覺得你在讀原著。翻譯對你產生的效果和原文對讀者產生的效果是差不多的。在這個意義上，翻譯是否定了自己，但不是否定作品本體，而是把作品本體更好地呈現出來。

問：張教授，您好！我是同濟大學比較文學專業的學生，目前研究尤利西斯的文本。想讓您談談《尤利西斯》和經典的關係。像這樣大部分人都不容易接受的文本，它們是怎麼成為經典的？謝謝！

答：James Joyce的*Ulysses*當然是不容易懂的作品。*Finnegans Wake*就更不容易懂了。我想這些作品至少體現了很多現代人的感受，包括對語言的感受，對文化環境的感受。James Joyce在很多地方都是在玩弄語言的遊戲。對於懂那種語言的人來說，就會覺得特別有趣，當然對於一般的讀者來說，就不太好懂了。像比James Joyce容易些的，Henry James的短篇小說也是很難懂的。我想這個難度和現代主義文學有關，因為現代主義文學強調的一點就是語言本身的難度。現代文學理論，譬如俄國形式主義，就很強調這一點。要知道俄國文學在二十世紀初是非常先鋒派的，那麼在這種環境下產生出來的文學理論，也就是為理解先鋒文學服務，為先鋒文學辯護的。譬如什克洛夫斯基非常強調讀文學作品應該感覺像是第一次讀，有新奇的感覺。因為作品的難度加大之後，你就沒法很快地讀下去，必須要逐字逐句地讀下去，去體會作品的意義，這是現代派文學的特點。這樣的作品，在古代，在十八世紀是不可能成為好作品的。在文學歷史上，我們可以看到，十七世紀玄學派的詩人，寫的詩

在當時也是比較怪異的，不太好懂，十八世紀是沒什麼人讀的，所以稱他們為玄學派（metaphysical），這是Dr. Johnson罵他們的話，意思是他們寫的根本不是詩。但是現代主義興起之後，比如T.S. Eliot就非常推崇這些詩，所以在一段時間內，像John Donne，George Herbert，Henry Vaughan這些詩人就變得非常有名。當然，現在他們可能又不那麼有名了，所以文學經典是會變化的。James Joyce的作品當然是很難懂的，我想現在還能夠讀的是*Ulysses*，談*Finnegans Wake*的人就比較少，因為它的語言的難度太大。我覺得這個和一個人的接受能力是有關係的，像這樣的作品是文學批評作為一個學科在大學裡教的東西，而在書的市場上，*Ulysses*從來都不是大家都能接受的書。這不是大多數人讀的書，而是學者讀的書，所以這是要區別對待的。暢銷書和文學經典之間有一種緊張的關係。暢銷書，像*Harry Potter*這樣的書，每個人都去讀，但文學教授不一定會去講它，起碼現在不會講。過幾十年會不會講，我也不知道。因此作品的可讀性和經典作品的語言難度有一定的緊張關係。比如Milton的*Paradise Lost*，很多人覺得難讀，但當文學批評家把它的內容揭示出來之後，大家就覺得它真是好的作品。像*Ulysses*是一部近代的作品，當然是一部經典作品。說實話，我自己也還沒讀完。以後它是不是還是經典，我也不能確定。

問：張教授，您好！我想問一下，如果審美判斷都是主觀的，那麼何來大眾趣味和共識的審美趨向呢？謝謝！

答：這個問題在十八世紀的歐洲討論得非常多。現在看來，這還是一個很有意義的問題。就在2011年，美國歷史學家Sophia Rosenfeld寫了一本書，討論十八世紀的常識（Common Sense）。在十八世紀，西方遇到的挑戰和我們現在的情形有些類似，價值是多元的，沒有一個統一的是非標準，而當時的哲學家、思想家都希望有一個

共識。在十八世紀以前，大家都講神學，教會會告訴你什麼是真理，就沒有什麼討論的必要。經過了文藝復興、宗教改革以及十八世紀理性時代的世俗化之後，宗教已經不是完全不受懷疑、被人普遍接受的真理。那麼什麼是真理呢？十八世紀提出要以世俗的理性作為真理的基礎，這成為大家的共識。這和當時科學和理性思想的發展有關係。很多人都來討論趣味（taste）的問題，像康德、休謨都寫過這樣的書，討論在什麼基礎上大家能達成一個共識，這就涉及審美的判斷。審美判斷當然是基於個人的感受，不是一個邏輯的推論，但是它應該有普遍性。它的普遍性建立在社會趣味的基礎之上，當大家都有共同的是非標準的時候，就可能產生一個共識，產生常識（common sense）。這和我講的權威的觀念有些關係。權威不是外界強加給你的，而是大家都自覺認識到這是對的，大家都遵從這種認識，於是這種認識就有一定的權威性。中國傳統裡沒有宗教，沒有哪種宗教佔據權威地位。中國沒有神學的權威，有的是一種知識的權威，譬如說，儒家固然有一定壓制性，但至少是以它的教育觀念以及經典書籍作為基礎。當然，這是傳統的權威觀念。當今社會呈現出多元化特徵，當然有好的一面，但同時，也缺少一個是非判斷標準。這是我們需要的。因此，在這個意義上，我們重新來討論趣味、常識是非常有必要的。Sophia Rosenfeld的書討論常識的政治史，在美國學術界和許多讀者當中都受得到高度評價，可見在美國，也非常需要有關常識的討論。

4.闡釋學與跨文化研究

　　如果說理解和闡釋具有普遍的本體意義，闡釋是人生之必須，那麼在當今這樣一個越來越全球化的世界，當不同民族和國家相互間的關聯越來越緊密，相互的影響也越來越明顯的時代，跨越語言和文化差異的理解就變得十分重要。無論就政治、經濟、文化還是就思想學術等各方面看來，跨文化的理解對我們說來都是必須的，因為在不同文化之間存在著許多差異，而這種差異形成各自文化的特色和性格，要瞭解不同文化，就需要在相互的差異之中來瞭解各自的特點。

　　文化差異就其形成各自文化特色和性格而言，當然有其價值和吸引力。其實語言本身就是一個差異構成的系統。結構主義語言學家索緒爾曾指出，任何語言符號都在與其他符號的差異中見出其含義，而且「差異一般說來意味著有肯定的各項，在這些肯定項之間可以設定差異；但在語言中，卻只存在沒有肯定項的差異。」[1] 哲學家斯賓諾薩早就說過，「一切肯定都是否定」（*omni determinatio est negatio*）。[2] 任何自我都是在區別於他人時，才顯出自己的特性，所以他說：「任何個別事物，即任何限定和有條件存在的事物，若非有自身之外的原因使其有條件存在和行動，便不可能存在或在一定條件下行動。」[3] 這是一條基本

---

[1] Ferdinand de Saussure, *Course in General Linguistics*, trans. Wade Baskin (New York: Philosophical Library, 1959), p. 120.

[2] Benedict de Spinoza, *Correspondence, The Chief Works of Benedict de Spinoza*, trans. R. H. M. Elwes, 2 vols. (New York: Dover Publications, 1951), 2:370.

[3] Spinoza, *The Ethics, The Chief Works of Benedict de Spinoza*, 2:67.

的邏輯原理,即「同」總是和「異」互相關聯,任何事物都不可能由自身和在自身確定,而必須通過在與他者的區分和差異中來確定。斯賓諾薩把這作為一條倫理的原則提出來,因為「自我」和「他人」在差異中形成帶有倫理意義的相互關係。但無論索緒爾還是斯賓諾薩在這裡所說的,都不特別指文化之間的差異,因為在同一種語言和同一種文化之中,也是在差異中才可能呈現意義,確定自我。

然而不同語言和文化之間的差異當然最為明顯,說同一種語言,抱有大致相同的文化觀念,就形成同一語言的群體,同一文化的共同體,而不同語言和文化的群體互相區別,又構成豐富多彩的人類文化。現在世界各國都很重視的文化旅遊,就是建立在文化差異表現出的多彩多姿和獨特價值上。大概東方人到西方去,總喜歡去參觀歐洲的教堂和古堡,歐洲人到中國來,又喜歡看中國的宮殿和廟宇,就是因為差異形成的不同文化特色自然而然具有一種吸引力。無論在自然界還是在人類社會,相異的東西可能互相排斥,但也可能互相吸引,這似乎是一條普遍規律。法國詩人謝閣蘭(Victor Segalen, 1878-1919)二十世紀初曾在中國住過幾年,就特別從文化差異的角度欣賞中國。他曾寫過一本《異國情調論》,把異國情調定義為「不是別的,就是差異的觀念,是對不同事物的感覺,是感知到某種東西不是自己。」[4] 因為不同,所以具有一種神秘感和吸引力。然而謝閣蘭把自己所謂異國情調區別於一般旅遊者簡單的獵奇,他所謂的「異國情調不是旅遊者和平庸的看客那種看萬花筒般的狀態,而是一個強有力的主體面對一個客體受到強烈刺激時,產生出生動而充滿好奇的反應,主體感覺到與客體有距離,也覺得這距離別有意味。」[5] 他在此特別強調主體與客體保持距離以維持差異感,而絕不是投入到一個外國文化裡去,真正瞭解這種文化。正如托多洛夫

---

[4] Victor Segalen, *Essai sur l'exotisme: une esthétique du divers* (Paris: Fata Morgana, 1978), p. 23.

[5] 同上,頁38.

在談到謝閣蘭的作品時所說：「只有城裡人才欣賞自然；農民本來就浸淫在自然當中。同樣，只有不覺得自己是中國人的人，才在與中國人社會的接觸當中獲得樂趣。」[6] 可見謝閣蘭這種「異國情調」是從一個歐洲人，尤其是法國人的立場提出來的文化差異論，在本質上和他鄙棄那種旅遊者的獵奇心態和走馬觀花的表皮膚淺，並沒有太大的區別。也正因為如此，謝閣蘭並不願意看見文化之間的差異及其神秘感隨著瞭解的增加而消失。即使在他那個時代，隨著交往的頻繁，通訊的方便，異國情調也在現代世界裡逐漸消失，這使他深感懊惱。他感歎地說：「世界上異國情調的張力正在減弱。異國情調，即心理、審美或物理能量的來源（我固然不想混淆這些層次），也正在減弱。」對於這位詩人說來，這也正是詩意的減弱，是靈感的可能性越來越少。於是他問道：「神秘在哪裡？距離又在哪裡？」[7]

　　神秘感和文化差異的距離對於一位象徵派詩人而言，也許有審美價值，但對於不同文化之間的瞭解和闡釋，卻並沒有好處。尤其從一個歐洲人立場出發，欣賞異國情調，讚美中國與歐洲不同，骨子裡就難免沒有一點自我優越感，是從發達國家來的人對滯後國家更近於「原始生態」的讚賞。持這種態度來讚賞文化差異，來讚頌中國的舊事物和舊傳統，就曾經引起魯迅強烈的反感。魯迅說在這類讚賞中國的外國人當中，有兩種人是不「可恕」的：「其一是以中國人為劣種，只配悉照原來模樣，因而故意稱讚中國的舊物。其一是願世間人各不相同以增自己旅行的興趣，到中國看辮子，到日本看木屐，到高麗看笠子，倘若服飾一樣，便索然無味了，因而來反對亞洲的歐化。這些都可憎惡。」[8] 事

---

[6]　Tzvetan Todorov, *On Human Diversity: Nationalism, Racism, and Exoticism in French Thought*, trans. Catherine Porter (Cambridge, Mass.: Harvard University Press, 1993), p. 329.

[7]　Segalen, *Essai sur l'exotisme*, pp. 76, 77.

[8]　魯迅《墳‧燈下漫筆二》，《魯迅全集》（北京：人民文學，1981），第一卷，頁216。

實上，有些人對文化差異的讚美就正是這樣一種獵奇心態，是希望他人提供文化上的異國情調為自己所欣賞。愛德華・賽義德著名的《東方主義》批評十九世紀西方對阿拉伯世界的想像，就是批評西方人並不願意真正瞭解阿拉伯世界的現實，卻按照自己的想像建構一個區別於歐洲的東方，一個體現純粹差異的「他者」。應該說，這種「東方主義」在西方所想像的東方形象當中，包括所想像的中國當中，的確都有相當大的影響，而這種影響對於建立東西方之間跨文化的理解說來，是一個必須克服的障礙。

在西方當代的文化研究中，強調文化差異還有另一個原因，那就是文化相對主義的影響，而這種影響之產生，又有其思想意識發展的脈絡。二十世紀五六十年代以後，隨著亞非拉地區殖民地國家紛紛獨立，西方學界對十九世紀歐洲殖民主義和帝國主義時代的政治和意識形態都有深刻反省和激烈批判。在歐洲列強向外殖民擴張的時代，殖民者認為自己代表了先進發達的歐洲文明，並以歐洲為普遍標準和尺度去衡量非歐洲國家。所以那種普世主義並不是真正的普世價值，而是以歐洲的價值為普世價值，並且強加於人，在理論上為殖民主義和種族主義辯護。在殖民主義已經成為歷史陳跡的時代，西方當代的文化研究就特別注意拋棄過去那種老的普世主義，批判歐洲中心主義於是成為學界共識，而文化相對主義也應運而起，逐漸成為文化研究中佔據主導地位的理論和思想。什麼是文化相對主義呢？美國亞洲研究學會的刊物《亞洲研究學刊》（*Journal of Asian Studies*）在上世紀九十年代之初，曾經就普世主義和相對主義問題展開討論，當時《亞洲研究學刊》主編大衛・巴克就說，文化相對主義是美國大多數亞洲研究者奉行的基本原則，他們懷疑「有任何概念上的工具，可以用跨越不同主體而有效的方式，來理解和解釋人的行為和意義。」[9] 由此可見，文化相對主義基本上是懷疑甚至

---

[9] David D. Buck,「Forum on Universalism and Relativism in Asian Studies: Editor's

否認不同文化之間存在理解和解釋的可能。反對把歐洲的文化價值（例如基督教的宗教和倫理）作為普遍價值強加給歐洲以外的其他國家，這在政治和倫理的意義上都是正確的，但是由此而走向另一個極端，否認不同國家的人能夠跨越文化差異，達到某種共識，甚至否認不同文化之間有任何共同價值，否認跨文化理解的可能，那就引出另一些問題。值得注意的是，當代西方文化研究中佔據主導的文化相對主義，就往往走向另一個極端。

耶魯大學研究中國歷史的學者史景遷曾在討論西方對中國的想像中，特別提到所謂「法國人的異國情調」，認為建立起一整套「互相支持印證的形象和感覺」來描述一個充滿異國情調的中國，「似乎是法國人特別擅長。」[10] 這種異國情調論和對文化差異的強調，當然不是法國人獨有的，但在法國的學術思想傳統中，確實有這樣一種強調不同民族文化差異的思想傳承。例如二十世紀初法國著名人類學家列維-布魯爾（Lucien Lévy-Brühl, 1857-1939）發表《原始心態》（*La mentalité primitive*, 1922）一書，認為歐洲以外神話式的原始思維不同於現代歐洲人的邏輯思維，這種對「心態」或「思維方式」差異的強調，在西方人類學和民族學研究中都產生過很大影響。法國漢學家葛蘭言（Marcel Granet, 1884-1940）著有《中國人的思維》（*La pensée chinoise*, 1934）一書，就尤其注重區分東方和歐洲不同的心態或思維方式。這在法國漢學家謝和耐的《基督教與中國》（*Chine et Christianisme: Action et reaction*, 1982）一書中，表現得尤其明顯。謝和耐探討基督教在中國傳教不成功的原因，認為那反映出的「不僅是不同知識傳統的差異，而且更是不同思想範疇和思維模式的差異。」[11] 謝和耐把具體歷史事件的探

Introduction,」 *The Journal of Asian Studies*, vol. 50, no. 1 (Feb. 1991), p. 30.

[10] Jonathan D. Spence, *The Chan's Great Continent: China in Western Minds* (W. W. Norton, 1998), p. 145.

[11] Jacques Gernet, *Chine et Christianisme: Action et réaction* (Paris: Éditions Gallimard, 1982), p. 12.

討提升到哲學的層次，而且以語言等同於思維。他認為中國人的語言沒有語法，中國人的思維也不能構想抽象概念，因此與西方的語言和思維都恰恰相反。他說：「除了中文之外，再也想不出與希臘、拉丁或梵文更不相同的語言模式了。在全世界所有的語言裡，中國語言格外特別，既沒有按照詞法來加以系統區分的語法範疇，也沒有任何東西來把動詞區別於形容詞，把副詞區別於補語，把主語區別於定語。」在謝和耐看來，中文缺少語法觀念正體現出中國思維模式缺乏超越和精神的範疇，所以中國哲學也相應缺少本體存在的觀念。所以他說：「中文裡也沒有一個表示存在的詞，沒有任何字可以用來翻譯存在和本質這樣的概念，而在希臘文裡，用 *ousia* 這個名詞或中性的 *to on* 就很容易表達這樣的觀念。所以，在中國根本不知道存在這個概念，即超越現象而永恆不變的實在意義上的存在。」[12] 謝和耐認為語言的不同就是思維模式的不同，所以他在這裡用希臘和中國代表東西方兩種不同的語言和文化傳統，認為兩者之間從思維方式到文化價值都有根本差異。在他書的結尾，這種對文化差異的強調的確越來越走向極端。謝和耐作出後來頗有爭議的一個論斷，說當時歐洲傳教士們在中國所見到的不僅是與歐洲完全不同的另一種文明，甚至是完全不同的另一種人，他說：「他們面對的是另一種人類（ils se trouvaient en présence d'une autre humanité）。」[13]

把希臘與中國相對比，視中國為希臘即歐洲之反面，這是當代法國學者于連不斷重複的一個基本觀點。他在1985年發表的一部早期的著作裡，就已經提出把中國作為「文化間的他者」（l'altérité interculturelle）來研究，因為古代中國是唯一沒有和希臘即西方世界有任何接觸的另一種文明，所以他認為可以通過研究文化上他者的中國來反觀希臘，即從反面認識歐洲自己。于連明確地說，研究中國的意義在

---

[12] 同上，頁325.

[13] 同上，頁333.

於使歐洲人能夠「回歸自我」，使他們可以「重新審視我們自己的問題、傳統和動機。」所以他宣稱說：「西方漢學家完全有資格做一個西方的發現者；他的漢學知識也因此可以成為他的新工具。」[14] 由於中西語言、歷史、思想、文化都極不相同，所以「中國提供了一個案例，研究這個案例就可以讓我們從外部來反觀西方的思想。」[15] 于連2000年出版的一本書題為《從外部（中國）來思考》，他在那本書裡重複這一觀點，認為中國為西方學者提供了一個從外部來思考的機緣，使他們可以避開從古希臘到近代歐洲的老路而另闢蹊徑。于連說，「如果要『擺脫希臘框架』，如果要尋找適當的支援和角度，那麼除了常言所謂『走向中國』之外，我真看不到還有什麼別的路可走。簡單說來，這是有詳細文字記載，而其語言和歷史的演變與歐洲又完全不同的唯一一種文明。」在福柯以中國為「異托邦」（heterotopia）的概念裡，于連找到了他的理論依據。福柯曾論述「非歐洲」在結構上的差異，但在于連看來，福柯的「非歐洲」仍然太籠統，「太模糊不清，因為它包括了整個遠東。」他把這個概念進一步縮小，然後宣稱說：「嚴格說來，『非歐洲』就是中國，而不可能是任何別的東西。」[16] 在于連的著作裡，中國和希臘或歐洲構成了一個非此即彼的對立。

　　于連不斷把中國作為似乎有魔力的鏡子，讓歐洲在裡面看到自己的反面，這當中常用的辦法，就是在希臘與中國的對立中，設立起一系列彼此相反的範疇。例如他把希臘哲學及其對真理的追求，拿來和中國逐一比照，說中國人講求智慧而對真理問題毫不關注。他說「中國

---

[14] François Jullien, *La valeur allusive: Des catégories originales de l'interprétation poétique dans la tradition chinoise (Contribution à une réflexion sur l'altérité interculturelle)* (Paris: École française d'Extrême-Orient, 1985), p. 8; see also pp. 11-12.

[15] François Jullien, *Detour and Access: Strategies of Meaning in China and Greece*, trans. Sophie Hawkes (New York: Zone Books, 2000), p. 9.

[16] François Jullien with Thierry Marchaisse, *Penser d'un Dehors (la Chine): Entretiens d'Extrême-Occident* (Paris: Éditions du Seuil, 2000), p. 39.

人對存在、對上帝和對自由三者都抱無所謂的態度。」[17] 于連說，希臘真理的概念和存在的觀念互相關聯，而在中國，「由於不曾構想過存在的意義（在中國的文言裡，甚至根本就沒有此意義上的『存在』這個字），所以也就沒有真理的概念。」[18] 這使我們想起，前面所引謝和耐說過幾乎同樣的話。又如于連認為，邏各斯的觀念在西方引向真理或超越性的本源，可是在中國，「智慧所宣導的道卻引向無。其終點既不是神啟的真理，也不是發現的真理。」[19] 在于連的著作中，常常可以找到一個概念的對照表，而且都展現同一個對比模式：即希臘有某種觀念，而在中國則沒有那個觀念，或有與之不同的另一種觀念。於是于連把希臘即西方與中國作了一連串的對比：存在與變動、注意因果與講求勢態、注重個人與考慮集體、形上與自然、自由與隨機應變、熱衷於思想觀念與對思想觀念毫無興趣、歷史哲學與沒有歷史的智慧等等，不一而足。[20] 在這一系列的反面比較中，對比模式始終如一，於是正如蘇源熙所評論那樣，于連的中國變成「他心目中歐洲的反面意象，用列維納斯的話來說，就是『我所不是的』——可是那（恰恰）不是列維納斯的意思。」[21] 蘇源熙提醒我們注意于連的循環論述，因為那論述的目的早已預先決定了論述的結論。因此，無論于連討論的是中國的什麼觀念，無論說中國沒有「存在」、「真理」或者別的什麼概念範疇，他都並沒有描述中國思想狀況的實際情形，而只是從他那個希臘與中國對比的框架中，產生出一些完全可以預料的結論。因此蘇源熙認為，如果不擺脫這個對比模式，「那麼于連的方法產生的結果越多，他那個對比閱讀的原

---

[17] 同上，頁264.

[18] François Jullien, 「Did Philosophers Have to Become Fixated on Truth?」 trans. Janet Lloyd, *Critical Inquiry* 28:4 (Summer 2002): 810.

[19] 同上，頁820。

[20] 參見同上，頁 823-24。

[21] Haun Saussy, *Great Walls of Discourse and Other Adventures in Cultural China* (Cambridge, Mass.: Harvard University Asia Center, 2001), p. 111.

則就越站不住。不斷製造規範的、相互對應的對立，就把『他者』轉
變成了『我們的他者』，也就是說，轉變成一幅我們自己（或對自己
的某種理解）的反面肖像。在這一轉變中，本來是未知事物的魅力，
就有可能變成一種扭曲形式的自戀。」[22] 從列維-布魯爾、葛蘭言到謝
和耐再到于連，儘管他們研究的領域不完全相同，各自的成就也不一
樣，但我們可以看出，在把文化差異推向語言和思維方式的根本區別
上面，他們在學術思想上有先後繼承的脈絡，有一條明顯的線索。把中
國視為西方的「他者」或反面，在法國有關中國的論述中，似乎有相
當的影響。

　　然而就像我在前面已經說過那樣，對文化差異的強調絕不只是法
國學者獨有的傾向。例如就人類學和民族學研究而言，美國學者喬治‧
馬柯斯就說，過去傳統的人種學家（ethnographer）相信文化差異「可
以完全被消化，也就是說，通過破解結構的密碼和更好的翻譯等手段，
可以將之吸收到理論和描述中去。」可是到了我們這個後現代時代，
「激烈或剩餘的差異」卻成為研究領域裡的主導概念，其基本預設是
「差異永遠不可能被完全消化、征服，或被體驗。」突出差異於是成為
後現代人種學一個明確的標誌。馬柯斯說：「解釋或說明另一個文化主
體的任何努力，都總免不了有剩餘的差異留存下來。」[23] 在文化人類學
和人種學研究當中，強調文化差異於是具有規範的意義。在美國亞洲研
究學界，如大衛‧巴克所說，文化相對主義是大多數研究者奉行的基本
原則。另一位美國學者里查‧尼斯貝特2003年出版了一部標題就很明確
的書，叫做《思維的地圖：亞洲人與西方人如何不同思考……以及為什
麼》。尼斯貝特認為，「人類的認知並非到處都是一樣。第一，不同文
化的人們其『形上思維』就不同，即對世界的本質抱有根本不同的信

---

[22] 同上，頁112。

[23] George E. Marcus, *Ethnography through Thick and Thin* (Princeton: Princeton University Press, 1998), p. 186.

念。第二，不同群體典型的思維過程就大為不同。第三，思維過程與對世界本質的信念是一致的：人們使用對他們說來好像有意義的工具來思考，而正是這樣的工具使他們理解世界的意義。」[24] 在尼斯貝特看來，不同文化和社會群體的人好像都是集體式地思考，其「思維過程」各不相同。在這裡我們不難看出，尼斯貝特的觀點很接近列維-布魯爾，即認為不同人種在「心態」或思維方式上也不相同。

令人難以置信的是，尼斯貝特把全部「亞洲人」與全部「西方人」對比，好像「亞洲」或「西方」內部不存在差異，只有東西方之間才有思維方式的差別。他引用一個據他說是「從中國來的極聰明的學生」的話，這位學生對他說：「你知道，你和我之間的區別就在於我把世界想成一個圓，而你把世界想成一條線。」這個學生又繼續說：「中國人相信事物不斷變化，但總是變回到某種原來的狀態。他們注意廣大範圍之內的事情；他們尋找事物之間的關係；他們認為，不理解全體，就不可能理解局部。西方人則生活在一個更簡單，更決定論的世界裡；他們不看更大的圖景，卻聚焦在突出的人或事上面；而且他們以為他們可以控制事物的發展，因為他們知道事物運行的規律。」[25] 我不知道這段話是否真是一位中國學生告訴他的，但看來這位「從中國來的極聰明的學生」並不是那麼聰明，因為他並不知道把世界想成一個圓，在西方哲學和神學裡都是一個常見的比喻，而且「不理解全體，就不可能理解局部」也絕不是中國人特有的觀念，因為那正是西方闡釋學的一個基本概念，即所謂「闡釋的循環」（hermeneutic circle）。問題不在於這位學生的話有沒有道理，而在於尼斯貝特拿一個中國學生並不很高明的話來代表全體「亞洲人」的思維。這的確是過分強調文化差異的人很容易犯的錯誤，即把東方和西方看成互相對立的兩個集體，而完全忽略這兩

---

[24] Richard Nisbett, *The Geography of Thought: How Asians and Westerners Think Differently ... and Why* (New York: The Free Press, 2003), p. xvi-xvii.

[25] 同上，頁xiv。

者內部的差異，完全忽略不同個人的觀念和看法。他們為了「證明」東西方的根本差異，就很容易以偏概全，把一個人的意見或一個文化傳統中某一方面或某一局部來代表複雜豐富的整體。其實任何一個豐富的文化傳統都有各種各樣不同的思想，有各種思潮和學派，他們互相之間的爭論和辯難，就形成這個文化傳統的各種觀念和價值。在理解不同文化時，我們不應該只看一點，不及其餘，把豐富多彩的文化傳統簡單化為一個方面，一種形象。

　　讓我們就拿于連所謂希臘有真理的概念，而中國則沒有這一概念作例子，稍作探討。正如研究希臘古代思想的權威學者羅界爵士指出的那樣，就真理概念而言，古代希臘起碼有三種互不相同的看法，即「客觀論、相對論和懷疑論的立場。」[26] 巴門尼德斯、柏拉圖和亞里斯多德等哲學家可以說是客觀論的代表，因為他們認為真理是不以人的意志為轉移的客觀存在。普羅塔戈拉斯提出「人乃是萬物的尺度」，就代表了主觀論或相對論的立場，因為按照他的理論，真理不是客觀的，而是以人來衡量或決定。不僅皮洛派懷疑論者在希臘化時代代表了第三種立場，即懷疑論的立場，而且哥吉亞斯早在西元前五世紀就已提出很明確的懷疑論。哥吉亞斯認為，第一，真理根本就不存在，第二，就算有真理存在，人也無法認識，第三，就算你認識了真理，也沒有辦法把真理表述出來。所以正如羅界所說，在古代希臘「並沒有一個統一的希臘人關於真理的概念。希臘人不僅在問題的答案上意見不一致，而且在問題本身就意見不一致。」[27] 宣傳希臘人有一個統一的真理概念，而且認為那是獨特的西方概念，就不過是抹殺了希臘和西方思想內部的各種差異，然後提出一個簡單化的文化本質的觀念。這一類簡單化的說法，實際上都是站不住腳的。

---

[26] G. E. R. Lloyd, *Ancient Worlds, Modern Civilizations: Philosophical Perspectives on Greek and Chinese Science and Culture* (Oxford: Oxford University Press, 2004), p. 53.
[27] 同上，頁54, 55．

　　在古代中國，關於真理、現實、客觀性、可靠性等等，同樣有各種不同的立場和看法。孔子提出語言與實際切合的「正名」，那是先秦思想中一個重要的問題。荀子《正名篇》指出名辭都是「約定俗成」，可是一旦約定，就不可隨便混淆；《修身篇》認定是非有別，「是是非非謂之知，非是是非謂之愚」；然而道家的莊子則持完全不同的看法，《齊物論》裡說，天下的名辭是非都是相對於某一觀點而言，所以是完全相對的，「是亦彼也，彼亦是也。彼亦一是非，此亦一是非」。既然各人都有自己的是非，他就懷疑地問道：「果且有彼是乎哉？果且無彼是乎哉？」在《齊物論》結尾，有莊周夢為蝴蝶一段有名的故事，他說「不知周之夢為蝴蝶與？蝴蝶之夢為周與？」所以我們可以說，荀子的看法近似「亞里斯多德關於什麼是真理的意見」，而與之相反的莊子的看法，則「甚至比普羅塔戈拉斯的相對主義還走得更遠。」[28] 這就是說，關於真理和是非等問題，古代中國和希臘都有種種討論，于連所謂只有希臘有真理概念，中國則無，是在兩方面都站不住腳的簡單化說法。

　　文化相對主義也許最有影響的是湯瑪斯・庫恩在《科學革命的結構》一書中提出的「不可通約性」（incommensurability）概念。庫恩本來討論的是科學史，他認為科學革命的出現是因為科學家在一定歷史時刻提出新的範式（paradigm），對自然和世界都提出全新的理解，完全改變了理解事物的基本方式，於是在新的和舊的範式之間，科學家們完全沒有共同語言，沒有相互理解的可能，所以不同範式之間是「不可通約的」。這個概念在科學史本身就引起爭論，因為庫恩討論的主要例子，即托勒密地心說與哥白尼日心說兩種宇宙論的衝突，如果兩派學者相互之間完全不理解，真的沒有任何共同語言，他們又怎麼可能爭論起來呢？但庫恩「不可通約的範式」這個概念很快超出了科學史範圍，在

---

[28] 同上，頁59。

人文和社會科學研究中產生了巨大影響，成為文化相對主義一個重要的概念。按照這個「不可通約」的概念，不同文化和不同社會群體互相之間沒有共同語言，不可能相互理解，這就構成了琳賽水（Lindsay Waters）所謂「不可通約的時代」。琳賽水認為，與其就美國的情形而言，一旦這個否認不同範式可以相互理解的概念運用到文化和社會的領域，就往往為社會的碎裂化、「為重新出現的部落主義提供依據。」[29]這個「不可通約性」概念在美國影響非常廣泛，幫助造成不同群體之間互相隔閡的狀態，成了「證明身份政治（identity politics）合理的一個關鍵概念，而這種身份政治堅持認為，人們不可能跨越團體來思考。」在其最極端的形式裡，「不可通約性在為一種狹隘、絕對而反對多元的相對主義辯護。」[30] 在這種情形下，不同文化之間的差異當然更受強調，尤其東西方文化之間的跨文化理解，就更受到根本的質疑。如果不同文化之間真是「不可通約」，那就不可能有跨文化理解，任何比較研究也就沒有意義。因此，我們必須批判地思考文化相對主義，尤其是那種走極端的形式，才可能有不同文化的理解和闡釋。

　　闡釋學的基本立場是，理解既然是普遍存在、具本體意義的活動，那麼理解就不僅必須，而且總是可能的，跨文化的理解也是如出。伽達默1981年曾經在巴黎與德里達有過一場沒有互相真正對話的對話，其中爭論的一個問題就是理解的可能性。伽達默認為理解雖然須要努力，但總是可能的，「理解力是人的一個基本能力，是使他得以與他人共同生活的能力，是尤其在使用語言和參與對話中顯示出來的能力。在這方面說來，闡釋學的普遍性是毋庸置疑的。」[31] 不同文化當然存在差異，中

---

[29] Lindsay Waters, 「The Age of Incommensurability,」 *Boundary 2* 28:2 (Summer 2001): 144.

[30] 同上，頁145。

[31] Hans-Georg Gadamer, 「text and Interpretation,」 trans. Dennis J. Schmidt and Richard Palmer, in Diane P. Michelfelder and Richard E. Palmer (eds.), *Dialogue and Deconstruction: The Gadamer-Derrida Encounter* (Albany: State University of New

國和歐洲無論在種族、語言、歷史、文化或社會結構等方面，都互不相同，這是我們生活當中一些明顯的事實，但在闡釋學上有意義的問題是：我們應該如何克服語言、文化、歷史和社會等等方面的差異，達到不同文化傳統之間的相互理解？

　　伽達默在《真理與方法》最後部分以語言的理解為中心，把兩個人面對面的對話交談作為典型的闡釋活動，而特別分析兩種不同語言通過翻譯來對話的情形，認為那種情形很能幫助我們瞭解整個理解的過程。翻譯是在兩個人的對話之間另外有一個仲介，因而使人意識到直接對話的障礙，而真正的理解就必須消除這樣的障礙。伽達默說：「哪裡有理解，哪裡就沒有翻譯，而只有說話。懂得一種外語就意味著我們不需要把外語翻譯成自己的語言。真正掌握了一種語言，就沒有必要翻譯──事實上也似乎不可能有任何翻譯」（384-85）。換言之，在伽達默看來，理解必須在一種語言裡進行，他又進一步說：「每一種語言都可以學到完美的程度，到了那個程度，就不需要從自己的母語翻譯成外語，也不需要從外語翻譯成自己的母語，而是直接在那種外語裡思考。在對話中要能夠達於理解，完全掌握語言是一個必要條件」（385）。伽達預設為每個人都有學習語言的能力。通過努力，我們就可以掌握一種外語，用那種外語來思考並參與那種語言的對話之中。這就是說，我們完全有可能跨越語言和文化的差異和障礙，達到跨文化的理解。當然，翻譯本身也是理解。伽達默說：翻譯「不可能只是重新喚起作者頭腦中原來那個思考過程，而必然是在譯者對原文意義的理解指導之下，對原文的重新創造。誰也不會懷疑，我們在這裡處理的是解釋，而不是簡單的複製」（386）。無論完美的翻譯還是把一種外語掌握到完美的程度而直接使用那種語言來思考和對話，都意味著我們有可能跨越不同語言的差異，因此，跨越文化障礙的理解不僅可能，而且必要。

York Press, 1989), p. 21.

　　從闡釋學的角度看來，差異的普遍存在使理解和闡釋成為必要，但理解並不是差異的消除，不是把理解者自己主觀的先入之見投射到被理解的客體上，也不是而且不可能是完全排除理解者自身的主觀性，把自己變成另一個文化的「他者」。在對話中達到相互理解，正如伽達默所說，是「視野的融合」。在對話中表達出來的「不只是我的，或者文本作者的，而是我們共有的東西」（388）。跨文化理解的目的不是把不同文化變得一致而毫無區別，而是深入認識不同文化，既認識其中的差異，也認識其中相通和共同之處。我們反對的不是文化差異，而是把文化差異絕對化，把不同文化說成毫無相互理解的可能。相對於西方當代理論對文化差異的高度強調，相當於影響極大的文化「不可通約性」概念，尤其相當於把東西方絕對對立起來的做法，我們有必要指出跨文化理解的必要和可能，指出不同文化之間可以有溝通契合之處。但這並不是否認中西文化的差異。

　　要說中國與西方的差異，在比較中可以明顯見出的一個重要差異，就是宗教在中西文化和社會傳統中的地位和作用都極為不同。中國文化中當然有宗教，有道教和佛教，還有民間信仰，都是宗教，然而比較起猶太教、基督教或伊斯蘭教在西方和在伊斯蘭國家的影響，中國就沒有那樣組織嚴密的教會，沒有哪一種宗教可以強大到在社會生活中佔據主導的地位，更沒有哪一種宗教可以與政治權力相抗衡。在中國，可以說政治取代了宗教，有時政治帶有極強的宗教性，而在西方和在伊斯蘭世界，宗教則曾經或仍然帶有極強的政治性。歐洲經過文藝復興、宗教改革和啟蒙時代，實現了政教分離，進入世俗化的現代社會，但在中國，可以說整個文化傳統原本就是世俗化的，但由於中國沒有宗教的主導地位，也就沒有宗教力量逐漸弱小的轉化，所以中國的世俗化與西方的世俗化既有相同，又有區別，這對於理解中西文化和社會都非常重要。對於宗教在中西文化中的差異，只有在比較之中，才可以看到很清楚。我們應該承認，就宗教的社會地位和影響而言，中國與西方有深刻的差

異，但這種差異是程度的差異，不是性質上的根本不同，更不是非此即彼的互相排斥。具體研究這種差異在歷史上產生的原因和對各自文化傳統的影響，應該是很有意義的課題，但像謝和耐那樣把這種差異歸結到語言和思維的哲學高度，認為中國人根本沒有抽象思維能力，根本不可能構想超越的宗教和神的觀念，那就是言過其實而大謬不然了。

在跨文化的比較研究中，應該注重同還是注重異，這好像是許多人都想提的一個問題。但這個問題本身不是一個真正的問題，因為脫離開具體環境，抽象地談比較研究，就無法說應該是趨同還是求異。事物總是有相同或相通之處，也必然有差異和區別，而比較研究是趨同還是求異，要看具體研究的範圍和性質來確定。伽達默把兩個人的對話視為提出問題和回答，就像蘇格拉底的對話一樣，這當中問題是開放和不確定的，但「問題的開放又不是無止境的。它會受到問題的視野的制約」（363）。這就是說，在跨文化研究中，我們在討論一個具體問題的時候，「同」或者「異」會幾乎「自然」地顯現出來，而趨同或者求異都只在這樣的具體環境裡才可以確定。就像我前面已經提到的，西方當代理論對文化差異過度強調，這就在我們與西方學術的對話當中構成一個背景，提出了一個基本問題，而回答這樣的問題，我們就有必要針對文化相對主義的極端化，指出不同文化之間的共同和契合。但另一方面，如果我們研究某一文化現象或某一方面具體的差異，也許在大致相同的背景下，仔細分析一些重要的區別，又可能成為研究的重點。無論「同」還是「異」都是一個程度的問題，事物之間往往是既相同又相異，完全相同或毫無一點共同之處，都是極少的情形。文化相對主義過度強調差異，其錯誤就在於忽略了度的問題。

與此同時，差異並不只是存在於文化之間，也同樣存在於同一文化之內。抹煞一個文化傳統內部的差異，只突出文化之間的差異，往往是文化相對主義的錯誤。人類的差異其實是普遍存在的，每一個人的DNA和指紋都不一樣，可以成為鑒別不同人的法律依據，無論外貌

還是內在的思想也都有不同，所以即使在同一社會和同一群體之內，也存在個人之間的差異。在一個文化傳統內部，有不同的思想意識，不同的價值觀念，所以在同一語言和文化傳統之內，也存在文化的差異。不同語言和不同文化傳統，當然有更明顯的文化差異。於是差異可以說有個人的、文化內部的和文化之間的這樣三種層次，跨文化研究不能只看見文化之間明顯的差異，忽略個人和同一文化傳統內部的差異。我們前面提到尼斯貝特把一個中國學生說的話拿來代表全部「亞洲人」，並與全部「西方人」相對比，就顯然忽略了文化之內多元思想的可能，而把東西方文化做簡單絕對的對比。就中國而言，我們傳統上說有儒、釋、道三教，進入現代，就有更多不同的思想。西方雖然在宗教上簡單說來是基督教占主導，但基督教內部又有天主教和新教之別，天主教和新教內部還有各種教派，更不用說在哲學、神學和政治學等其他方面的各種不同思想意識。在同一個地區，當各個不同民族進入現代世界而建立起不同國家意識的時候，各自的文化傳統就顯出特點而逐漸區分開來。這在歐洲是如此，在東亞也是如此。就東亞而言，中國、日本、韓國以及同一地區的其他國家，在古代曾經都受到中國文化的影響，使用中國的漢字為他們共同的書寫文字，但到近代則發生很大變化。所以無論「亞洲人」還是「西方人」都不是一個很有用的概念，因為這種概念太寬泛而忽略了太多文化差異。去仔細分梳歷史上這不同地區和不同文化的形態，各自內部的差異，而不是把亞洲和西方簡單對立，那也許才是更有意義的研究。

如果說闡釋的過程像是一種對話，那麼重要的就是保持對話的開放性，不要先入為主而阻礙對話的展開，也就是不要預先肯定同或者異。伽達默說：

> 我們說我們「進行」對話，然而越是真正的對話，就越不會受參
> 與對話者意志的主導。所以真正的對話從來不是我們預想要進行

的。一般更準確地說，是我們落入對話之中，甚至是我們被捲入其中。一句話如何隨另一句話而來，對話如何輾轉曲折，走向其結論，在某種意義上固然是由對話者進行，但對話的雙方更多是被對話所引導，而不是對話的引導者。誰也不可能預先知道對話會有什麼「結果」（383）。

伽達默在此描述的蘇格拉底式的對話，或者說探討問題、達於認識和得出真理的辯證過程，是一個開放的、充滿各種可能的過程。我們可以把跨文化理解和一切研究都想像成這樣的對話，是與研究對象的對話，與前人和其他研究者的對話，而對話的結果如何，不是預先可以完全料定，卻需要在對話過程中不斷發現和展開。跨文化理解當然不是輕而易舉就可以達到的，對文化差異的過度強調會造成理解的障礙和困難，忽略重要的差異而牽強附會，也同樣會造成理解的障礙和困難。把握好同與異的程度，在異中求同，在同中見異，這種在對話中反復沉潛的結果，應該是達於接近真理的正確理解。但闡釋和理解是一個無盡的過程，我們在不斷追求中務求接近真理而不可能窮盡真理，這就是闡釋在人生當中的本體意義。

演講後問答

問：張教授，您好！我在1998年第一次讀到您的書，《道與邏各斯》，是馮川教授翻譯的。我看了很受啟發，也很喜歡，並且從此記住了張隆溪教授的名字。今天很榮幸能和您面對面地對話。從那時起到現在，我一直在想一個問題，我讀的是不是張隆溪教授的思想，因為我讀的是一個譯本。幾天前，我在巴黎參加法國國家圖書館組織的一個關於程抱一先生的研討會。程抱一先生把中國古代的唐詩宋詞譯成法文，現在又有很多中國學者把程抱一先生的作品譯成中文。我就懷疑，這還是不是經典的、權威的、最原初的版本。剛才您提到很多法國學者，比如托多洛夫、謝和耐、勒維納斯、弗朗索瓦・于連，我不知道您是不是讀了他們的原文，如果您讀的是他們的原文，可能就沒有我這樣的困惑。如果我沒有一定的語言能力，讀的可能就是譯本。請問您怎麼看待語言和文化的轉換和傳遞？由此導致的最終結果是不是不夠權威和經典？謝謝！

答：你想知道，一個著作翻譯成其他語言，對讀者的理解會不會造成障礙。我們可以從兩個方面來看。一方面，作為從事比較研究的人，應該具備一定的外語能力，較好地掌握一到兩門外語。最好能讀原文，因為很多問題，尤其文學的理解與原文的文字本身有很重要的關係。脫離原文，完全靠翻譯去理解是有問題的。說到這裡，我想到于連，他自己不會講中文，但他書裡經常提到中國如何如何。他只會法文。我能看法文。我在美國讀書的時候，要求用英文寫論文，但重要段落我會去看法文原文。一般來講，一個人不可能懂所有的語言，這是現實。可能有人宣稱自己懂好多種語言，我對此

表示懷疑。任何東西都有個程度問題，語言也是。錢鍾書先生在給我的一封信裡曾經說，學外語就像溫度計一樣，是有很多度數（degrees）的，所以就看你是到哪個度（degree）了。一度兩度是度，一百度也是度，所以要看你掌握到什麼程度。我們每個人的語言能力都是有局限的，不可能什麼都懂，所以在研究中要依靠翻譯是不可避免的。除非你只是非常狹隘地做些研究，你可以不管。如果你要瞭解你研究的問題，國際上的學者是怎麼看的，你還是需要讀一些外文資料的。所以，一方面要注重從外文原文去把握，另一方面，有時候不得不看譯文。如果你不懂原文，在講到具體東西時，你最好不用譯文。比如說，講到具體的文本分析時，你如果不懂原文只看譯文，就要很小心，因為你沒法判斷。你可以比較不同譯本，但是最好要懂原文，不然的話就很難。回到你剛才提到的馮川先生對我的作品的翻譯，我沒有從頭到尾全部看，但基本看下來，翻譯把握得很準確，意思是對的。我不能說每個字都很準確，但是我覺得翻譯得不錯。你剛說到程抱一先生把中國古詩翻譯成法文，然後中國學者又把他的作品翻譯回中文。現在非常重視漢學家或是國外作家寫的關於中國的東西，這是好的，因為以前完全閉塞，不知道別人在講什麼，現在把這些翻譯過來是好事。但是到底翻譯的品質怎麼樣呢，很難說，每個人在研究當中要小心的把握。我們沒有一個簡單的答案，說這個翻譯根本不能用，或者完全可以用。我覺得用還是能用，但是文字細節要小心。

問：張教授，您好！眾所周知，以美國為首的基督教世界與阿拉伯世界之間存在衝突，我的問題是，兩個世界之間的衝突，和文化的差異是不是有關聯？然後，他們的這種衝突，是因為他們彼此不理解導致的，還是因為他們理解差異但無法接受差異導致的？謝謝！

答：我想這種衝突不單是文化的，但是必然跟文化有關係。拿現在來講，美國和阿拉伯世界有很多衝突，當然不單單是文化的問題，涉及到很多經濟利益和政治權力的衝突。正是因為這個原因，我們都不太同意亨廷頓講的文化和文明的衝突。但是這種衝突當然帶有文化的性質。你剛才說眾所周知，不太對，美國只有兩百多年的歷史，而這個衝突起碼是上千年的歷史，比如在歐洲十字軍遠征的時候就有這種衝突了。基督教和伊斯蘭教有相近的地方，例如伊斯蘭教承認耶穌、亞伯拉罕以及很多舊約和新約裡面的人物。兩者有共同的地方，但它們在教義上有所不同，所以衝突的原因是很複雜的，不能簡單地說是文化或不是文化的問題，當然和文化是絕對有關係的。另外一個問題，它們是不理解產生衝突還是理解了產生衝突，我覺得是兩者都有。一種是不理解，互相之間有猜忌和誤解，另一方面是確實理解了但無法融合。我覺得宗教本身有很強的排他性，不要說基督教和阿拉伯的伊斯蘭教之間，基督教內部，新教和舊教之間，在歐洲都有長達三十年的宗教戰爭，甚至有聖巴索洛繆之夜的大屠殺（*Massacre de la Saint-Barthélemy*），從一個晚上開始，幾天之內在巴黎和法國各地要把新教徒全殺光，死了好幾千人，這是非常殘酷的事。再比如說英國的國教，出於個人和國家的原因，它既不屬於舊教，也不完全屬於新教。亨利八世要消滅天主教會，沒收天主教教會的財產，但到了瑪麗女王時，又把新教的人殺掉，可見宗教衝突非常厲害，有很強的排他性。中國和西方一個很大的區別是宗教在中國沒有變得這麼強大，所以中國人也打仗，為政治原因打仗，但很少為宗教原因打仗。因此，這是非常複雜的，當中涉及到文化，也涉及到其他利益因素。

問：張教授，您好！剛才談到了**翻譯過程中意義傳遞的嚴格性和確定性**問題，我一直覺得，在我們自身的文化系統內，可能也會遇到理解

的問題，比如說，對自由平等這類語詞，我們提到這樣的語詞的時候，我們的理解是不是保持在同一個層面上，我們如何確保在系統內部，我們在提到這些語詞時的理解是統一的。即便是對理解這個詞本身的理解，又是如何去把握這個聲音或是符號背後真實的意義呢？對理解這個詞真實意義的把握又是如何成為可能的？謝謝！

答：凡是複雜的概念，都不是這麼簡單的，譬如說自由平等，不同的時候可能就有不同的理解，而且在同一個時候，不同的人也許也有不同的理解。生活就是這樣。人生非常複雜，很多事情不能簡單地達成共識。什麼是權威的理解？就是能夠使大家都信服的理解，是大家都覺得更高明的意見，能夠照顧到各個方面的意見，而不是抓到一點就片面強調一點的意見。例如文本分析，只側重一部分而忽略其他部分，這就是不對的。理解和解釋的說服力就在於最能把這東西講得圓通合理，獲得大家認同。建立權威性理解是必要的，但哪怕是權威性理解也不是唯一的理解。一個社會總是多元化的，有多元的可能和多元的理解，這是人生必然存在的現象。我們希望達到正確的理解，但人文方面的理解，很難有一種唯一的解釋，這是我們不得不接受的一種現實。

問：張教授，您好！我有兩個問題。第一個問題，您剛剛說到，中國沒有很嚴密的宗教組織。可能大部分中國人都沒有什麼宗教信仰。我想請教您，對於這件事，我們中國人應該覺得喜還是憂？第二個問題，可能我之前沒聽您的演講，我自己理解的闡釋學可能更多注重理解一些已知和現有的文化和一些共通性上。我想請教您，您致力於闡釋學的發展，那您覺得闡釋學的創新點對文化的新的貢獻會體現在哪些方面？

答：第一個問題，關於宗教，是喜還是憂，這個問題很難一概而論。我覺得從好的方面來講，宗教沒有在中國佔據統治的地位，因此不像

在西方或是阿拉伯世界，出現宗教對人實施嚴格的控制。西方出現過宗教壓制人的時期，在中國沒有這種情況，也沒有宗教的戰爭。從這個角度來說，是好的。當然，也有人說，中國不像西方那樣經歷過宗教的強大力量，然後再世俗化的過程，因此沒有政教分離這樣的觀念。在這個意義上，中國傳統上沒有極為強大的宗教，對宗教、宗教連帶產生的問題，可能看法會有些不同，可能會影響社會的基本價值觀念和基本結構。研究中國近代思想史的專家張灝先生曾提出一個重要的觀念，寫過一篇文章講《幽暗意識與中國傳統》。在西方，基督教有原罪觀念，認為每個人生下來都是有罪的，認為人的本性是惡，這就是所謂幽暗意識。這一意識既然認為人性是惡，所有的人在上帝面前，在死後，都是一樣的，就不太注重世俗社會的區別。皇帝和乞丐在社會地位上有很大的差別，但在上帝面前是平等的，這種基本的平等觀念與西方的民主思想和制度有很大關係。張灝認為中國沒有由宗教產生的幽暗意識，也就難以從中國儒家傳統中產生民主思想。他主要批評新儒家，因為新儒家認為在中國的儒家傳統裡，可以「開出」自由和民主，而張灝認為這是不可能的，中國的儒家傳統裡面沒有這種對人性惡的深刻認識，沒有這種在上帝面前人人平等的觀念，沒有幽暗意識。從這個意義上來講，中國沒有宗教可能會造成我們在這方面的一些缺失，我覺得張灝講得是有道理的。

第二個問題，闡釋學的創新點。闡釋學和很多理論都不太一樣，我之所以對闡釋學有興趣，很重要的原因是，闡釋學不是一個給你一個方法，你就能夠做出些什麼的學科。這也是為什麼闡釋學和德里達的解構主義相比，在美國沒有那麼大影響的原因之一。解構主義是具有操作性的，Jonathan Culler寫過一本書，*On Deconstruction*，就教給你怎麼樣去做解構。教你如何讀文本，尋找其內在的矛盾和文本的裂縫，不斷擴大這裂縫，使這個文本不能

自圓其說，直到把整個文本都撐破了，把文本表面要說的東西都給顛覆了，解構也就成功了。這是做解構的一套方法，所以學生學了這個方法之後，就能夠按圖索驥、按部就班地去做。伽達默的闡釋學根本不是一種方法，雖然書名叫《真理與方法》（*Truth and Method*），但他是反對科學主義方法論的，書名有諷刺意味。他的意思是說真正的真理，真正的人生真理，是不可能用一種科學的方法窮盡的。他並沒有教給你一個方法，他教的東西很難操作，不能進行大批量生產。換句話說，沒有學生可以說，學了這個，就可以寫篇論文了。他大多講的是哲學、美學等很深刻的問題，這些問題討論和解決的方式要根據具體情況來定。換句話說，他並沒有給你一套什麼情況都可以用的方法，這就是為什麼闡釋學沒有在西方、在美國產生像解構主義那麼大影響的原因。

你問闡釋學對我們的文化有什麼新貢獻，我覺得很難有什麼新的貢獻。伽達默一再強調的就是闡釋是本體的現象，因為只要我們存在，就會有理解和解釋，就會有闡釋的問題。闡釋學可以說明我們去理解歷代對文本的闡釋，在這個意義上有幫助。會引起我們對評注傳統的注意。譬如《詩經》，鄭玄和孔穎達的注疏，從闡釋學的角度來看，你會發現這些注是非常有意思的，你會發現一些方法和理論上的問題，我想這是它的意義所在。闡釋學並不教給你一個新的東西，讓你突然有一種全新的看法。

問：張教授，您好！想問您一個關於翻譯的問題。我在研究波德賴爾在俄國的影響和接受的問題。我考察波德賴爾在俄國最早的一本詩，波德賴爾《小老太婆》的那首詩，譯本有一百七十多行，原文只有七十多行，這種自由的翻譯在以前的文學翻譯中較為常見。您剛才說，通過翻譯無法真正理解原文的意思，特別在具體的文本分析方面。我記得錢鍾書先生曾經說過，好的譯文能夠讓讀者對作者產生

興趣，從而起到宣傳和推廣原文的作用。您今天說，讀譯本無法真正理解作者的原意，那麼在這種情況下，作為一個譯者，他對自己的身份應該怎樣認定呢？他認為自己的任務應該是什麼呢？希望聽聽您的意見。

答：錢鍾書曾說，他之所以要去學外文，就是因為看了林紓翻譯的外國小說，恨不得能去看原文，於是增加了學外文的興趣。這就是為什麼他說，一個好的譯本會讓讀者想去認識原作者。你問譯者應該怎麼定位？文學翻譯，或者重要哲學著作的翻譯，本來就不是給懂原文的人看的，懂原文的人還需要翻譯嗎？它們都是給不懂原文的人看的，那麼譯者應該儘量把原文的意思和原文的價值傳達出來。所以翻譯的時候，增減幾個字，是無關緊要的；重要的是使譯文的讀者讀到譯文的感受，和原文的讀者讀到原文的感受盡可能接近。這是翻譯的標準，是譯者應該做到的。翻譯文學作品往往是一種創作，因為如果你自己的語言把握不好，把很美的文字翻成沒有文采的譯本，那麼等於是害了原作。不懂原文的人看了譯本，就會詫異作品本身怎麼這個糟糕，覺得原作沒什麼價值。這是譯本應該避免的。譯本達到的效果應該是原作者讓讀者體會到的效果。

問：張教授，您好！我是學翻譯研究的，所以我想問一個與翻譯有關的問題。George Steiner《通天塔之後》，給翻譯帶來了一個新的視角，也就是從闡釋學的視角來看待翻譯。那麼我想請教您，作為專門從事闡釋學研究的學者，您是怎麼看從闡釋學角度看待翻譯研究、翻譯現象的。

答：你提到George Steiner 的 *After Babel*，是從闡釋學角度探討語言和翻譯問題的。他這本書其中有一章是Understanding as Translation，理解就是翻譯，討論的不是從外文翻譯到自己的語言，而是過去的文本在今天的理解，或者任何一個文本的理解，都是一種翻譯。換句

話說，文本產生的語境和你現在閱讀的語境和環境多少有些不同，哪怕是同一種語言，不同的讀者也會在同一個語言的框架內，產生多元的解釋。所以讀同一種語言，讀自己母語的作品，也好像是翻譯一樣。例如郭紹虞先生收集歷代對杜甫《戲為六絕句》詩的解釋，集結成冊，都是古人讀杜甫詩的理解，可是很多地方解釋完全不一樣。當然，詩本身就提供了多元理解的可能性，但的確，即使是同一種語言的使用者，而且對這種語言掌握得很好的人，對同一首詩的理解都可能不一樣。翻譯意味著有些變化，不同時代、不同環境的人對同一個作品的理解，哪怕是對自己語言的作品的理解，也是多元的。當然翻譯更是如此。他說理解就是翻譯，也就是這個意思。他是從闡釋學角度來看的。

問：張教授，您好！我想問一個比較文學方面的問題。我發現在您的四講當中，您幾乎沒有提到比較文學相關的話題。我覺得目前中國比較文學研究的現狀有些方面不是很令人滿意，譬如說，很多人集中討論不同文本之間有哪些不同之處，有哪些相同之處，但是除了比較本身，似乎沒有涉及到更多深層次的問題。請問您怎麼看比較文學研究的現狀。謝謝！

答：這是很難回答的一個問題。首先，說實話，我對現狀不是太瞭解，我沒有看太多相關資料，所以我不能說對現狀非常瞭解。我來談談一般的看法。比較文學這個名詞很容易產生誤解。美國很著名的比較文學家René Wellek寫過一篇文章叫「The Crisis of Comparative Literature」，裡面就講到comparative literature這個名詞是很容易讓人誤解的，為什麼呢？因為comparative，comparison，比較並不是文學所獨有的，做任何一門學問都要比較，不是比較文學才比較。而且比較文學和國別文學以及一般文學研究，都沒有絕對清晰的界限。當然，我們所謂比較文學一定是不同的語言和不同文化傳統之

間的比較。也不是說比較文學這個說法完全就是錯的，而是說，如果把比較看作這個學科的特點，那就錯了。那麼這個學科的特點應該是什麼呢？從歷史上看，早期的比較文學採取實證的看法。譬如俄國學者日爾蒙斯基就研究過拜倫對普希金的影響，這是一種比較老式的比較文學概念，採取實證的手段，把一個作家讀過什麼書、受過什麼影響，作為比較研究的基礎。這樣的研究在中國不是沒有意義，像錢先生寫的《林紓的翻譯》，還有《漢譯第一首英語詩〈人生頌〉及有關二三事》，在某種意義上就有一種實證的意義。在晚清，輸入西洋文學是怎樣的情形，這不光是影響問題，而是當時整個中國文人的心態問題。林紓是怎樣開風氣，翻譯了那麼多的外國文學，這是一種研究。後來的比較文學研究，並不採用實證的方法，因為實證是有局限性的。尤其在中西文學比較上，除了二十世紀的近代以來，中國和西方在文學方面歷史上沒有太多交流。西方人不知道李白、杜甫，中國人也不知道歌德。錢先生寫到一個有趣的事例，說李鳳苞在德國做公使的時候，在駐德國的美國公使葬禮上，才知道這位美國公使翻譯過歌德，而且因為歌德曾當過官，高居「相」位並榮獲「寶星」勳章，李鳳苞才在日記裡提到他，也才為中國讀者所知道。如果歌德只寫過詩而沒有做過高官，恐怕中國人還沒有那麼早就知道他。這說明，當時的中國人對西方沒有什麼概念。如果要講到更廣泛的中西文學比較，那就要講到唐代。我們中國人的文學傳統很悠久，譬如漢唐，譬如兩宋，都非常輝煌，但這都是在和西方接觸之前的事情。那怎麼比較呢？一定要講實證，就沒法比較。實證也可以做，但更重要的是一種理念上、概念上的比較。比如錢先生的另一篇文章《詩可以怨》裡面提到，最好的詩是表現悲哀的情緒。這個觀念在不同文學傳統裡都有所體現，而且和時代沒有關係。我們可以就這個觀念進行比較，既可以用古代的例子，也可以用現代的例子，這是比較文學現在做得較好的

一方面。因此，比較文學不是把兩個東西放在一起作比較，說這個相同，那個不同，相同和不同是本來就是存在的。比較研究要做得深入，不能停留在空泛地比較同或不同。例如說愛情，寫愛情的東西太多了，要具體比較，才能講出一點東西來。因此，你說現在比較文學研究的現狀不那麼令人滿意，我是不太瞭解。但我覺得比較研究要做得好，確實不容易。尤其是中西方的比較，對中國的文學傳統要有很深的瞭解，對西方的文學傳統也要有深入的瞭解，要很好掌握中國的古文，對外文也要有很好的掌握，所以要求是非常高的。做中西比較文學不是很容易的事情，所以要做得好，確實就不容易。

5.科學與人文

　　伽達默對科學或者說科學方法的批判，要點在於強調人生許多重要方面的意義和價值，都不是科學方法可以窮盡的。這在二十世紀哲學中，引發了德國哲學傳統中關於自然科學（Naturwissenschaften）與人文科學（Geisteswissenschaften）之爭，而依照兩位討論此問題的學者所說，爭論的主要問題是「是否有人文學科所獨具的解釋藝術？是否有人文學科所特有的一種理解『行為』？」在伽達默重新引發這一爭論之後，問題的焦點就在於「闡釋學科（聖經評注、法律解釋、文學批評、歷史研究等等）是否在某些重要方面與自然科學不同，也就是說，闡釋學科是否能『自成一體』？」[1]十八世紀義大利哲學家維柯（Giambattista Vico）繼承義大利人文主義傳統，針對當時占統治地位的笛卡爾哲學及其科學主義，為人文學科的真確性及價值辯護。早在十四世紀，詩人彼特拉克已經提出，人不僅是上帝按照自己的形象所造成（imago Dei），而且是按照造物者上帝（Dei Creatoris）的形象造成，所以人正是在創造力方面最能體現上帝的恩惠，也最能表現人之尊嚴。這就是說，彼特拉克已經提出，「人也有能力根據自己的需要和目的來創造自己的世界。」[2]在文藝復興時代，這是人文主義者論證人文學科

---

[1] John M. Connolly and Thomas Keutner, 「Introduction」 to J. M. Connolly and T. Keutner (trans. and eds.), *Hermeneutics versus Science? Three German Views, Essays by H.-G. Gadamer, E. K. Specht, W. Stegmüller* (Notre Dame: University of Notre Dame Press, 1988), p. 1.

[2] E. Kessler, 「Vico's Effort to Establish the Foundation for the Humanities,」 in Giorgio Tagliacozzo (ed.), *Vico: Past and Present* (Atlantic Highlands: Humanities Press, 1981),

之創造價值常常採取的方式，而維柯繼承這一傳統，在其名著《新科學》裡宣稱說：「自然界既是上帝所造，也就獨為上帝所知，人類社會的世界既為人所造，也就是人能夠認識的。」[3] 由此維柯認為，人創造歷史，所以歷史是人最能夠認識的真知，相比之下，自然的秘密不是人所能認識的，自然科學也就並不是人所把握的真知。在十九世紀闡釋學發展中，狄爾泰繼承了維柯的思想，也認為歷史是由人的活動構成，所以歷史是人最可靠的認識，在歷史認識中，主體和客體一致，沒有任何隔閡。所以他說：「歷史學之所以可能的第一個條件就是，我自己就是一個歷史的存在，研究歷史的人也就是創造歷史的人。」[4] 然而就具體的個人而言，說人創造歷史並不準確，因為每個個人只有相當有限的歷史經驗，而歷史的全貌遠非個人的歷史經驗所能概括或代表。伽達默在《真理與方法》裡，對維柯和狄爾泰這一觀念就提出了批評。伽達默認為，他們並沒有解決人如何取得歷史認識的問題，即「個人的經驗和對此經驗的認識，如何成為歷史的經驗」（222），或者說「有限的人性如何可能達於無限的理解」（232）。僅僅宣稱歷史比自然科學的知識可靠，並沒有很強的說服力。

伽達默對人文學科的論述不是以知識之是否準確可靠為標準，恰恰相反，通過討論文學藝術作品意義的豐富性和審美經驗的獨特性，他強調人文學科所探索的是複雜而非單一的真理，其意義往往超出文本，其解釋往往有多元之可能。於是由此引發出關於人文學科特性的討論，「都環繞闡釋學科的解釋是否確定（即是否確定為真或偽）這樣的問題展開，而自然科學的假設據說就是確定的。」[5] 這就是說，相對於自然

　　p. 83.

[3] Giambattista Vico, *The New Science of Giambattista Vico*, trans. Thomas Goddard Bergin and Max Harold Fisch (Ithaca: Cornell University Press, 1984), § 331, p. 96. 參見朱光潛譯維柯《新科學》331節（北京：人民文學出版社，1986），頁134-35。

[4] 轉引自 Gadamer, *Truth and Method*, p. 222。

[5] John M. Connolly and Thomas Keutner, 「Introduction」 to *Hermeneutics Versus*

科學講究準確和確定，伽達默強調闡釋的多元和問題的開放。伽達默一再強調藝術作品意大於言，藝術不僅訴諸於理，往往更訴諸於情，不同時代不同的人，對同一作品可以有很不相同的理解，而不必有唯一準確的理解。如果把精密的數學和意義多元的詩相比較，我們就可以看出科學與人文的確有很大區別，所以把研究自然科學的方法和標準作為一切知識的方法和標準，是完全錯誤的。自十九世紀以來，科學的發展和科學方法的權威就成為現代社會一個到處可見的普遍現象。一方面，科學的進步固然改進了人的生活，但另一方面，科學技術的進步，尤其是軍事科學和武器的發展，造成了有可能毀滅人類自身的極大威脅。在一切以投入和收益的比率為計算價值標準的社會裡，人文的精神價值和倫理觀念越來越不受重視，也就造成道德的淪喪和人與人之間關係的異化。在管理制度上，用統計方法把一切都轉換成資料，以數位為依據來做決定，看起來好像符合科學邏輯，實際上卻忽略了許多性質的細微差別。這些都是我們常常看見的問題。不過這些現代社會普遍存在的問題並不能簡單歸咎於科學，或簡單歸咎於人文，把科學與人文對立起來，並不能說明我們深入認識人類社會面臨的問題，更不能提供解決的方案。科學是人的認識，人文同樣是人的認識，從闡釋學的角度看來，科學和人文不可能也不應該是非此即彼的截然對立，所以我希望在最後這一講裡，消除科學與人文簡單對立的觀念，尤其強調在科學當中，起碼在最優秀的科學家當中，人文價值其實佔有相當重要的位置。

　　人的想像力在一切創造活動中都很重要，不僅文學藝術需要想像，科學和技術也需要想像。1929年10月26日的《費城星期六晚郵報》（*Philadelphia Saturday Evening Post*）發表了詩人和記者喬治·維列克（George S. Viereck）在柏林採訪愛因斯坦的一篇報導，那時愛因斯坦在數年前已獲得物理學諾貝爾獎，被普遍認為是世界上最優秀的科學家

Science? Three German Views, p. 2.

之一。維列克問這位大科學家：「您怎麼解釋那麼多的發現呢？是通過直覺，還是因為靈感？」愛因斯坦的回答是後來很有名的一句話：「我自認是一個藝術家，所以可以自由馳騁我的想像，我認為想像比知識更重要。知識是有限的。想像則可以環繞世界」（I'm enough of an artist to draw freely on my imagination, which I think is more important than knowledge. Knowledge is limited. Imagination encircles the world）。這樣一句話出自現代世界最有名的大科學家之口，在很多人都覺得不可思議，或至少大為驚訝，因為人們一般會認為科學給人以可靠的事實和確切的真理，而想像則屬於藝術虛構的範疇，包括文學、音樂、繪畫、雕塑等等，遠離我們日常生活的現實。就像英國作家王爾德說的那樣，藝術的目的乃是為我們提供「美而不真的事物」。[6]然而美國物理學家大衛・波姆卻告訴我們說，在人類歷史的早期，科學、藝術和宗教並沒有截然分開，但在現代世界裡，它們各自的作用卻完全碎裂化而趨於混亂，於是科學喪失了原來與人類生活之藝術和精神層面的聯繫，「幾乎完全脫離了它幫助人在心理上同化宇宙的作用，使人能夠覺得處在他所理解的宇宙之中十分自在，能夠從內心而且全心全意地感受到宇宙之美」。與此同時，藝術在現代世界裡也喪失了與現實的聯繫，變得完全不關注「對科學家說來極為重要的有關事實、邏輯和圓滿合理的問題。」[7]現代科學主要在技術方向上不斷發展，完全改變了早期以人為中心的觀念，那時候人和宇宙之間曾經有十分密切而且有意義的關聯。波姆認為，自提出太陽中心說的哥白尼革命以來，「地球被視為是在一個巨大、無意義、機械運行的宇宙中的一粒塵土，人則是這粒塵土上比微生物還要渺小的東西。」然而現代科學是否必然意味著「宇宙具有完全無意義和機械的特性呢」？波姆自己並不這樣認為，他說：

---

[6] Oscar Wilde,「The Decay of Lying,」*The Major Works*, ed. Isobel Murray (Oxford: Oxford University Press, 2000), p. 239.

[7] David Bohm, *On Creativity*, ed. Lee Nichol (London: Routledge, 1988), p. 29.

對這個問題應該如何回答，我們可以考慮這樣一個事實，那就是許多科學家（尤其是最具創造力的科學家，如愛因斯坦、龐加萊、狄拉克和其他像他們那樣的人）都強烈感到，到目前為止科學所揭示出來宇宙的法則，有一種非常驚人而且非常有意味的美，這就說明他們在內心深處，並不真正把宇宙僅僅視為機械。因此，科學和藝術在這裡就有可能聯繫起來，而美正是藝術所關注的中心。[8]

這就是說，科學或至少最高或最具創造性的科學研究，並不把宇宙視為一堆互相孤立、碎片似的物體，其間除了純粹機械的關聯之外，就沒有任何聯繫。波姆說，一位真正的大科學家努力在自然和世界中去發現的，「乃是某種統一和完整，是某種整體，是構成使人感覺到美的一種和諧。在這一點上，也許科學家與藝術家、建築師、作曲家等等並沒有什麼根本的不同，因為他們在他們所從事的工作中，也都希望創造出這樣的東西。」[9] 就像上面所引愛因斯坦關於想像說過的話一樣，英國物理學家和諾貝爾獎得主保羅·狄拉克（Paul Dirac）關於數學方程式也說：「方程式裡有美，比方程式與實驗相符合更重要。」[10] 在對美和真的追求中，科學家就像藝術家一樣需要想像，因為有了想像，才可能在我們已經知道和已經擁有的東西之外，去創造嶄新而具特色的東西，去揭示我們生存其間這個宇宙的和諧，在我們日常生活的現實之上，去製造一個更具吸引力、更大膽豪放的願景。

　　對科學工作的性質有了這樣的理解之後，我們就可以嘗試去調和知識與想像、科學與藝術或人文，彌合人們認為它們之間存在的鴻溝。

---

[8] 同上，頁 31。

[9] 同上，頁 2。

[10] Paul Dirac, 「Evolution of the Physicist's Picture of Nature,」 *Scientific American* 208 (1963): 45-53; quoted in Arthur Koestler, 「The Three Domains of Creativity,」 in Denis Dutton and Michael Krausz (eds.), *The Concept of Creativity in Science and Art* (The Hague: Martinus Nijhoff Publishers, 1981), p. 16.

我們可以嘗試去探討有關想像與創造的問題，看想像與創造如何幫助科學家和藝術家們達到他們的目的。我們常常聽說在創造過程中有所謂靈感，即突然之間一個構想清晰地呈現出來，那出乎意料的一刻突然到來，既沒有預兆，也不靠事先的反復思考，過去曾是模糊不清的，在那一刻突然清楚聚焦，各就其位，一切都顯得那麼明白圓滿，結構合理。在這一創造過程中，視覺的因素十分緊要，我們甚至可以說，靈感就是突然把一切都看得很清楚的那一刻，不過那是用心靈的眼睛來看，是在頭腦中形成一個意象或一幅圖畫。想像當然和形象有關，是一個事物的模仿和再現，所以是在頭腦中具象或形成一個圖像。換言之，想像就是在心靈的眼睛裡構成某種形象。一位偉大的詩人把想像的概念表達得最透徹，那就是莎士比亞在《仲夏夜之夢》第五幕第一場裡所說的：

> 想像使那些未知的事物
> 具體成形，於是詩人之筆
> 隨物賦彩，使那空虛無形之物
> 能在此生根，並獲得一個名號。

　　我們在此看到的是一位大詩人精彩的描述，描繪詩的想像如何給「未知的事物」和「空虛無形之物」賦予形體，幫助詩人清楚地看見在創造過程中頭腦裡構想的東西。現在我們再來看一位大科學家用語不同、但含義卻十分接近的表述。在談到如何聚精會神地思考來解決一個科學問題時，愛因斯坦說：「在我的思考機制中，語言和詞句，無論是書面語或是口頭語，好像都不起作用。作為思想成分起作用的心理因素，好像是某些可以『自發地』複製和組合的符號和多多少少比較清晰的形象。」[11] 他還繼續說，那些思想成分是「視覺的，有些還似乎是筋

---

[11] Albert Einstein,「Letter to Jacques Hadamard」, in Brewster Ghiselin (ed.), *The*

肉強健的形象。」[12] 昂利‧龐加萊（Henri Poincaré）描述自己在數學上
做出創造性突破的經驗時，也很強調能清楚看見某種形象的內在視覺，
說那是「突然豁然開朗的顯現，是長期以來無意識工作的一個突現的符
號。」在他看來，發現或發明都不是有意識策劃，而是突然來臨的，是
靈感的到來，在那一刻，「有決定意義的概念突然出現在頭腦裡。」[13]
在靈感降臨的一刻，科學家就像詩人一樣，賦予頭腦裡構想的東西以形
狀，產生一個有具體形象的構想。傑拉德‧霍爾頓把科學家的想像分為
三種類型，即「視覺想像，比喻想像和主題想像。」[14] 其實這三種想像
總起來都可以歸屬於視覺想像，而這種視覺能力，即用心靈的眼睛看清
事物的能力，的確是創造性天才的標誌。

　　我們一旦明白科學與人文之間，並沒有像許多人設想的那樣一種不
可逾越的鴻溝，我們就可以嘗試來跨越不少人設想的另一個鴻溝，即東
西方文化之間的鴻溝。想像，即心靈的眼睛超出此時此地現實的局限，
看見構想的事物之能力，在不同文化和不同文學傳統裡都有所體現。在
中國文學傳統中，劉勰在《文心雕龍‧神思》篇裡，就給我們現在所謂
想像的概念做了很早的表述。他說：「古人云：形在江海之上，心存魏
闕之下。神思之謂也。文之思也，其神遠矣，故寂然凝慮，思接千載；
悄焉動容，視通萬里；吟詠之間，吐納珠玉之聲；眉睫之前，捲舒風
雲之色；其思理之存乎。」[15] 劉勰開始說「古人云」，是引《莊子‧讓
王》的一句話而加以發揮，說明形體與心思可以分開，或者說心思可以
超越形體所處具體時空的局限而自由翱翔，成為「神思」。劉勰說詩人

Creative Process: Reflections on Invention in the Arts and Sciences (Berkeley:
University of California Press, 1985 [1952]), p. 32.

[12] 同上，頁33。

[13] Henri Poincaré,「Mathematical Creation,」trans. George Bruce Halsted, ibid., p. 27.

[14] Gerald Holton, *Einstein, History, and Other Passions* (Woodbury, NY: American
Institute of Physics Press, 1995), p. 160.

[15] 劉勰著、范文瀾注《文心雕龍注》（北京：人民文學，1958），頁493。

借助於神思，就可以「思接千載」，神游往古，也可以「視通萬里」，構想遙遠不在身邊的事物，使「風雲之色」舒展開來，具體生動，歷歷如在「眉睫之前」。在這段話裡，視覺的比喻也十分突出，所以王元化先生認為，「劉勰所說的『神思』也就是想像」。[16] 他更進一步闡述劉勰的話，認為劉勰已經清楚意識到文學想像的性質，「說明想像活動具有一種突破感覺經驗局限的性能，是一種不受身觀限制的心理現象。」[17] 大多數中國學者都認為，劉勰所謂「神思」，就是我們現代語言中所說的「想像」。王運熙討論《文心雕龍》裡談創作構思，就認為《神思》篇所描繪的，正是詩人「沉浸在想像的世界裡，和被想像的事物緊密地打成一片，」並認為劉勰的創作論「接觸到了文學創作形象思維的某些特色，較之前人的文論有所發展。」[18] 就像我們在前面已經說過的，能夠「思接千載」，「視通萬里」，想見不在身邊的事物，構想不可見的形體，那就是創造的想像。

　　劉勰的《文心雕龍》在中國文學批評傳統中佔有重要地位，其《神思》篇可以說很早就道出了想像這個概念，但那既不是中國傳統中想像概念唯一的表述，甚至也不是最早的表述。劉勰講到神思，一開始就引用《莊子》，而《莊子》這部書正是中國傳統中想像極富、語言生動、比喻層出不窮的著作。《莊子》雖然不是一部文學作品，但其文汪洋恣肆，《莊子·天下》描述莊周文辭的風格說：「以謬悠之說，荒唐之言，無端崖之辭，時恣縱而不儻。」又說其文「以卮言為曼衍，以重言為真，以寓言為廣。」[19] 這使得《莊子》一書具有極強的文學性，而且對歷代的詩人作家都產生了極大影響。《莊子》書中許多生動的形象和比喻都含意頗深，給抽象概念賦予一個具體的形象，具有極強的象徵

[16] 王元化，《文心雕龍講疏》（上海：上海古籍，1992），頁105。

[17] 同上，頁106。

[18] 王運熙、楊明，《魏晉南北朝文學批評史》（上海：上海古籍，1992），頁433。

[19] 郭慶藩，《莊子集釋》，《諸子集成》第三冊（北京：中華書局，1986），頁474，475。

性。例如道家崇尚自然，主張返璞歸真，反對人為干預事物本朴的原初
狀態，這個觀念在《莊子·應帝王》中就化為具體形象，通過一段頗有
戲劇性的情節推演出來：

> 南海之帝為儵，北海之帝為忽，中央之帝為渾沌。儵與忽時相與
> 遇於渾沌之地，渾沌待之甚善。儵與忽謀報渾沌之德，曰：「人
> 皆有七竅，以視聽食息，此獨無有，嘗試鑿之。」日鑿一竅，七
> 日而渾沌死。[20]

這三位帝王的故事是一個擬人化的寓言，儵和忽都是迅速的意思，
這名字就暗示他們兩位做事太快，太倉促，然而世間事物往往欲速則不
達，好心反而可能造成壞的結果。按照傳統注疏的解釋，「渾沌無孔
竅」乃是表示「清濁未分也，比喻自然。」而「儵忽取神速為名，渾
沌以合和為貌。神速譬有為，合和譬無為。」[21] 渾沌地處中央，非南非
北，通身沒有孔竅、渾潤圓通，那就是自然無為之象，而儵與忽為之開
竅，使自然變得像人為，反而造成渾沌之死。這就以寓言即以形象比喻
的方式說明，人為的干預會破壞和分裂原初未分的自然狀態。這個寓言
表現了道家重自然的思想，同時也就區別於儒家講仁義道德、倫理綱常
的一套規範。

這一類擬人化寓言的意義，並不僅僅在創造出一些栩栩如生的形
象，而且還於突顯中國古典傳統中很有特色的類比思想。類比是一種創
造性的形象思維，是在最不起眼和最不明顯的地方，見出事物之間暗含
的可比性和關聯，給頭腦中構想的東西賦予具體形象。這種以具體形象
來做類比的思維方式，並非中國或者東方所獨有，但在古代中國，我們

---

[20] 同上，頁139。

[21] 同上。

的確看到對這種思維和論辯方式強調得更多。我在《中國古代的類比思想》一文中，曾引用司馬遷在《史記·太史公自序》裡記載孔子說過的一句話：「我欲載之空言，不如見之於行事之深切著明也。」也引用認為「六經皆史」的章學誠在《文史通義》開篇的一句話：「古人未嘗離事而言理。」但用具體事例來傳達抽象觀念的含義，卻絕非歷史學家所獨有的方法，東漢時趙岐注《孟子》，就引用了司馬遷也引過孔子的那句話，來說明孟子在他的論辯中，如何通過具體事例得出帶有普遍性的結論。所以我說類比思想是「在兩個不同事物或情景當中找出對應關係的思想方法，所以基本上是一種聯想或隱喻的思維方式。」[22] 由於思維和語言有十分密切的關聯，所以中國古代常見的類比思想與中國古代詩文常用排比和對偶，也就密切相關，「思想中的類比產生出語言表述中的駢偶對仗，兩者都指出具體和抽象、個別和一般、意象和所包含的普遍意義之間的對應關係。」[23] 葛兆光《中國思想史》第一卷裡有「作為思想史的漢字」一節，就把中國古代的類比思想追溯到中國古代語言文字的形成，認為中國古人「不習慣於抽象而習慣於具象，中國綿延幾千年的、以象形為基礎的漢字更強化和鞏固這種思維的特徵」。[24]中國古代這種類比思想是「常常憑著對事物可以感知的特徵為依據，通過感覺與聯想，以隱喻的方式進行繫聯」；甚至認為中國古代的思想世界有一種「感覺主義傾向。」[25] 中國古代的確有許多例子，可以說明類比思想在論辯中十分常見。孟子講人性善，就不是抽象立論，而是用水來類比，說「人性之善也，猶水之就下也。人無有不善，水無有不下」。[26]

---

[22] 張隆溪，《中國古代的類比思想》，見《一轂集》（上海：復旦大學出版社，2011），頁159。

[23] 同上，161。

[24] 葛兆光，《七世紀前中國的知識、思想與信仰世界》（上海：復旦大學出版社，1998），頁115。

[25] 同上，頁119，122。

[26] 焦循，《孟子正義》，《諸子集成》第一冊，頁433-34。

人性是抽象的，水卻很具體，是人們在日常生活中隨處可見的。水總是順流而下，這無需論證，只要訴諸人的經驗常識就可以了然。孟子很善於辯論，他說人性之向善，有如水之就下，就用一個十分具體的形象，來說明一個抽象的道理，使人懂得他的意思，相信善乃是人之本性。

在這裡，我要再用莊子的一段寓言故事，說明具體形象如何幫助我們理解一個抽象問題，這是《莊子‧秋水》篇結尾有名的一段，是莊子和惠施關於認識之可能性的辯論：

> 莊子與惠子遊於濠梁之上。莊子曰：儵魚出游從容，是魚之樂也。惠子曰：子非魚，安知魚之樂？莊子曰：子非我，安知我不知魚之樂？惠子曰：我非子，固不知子矣。子固非魚也，子之不知魚之樂，全矣。莊子曰：請循其本。子曰：汝安知魚樂云者，既已知吾知之而問我。我知之濠上也。[27]

莊子和惠子關於能否認知自身之外的事物這場辯論，對於我們能否克服語言文化的障礙，達於跨文化的理解，很有啟發意義。如果人非魚，不能知魚之樂，那麼語言文化都有很大差異的人，互相之間也同樣很難互相理解。可是莊子最後總結說：「我知之濠上也。」在我看來，這句話的意思就肯定了認知外物的可能性，雖然這種認識不是完全以邏輯和推理為基礎，而是在一定時空的具體環境中，基於直覺和設身處地的移情之感那種認識。然而這種認識也同樣是認識，即亞里斯多德所謂「實踐認識」（phronesis）。[28] 人對自身之外的事物能否有真切的認識，這是一個哲學問題，而在濠梁之上這場辯論中，莊子觀魚而知魚

---

[27] 郭慶藩，《莊子集釋》，頁267-68。

[28] 參見拙著Zhang Longxi, *Allegoresis: Reading Canonical Literature East and West* (Ithaca: Cornell University Press, 2005), p. 3. 關於「實踐認識」，參見Aristotle, *Nicomachean Ethics*, vi,8, in Richard McKeon (ed.), *The Basic Works of Aristotle* (New York: Random House, 1941), p. 1030.

樂，就通過生動的形象和有趣的論辯，把這一抽象問題變得十分具體，的確是使之見於行事而更為深切著明。在這裡，想像使一個認識論問題獲得生動的形象，我們認識到，人生當中有價值的認識往往並非基於可以嚴格驗證的同一，而是基於想像中可以對等的設定。

有趣的是，正是莊子與惠施關於知魚之樂這場辯論，啟發了一位科學家在已知和得到驗證的知識領域之外，去探索新知識的可能性。日本首位獲得諾貝爾獎的科學家湯川秀樹曾專門寫過一篇文章討論《莊子·秋水》中的這一段，他說：「一般說來，科學家的思維方式介於兩個極端之間——一種觀點是不相信任何未經驗證的東西，另一種觀點則認為，未經驗證的東西並不等於就不存在或者不曾發生過。」[29] 莊子聲稱知魚之樂，就不是基於可以驗證的事實，但那並不等於莊子的話沒有道理。湯川秀樹說，原子的存在從古希臘到十九世紀，都是未經驗證的事實，西元前五世紀時德莫克利特（Democritus）就提出「原子」（atom）是不可分的最小物質，直到十九世紀末才發現了電子，可是「假定有原子存在的科學家們對於認識自然界做出的貢獻，就遠比不信有原子的科學家們要深刻廣闊得多。」[30] 這就是說，莊子見群魚出遊從容，深信魚之樂，雖然無法得到經驗的驗證，卻比惠子那實證主義式僵化的經驗論和懷疑論更有建設性。

湯川秀樹在他那篇文章裡，還引用了《莊子·應帝王》中渾沌之死那個寓言，用以說明在科學研究中如何認識物質最基本形式的問題。科學家們早已發現了數十種不同的基本粒子，但在這些粒子之外，什麼是更為基本的物質形式呢？湯川秀樹就設想說，那種基本的形式「也許就是有可能分裂成各種粒子、但還沒有這樣分裂開的東西。」他認為，那就是像莊子想像的渾沌那樣的東西。湯川說，「我就是在沿著這樣的思

---

[29] Hideki Yukawa, 「Chuangtse: The Happy Fish,」 in Victor H. Mair (ed.), *Experimental Essays on Chuang-tzu* (Honolulu: University of Hawaii Press, 1983), p. 60.

[30] 同上，頁61。

路推想的時候，就記起了莊子那個寓言。」[31] 於是在古代寓言和現代科學之間，在想像和創造之間，就這樣建立起了一種聯繫。那個沒有七竅和任何人為跡象、通身圓滿的中央之帝渾沌，實在很像海森堡（Werner Heisenberg）所謂原初物質（*Urmaterie*），即在物理世界中尚未分化成各種基本粒子之前那種最基本的物質。

作為一個出身東方的物理學家，湯川秀樹不僅希望彌合藝術與科學之間的鴻溝，而且希望彌合東方與西方之間的鴻溝。不少人認為，西方科學的發展最終都可以歸功於希臘思想，以至於薛定諤（Erwin Schrödinger）曾說，「凡是沒有受過希臘思想影響的地方，科學就不可能發展。」湯川秀樹並不反對這一說法，他甚至承認希臘和西方思想對現代日本和東方產生了極大影響，但是他又進一步說：

> 然而當我們考慮將來，當然就沒有理由認為，希臘思想將一直是科學思想發展的唯一來源。東方產生過各種各樣的思想體系。印度就是一個很好的例子，中國也是如此。中國古代哲學沒有產生出純科學。直到目前，這也許的確如此。但我們不能假定，將來也必定會一直如此。[32]

湯川秀樹宣稱說，尤其是充滿詩意想像的《莊子》一書將會「刺激讀者的頭腦，使之更靈活有效。」他認為我們不能說，「希臘思想是唯一能為科學發展奠定基礎的思想體系。老子和莊子的思想也許看起來與希臘思想格格不入，但也構成一個完整而理性的世界觀，是自成一體的自然哲學，其中很多東西直到今天仍然值得我們尊重。」[33] 也許我們今天可以比湯川在二十多年前更帶信心，也更有理由說，科學的進一步發展和

---

[31] 同上，頁57。

[32] 同上，頁58。

[33] 同上，頁58-59。

人類知識的進一步增長將不再只是發源於西方，有豐富文化傳統的東方在科學和人類生活的其他方面，也必定會打開新見解和新發現的各種可能。

　　然而這些新的可能並不會取代我們迄今從西方已經學到的東西。沒有哪一種文化傳統是獨一無二能夠為科學和藝術做出貢獻的傳統，因為世界各個文化都可以為整個人類文明的形成做出各自的奉獻。不同文化儘管形式不同，各具特色，但都可以看見想像在那裡發生作用，這就說明賞識共同的能力和價值，認識人們創造的慾望和潛力，是多麼重要。所以總起來說，要點並不是把希臘思想或中國思想視為現在或者將來科學思想的主要來源，而是要認識到不同的體系和傳統並非彼此對立，互不相容。幸運的是，在知識和美的追求中，我們無須做非此即彼的選擇。科學與人文都是人類認識的重要部分，二者之間應該是相輔相成，而非彼此對立。對我們說來，更重要的是包容開放，儘量吸取可以幫助我們理解的東西，同時更上一層樓，大膽地想像在已知和已有的之外，獲取新知、拓展新領域的可能。重新發現我們文化傳統中思想和精神價值的資源，以利於將來的發展，結合東方和西方的精華，結合藝術與科學、想像與認識、美與真，也許就是二十一世紀人類生活進一步改善，人類認識進一步增長，必須要跨出的關鍵一步。

二十世紀西方文論述評

前　記

　　印在這本小書裡的十一篇文章，分別評介二十世紀西方文學理論的各主要流派。每篇的內容雖然各自獨立，但連貫在一起時，卻能見出尤其是五十年代以來當代西方文論發展的大致輪廓。這裡介紹的新批評、形式主義、結構主義、後結構主義、闡釋學、接受美學等等，也許對於大多數讀者說來，都還是一些相當陌生新奇的名目。我相信，對這形形色色的各派文論，喜愛文學的人會有瞭解的興趣，研究文學的人更有瞭解的必要，而這種信念就成了寫作這本小書的動機。與此同時，我認為僅僅介紹這些理論是不夠的。它們各具特色，也各有局限，各派文論家在提出某種理論，把文學研究推向某個新的方向或領域的時候，往往又把話講得過火冒頭，走向某種極端。我們可以瞭解各派的理論，但不可盡信盲從其中的任何一派，而所謂瞭解其理論，本身已經包含瞭解其問題和局限的意思在內。所以我在每一篇的末尾，專闢一節對該篇介紹的理論，提出自己的一點看法和批評，也常常舉出中國古典文論中相關或類似的說法與之比較，以我們所熟悉的來幫助我們理解或者修正我們不那麼熟悉的理論。

　　文學研究的理論和方法在西方是多種多樣而且經常變換的，本書所能評介者只是其中影響較大的幾種，不可能包攬無餘。例如在歐美都逐漸發生影響的西方馬克思主義文評、新歷史主學派以及從女權運動觀點出發的評論等等，都很值得我們注意，然而限於我的能力和我目前的時間條件，對它們的評介都只好暫告闕如，留待他日。

　　寫這本小書的想法固然是由來已久，但具體實現這想法，則是在受到錢鍾書先生的勉勵之後才開始的。錢先生推薦我為社會科學院組織編寫的一部參考書撰寫介紹現代西方文論的部分，使我不能不較系統地閱讀有關書籍，把平日一些零星的想法組織成一篇完整的東西。只是在此基礎之上，才有寫成目前這本小書的可能，而在寫作的過程中，我又常常得到錢先生的指教和支持，獲益益深。在本書結集印行之時，謹向錢鍾書先生表示由衷的感謝。

　　本書的十一篇文章，曾於一九八三年第四期起在《讀書》雜誌上連載，這次結集成書，除個別字句的訂正之外，未作大的改動。各篇的寫作受到《讀書》編輯部董秀玉同志和其它幾位編輯同志的努力幫助，也謹在此一併表示感謝。至於本書在選取材料和評騭得失當中難免失當和錯誤之處，當然概由作者負責，並希廣大讀者不吝賜教，以裨將來有機會時訂正和改進。

張隆溪

一九八四年三月十日

記於哈佛

管窺蠡測
──現代西方文論略覽

　　在有限的篇幅裡概述二十世紀西方的文學理論，難免像一位古代哲學家提到過的愚人，想用一塊磚做樣品兜售房屋，要別人由這一塊磚見出樓臺庭院的全貌。中國古書上早有「以管窺天，以蠡測海」這句話，用來嘲諷類似的迂闊。理想的當然是走進那房子裡仔細端詳，飛到天上或潛入海底去看個究竟，然而理想之所以為理想，就因為那還不是人人都能辦到的事實。尤其在目前情況下，資料不足，大部分人對現代西方文論還瞭解得極少，那麼即便是管窺蠡測，只要能透露一點消息，恐怕也還不是毫無意義的。不過我們最終目的卻不在一磚一瓦，而是走進那宅子去做它的主人，對那裡的東西「或使用，或存放，或毀滅」，全依我們的需要決定取捨，總之，是去實行魯迅先生早就提倡過的「拿來主義」。[1]

　　二十世紀文論根本上是二十世紀社會存在的產物，同時又是二十世紀文學的理論總結。兩次世界大戰給人類造成的災難，使十八世紀以來西方引為驕傲的文明和理性遭到嚴重破壞和普遍懷疑。戰後的經濟發展和科學技術的進步以及隨之出現並加劇的人之異化的精神危機，使西方傳統的哲學、倫理和文學藝術等各個領域都發生了巨變。只要比較一下十九世紀巴爾扎克式現實主義的小說或雨果式浪漫主義的小說與二十世

---

[1] 見《且介亭雜文》，《魯迅全集》一九五八年版第六卷，第31-33頁。

紀卡夫卡或喬哀斯式的小說，誰都會感覺到現代文學的獨特性。巴爾扎克對客觀的歷史進程的信賴和雨果對人性的期望，在現代作家身上似乎逐漸消失了。對常識、理性和客觀真理本身的懷疑在荒誕的形式中表現出來，決定了現代文學的特點，而這些特點在現代文論中都有明顯的反映。

十九世紀可以說是以創作為中心的。當作家、詩人們談到批評的時候，不免帶著譏誚的口氣，而實證主義的文論則強調研究作者的社會背景和生平傳記，把這看成是瞭解作品的前提。二十世紀形形色色的西方文論如果說有什麼明顯的總趨勢，那就是由以創作為中心轉移到以作品本身和對作品的接受為中心，對十九世紀實證主義的批評理論和研究方法步步緊逼地否定。批評家的目光從作者的社會背景、身世縮小到作品，從作品整體縮小到作品的語言文字，從閱讀的作品縮小到作品的閱讀，以至於研究閱讀而拋開作品，使批評本身成為一種創作。浪漫主義注重作者的個人才能、情感和想像，視作品為作者意圖的表現。對華滋華斯說來，「一切好詩都是強烈感情的自然流露」；[2]對卡萊爾說來，詩人就是英雄；[3]而在雪萊眼裡，「詩人是世界的未經正式承認的立法者」。[4]這種自信的語調在二十世紀不大聽得到了。莫道作者不是英雄，就連傳統作品中的英雄在越來越具諷刺性的現代文學中，也逐漸變矮縮小，成了「反英雄」（anti-hero）。二十世紀文論不再那麼看重詩人英雄的創造，卻強調批評的獨立性，乃至宣告作品與作者無關，作品的意義須借助讀者（即批評家）才能顯示出來。

二十世紀可以說是批評的時代。西方文論努力擺脫十九世紀印象式的鑒賞批評，建立新的理論體系。十九世紀浪漫主義文評多是創作者自

---

[2] 華滋華斯（W.Wordsworth），《〈抒情歌謠集〉再版序》，見瓊斯（Edmund D.Jones）編《十九世紀英國批評文集》（*English Critical Essays:Nineteenth Century*），牛津一九一六年版，第6頁。

[3] 參見卡萊爾（Thomas Carlyle），《作為詩人的英雄》，同上書第254-299頁。

[4] 雪萊（P.B.Shelley），《詩辯》，見同上書第163頁。

己的感受或辯解，雖然不乏真知灼見，卻缺少系統性和嚴密性。二十世紀最有影響的批評家多是大學教授，而不再是作家們自己，這些教授們有成套的理論，往往不甘於常識性的評注，正像斯威夫特說的：

As learned commentators view
In Homer more than Homer knew.

淵博的評注家目光何其銳利，
讀荷馬見出荷馬也不懂的東西。[5]

這話在斯威夫特原意是諷刺，在現代文論家聽來也許竟成了恭維。二十世紀的文評不再是個人印象或直覺的描述，也不再是創作的附庸，而從社會科學各科吸取觀點和方法，成為一種獨立的學科。無論哲學、社會學、人類學、心理學或語言學，都和現代文論結下不解之緣，一些有影響的文論家本來就是哲學家、人類學家或語言學家，他們各有一套概念和術語，各有理論體系和方法。把他們的體系和方法應用於文學時，這些批評家自認彷彿有了X光的透視力，能夠見出一般人很難看見的骨架結構，作出一般人難以料想到的結論。加拿大批評家弗萊就說：「批評的公理必須是：並非詩人不知道他在說些什麼，而是他不能夠直說他所知道的東西。」[6]換言之，只有批評家才能見出並且指出文學的意蘊何在。

　　大致說來，現代西方文論經過了從形式主義到結構主義再到結構主義之後發展起來的各種理論亦即後結構主義（post-structuralism）這樣幾個階段。為了使批評擺脫過去的框框，西方文論家努力把批評

---

[5] 斯威夫特（Jonathan Swift），《詠詩》（*On Poetry*），第103-104行。

[6] 弗萊（Northrop Frye），《批評的解剖》（*Anatomy of Criticism*），普林斯頓一九五七年版，第5頁。

建立在文學獨具的特性上。俄國形式主義者雅各布森提出文學研究的對象不是籠統的文學，而是文學之所以為文學的形式特徵，即文學性（литературность）。英美的新批評派也認為文學研究的對象不是社會背景、作者身世這類「外在」因素，而應集中注意作品的本文（text）和肌質（texture），也就是作品的文字和各種修辭手法。形式主義文評把目光凝聚在作品的語言文字上，就無暇再顧及作者，注重傳記和歷史的傳統文評就日漸冷落。十九世紀義大利批評家德·桑克梯斯指出作者意圖往往和作品實際有矛盾，這個觀點到新批評那裡便成為有名的「意圖的迷誤」論，認為批評家完全可以把作者原意置於不顧。在戰後十年間，新批評成為英美文論的主流和正統，新批評家對文學作品條分縷析的「細讀」取得出色的成果，直到六十年代結構主義興起之後，才失去原來的聲勢。

新批評以作品為中心，強調單部作品語言技巧的分析，就難免忽略作品之間的關係和體裁類型的研究。結構主義超越新批評也正在這些方面，新批評似乎見木不見林，失於瑣細，結構主義則把每部作品看成文學總體的一個局部，透過各作品之間的關係去探索文學的結構。瑞士語言學家索緒爾認為語言學研究的不是個別的詞句，而是使這些詞句能夠有意義的整個語言系統，這個系統叫做語言（langue）；任何人說的話不可能是全部語言，只能是根據這個系統的語法規則使用一些詞彙構成的言語（parole）。語言和言語之間是抽象規則和具體行動的關係，具體的言語可以千差萬別，無窮多樣，但語言系統的規則卻是有限的，正是這些有限的規則使我們能夠理解屬於這種語言的任何一句話即任何言語。索緒爾語言學對結構主義批評影響極大，批評家把具體作品看成文學的言語，透過它去探索文學總體的語言，於是作品不再是中心，作品之間的界限被打破，批評家的興趣轉移到作品與作品之間的關係以及同類型作品的共同規律。結構主義文評對體裁研究貢獻不小，普洛普研究童話，列維－斯特勞斯研究神話，為結構主義文評奠定了基礎，在敘

述體文學的研究中成績尤其顯著。結構主義文論家都把語言學的模式應用於文學，去研究文學的規律，甚至直接說文學的「語法」。在格萊麥和托多洛夫等人的著作裡，故事裡的人物情節和各種描寫成了名詞、動詞和形容詞，整部作品彷彿一個放大的語句，其組織結構完全遵循文學語法的規則。結構主義文評往往把同一類的許多作品歸納簡化成幾條原理，像語言學把大量詞句材料歸納成幾條語法規則一樣，說明的不是作品詞句，而是這些原理規則怎樣決定作品詞句的構成和意義。這樣刪繁就簡，有時不免使人覺得枯燥抽象，不過結構主義者實在是要在複雜的材料中追尋普遍原理，通過這些原理去把握住事物。托多洛夫就認為存在著一種「普遍的語法」，實際上就是思維或認識的普遍規律，掌握了這「普遍的語法」，也就把握住了「世界的結構本身」。[7]索緒爾曾經說過，人的一切活動都涉及信息的傳達和接收，將來可以有一種普遍的符號學，「一門研究社會生活中符號的生命的科學」，[8]語言學只是這種符號學的一部分。由於語言是最明顯的符號系統，所以語言學可以為研究別的符號系統做榜樣。由此可以明白，結構主義在人類學、文學等各個領域裡都以語言學為榜樣，應用語言學的概念和術語，實在是把人類學、文學等等都看成類似語言那樣的符號系統，看成普遍的符號學裡不同的分支，因此利用語言學的方法去探索適用於各個符號系統的普遍的語法。

　　結構主義發展到後來，有人對遵照語言學的榜樣追尋隱藏在作品本文下面的結構表示懷疑。法國文論家羅蘭・巴爾特曾經出色地把索緒爾關於符號的理論加以發揮，把它應用到社會和文化生活的各個方面，但他後來放棄了在作品本文的符號下面去尋找總的結構這種努力，而強調

---

[7]　托多洛夫（Tzvetan Todorov），《〈十日談〉的語法》（*La Grammaire du'Décaméeron*」）海牙一九六九年版，第15頁。

[8]　索緒爾（F. de Saussure），《普通語言學教程》（*Cours de Linguistique générale*），巴黎一九四九年第四版，第38頁。

每部作品本身的特點和符號本身的魅力。巴爾特要讀者不用理會作品文字下面有什麼意義，而在閱讀過程中創造意義，去享受作品文字提供給他的快樂。雅克・德里達認為，並沒有一個超然於作品文字之外的結構決定作品的終極意義，寫作是獨立的符號系統，而不是指事稱物、開向現實世界的窗戶。這種理論把批評家的注意力從決定文字符號的意義的超然結構拉回到文字符號本身，從而使結構主義文論追求文學「語法」的枯燥抽象的趨勢有所改變。但是，後結構主義不是回到英美新批評那種對本文的解釋，因為它把文學作品視為符號的遊戲，批評是參加這樣的遊戲，而不是去給作品以解釋，找出一個固定的意義。批評家現在留意的是讀者閱讀作品的過程本身，而不是最後得出的結果，這就和德國文論中對文學闡釋和接受問題的研究匯合起來，形成當前西方文論中一股聲勢浩大的新潮流。

　　二十世紀的西方文論有各種流派，互相之間爭論著許多老的和新的問題，如果一一細看起來，真像個萬花筒那樣令人有目迷五色之感。不過總起來說，有幾個特點是很突出的。一個是注重形式：無論新批評、形式主義、結構主義或後結構主義，都把分析作品本文當成批評的主要任務或出發點，而不是把作品看成一個容器，裡面裝著歷史、現實、思想、感情或者叫做內容的任何東西。另一個是與其他學科的滲透：索緒爾語言學對結構主義的影響，胡塞爾現象學和海德格爾存在主義與闡釋學和接受美學的關係，都是顯著的例子。現代西方文論在某些方面的虛玄和反理性主義傾向，都和它的哲學基礎有關係。這樣，要瞭解一種文論，就必須要有與它相關的別的學科的起碼知識，要批駁它的謬誤，也不能不動搖它在別的學科裡的基礎。還有一個與此相關連的特點，就是文論的抽象甚至晦澀。嚴格意義上的文學理論和文學批評是不同的兩回事，雖然一般情況下這兩種說法可以通用，但批評是指具體作品的鑒賞評價，理論卻是對文學的性質、原理和評價標準等問題的探討，並不一定隨時落實到作品上。

　　毫無疑問，西方的各派文論，尤其在其極端的形式中，有許多論點是我們不能接受的，但與此同時，任何一派理論又都有它合理的地方，我們可以借鑒、吸收而為我所用。我們不是大講特講「一分為二」嗎？所以我們大概在理論上不難承認這一點，只是長期以來，實際情形又有些兩樣。東方和西方不僅在空間上有很大距離，在時間上似乎也有不小的距離。我們不是自信已經進入了社會主義的歷史發展階段嗎？我們不是自認為先進，而處於資本主義階段的西方不免處處暴露出弱點和弊病，即便它在物質上一時還有些力量，但在精神上卻早已是「日薄西山」了嗎？精神上的富有使我們瞧不起西方的理論，即便根據對事物的辯證認識，我們料想它也許有合理的成分，但卻沒有興趣或者耐心去瞭解這些成分。應當承認，這種傲慢的態度最終是使我們自己受了損失。在「文化革命」當中，當我們自信掌握了全部真理的時候，曾經一把火燒掉過去時代一切的舊文化，以表示自己的徹底革命。我想，我們現在可以明白，焚書和焚香一樣，不過是一種象徵性的儀式，精神的建築並不是物質的火可以銷毀的。過去燒掉的許多書現在又重印出版，不是可以說明問題麼？從這當中，我們不是也可以吸取一點經驗教訓麼？馬克思主義不是一個封閉的體系，馬克思主義的文藝理論能夠也必須面對現代文藝和現代文論不斷提出來的新問題，同時也積極正視文藝領域中各種唯心主義和形而上學的挑戰。只有採取這種積極的態度，去瞭解現代的西方文論，我們才能知道哪些東西可以使用，哪些該存放，哪些該毀滅。魯迅的「拿來主義」之不同於「送來主義」，似乎正在於這積極二字上。

誰能告訴我：我是誰？
——精神分析與文學批評

　　在古代的神話中，天下最難解的莫過於斯芬克斯之謎，而那謎底不是別的，正是我們大家，是人類自己。[1]大概自古以來，人最想瞭解又最難瞭解的就是人自己。莎士比亞悲劇中的李爾在極度憤怒和痛苦時喊道：「誰能告訴我：我是誰？」這聲呼喊既道出了人認識自我的需要，也暗示出實現自我認識的特殊困難。人作為思維主體，可以把周圍世界，甚至自己的身體器官當成客體來認識，但自我認識卻要求思維主體把自身當成客體，它用來描述和說明認識客體的手段即思維，本身正有待於描述和說明。這就使人陷入一種循環論證之中，使「認識自己」這個早已由希臘人提出過的古老課題，成為一直困惑著又迷惑著人類的難題。但也正是在尋求答案的漫長歷程與艱苦努力中，人類證明自己是高於別的生命形式的動物，即思考的動物。

一、精神分析的產生

　　如果我們約略勾勒出人類認識自己的歷史，就可看出這是個由外及內、由抽象到具體的過程。人由認識外界進而認識自己，由認識身體肌

---

[1]　據希臘神話，女妖斯芬克斯那個著名的謎語是：「是什麼用四條腿、兩條腿和三條腿行走，腿越多時反而越沒有力氣？」聰明的俄狄浦斯猜出來謎底是人，因為人兒時用四肢爬行，成年時用雙腳走，到老年則加上一根拐杖。

膚進而認識思想心靈，由認識清醒的意識進而開始探索幽邃的無意識領域。十九世紀浪漫派文學注重情感、想像和個人心理刻劃，把文學由模仿（mimesis）轉為表現（expression），已經明白地顯露出對意識和潛意識的興趣。英國浪漫派著名詩人和批評家柯爾律治曾說，浪漫主義時代具有想瞭解人類精神活動的「內在意識」，不少詩人和批評家「敢於不時去探索朦朧的意識領域」。[2]另一位浪漫派批評家哈茲列特更注重驅使人們行動的內在力量和動機，認為「無意識印象必然會影響和反作用於意識印象」。[3]哈茲列特把寫詩和做夢相提並論，都看成是部分地滿足受壓抑的慾望。這一點幾乎是所有浪漫派作家共同的意見：盧梭自述《新愛洛伊絲》是熱烈幻想的白日夢的產物，[4]歌德說自己因失戀而痛苦，象夢遊那樣「幾乎無意識地」寫成了《少年維特之煩惱》，[5]而據柯爾律治自己的記載，他的名詩《忽必烈汗》完全是一場縹緲夢幻的記錄。這些說法和後來精神分析學創始人弗洛伊德對文學與夢的看法如出一轍，但弗洛伊德卻有一整套深度心理學理論為基礎。

　　從上古時代到十九世紀，人類經過了幾千年的努力才終於破除上帝造人的神話，達到對生命形式演進過程的科學認識。達爾文的《物種起源》實現了生物學的革命，作為進化鏈條上的一環，人第一次和別的生物一樣，成為自然科學研究的對象。德國科學家費希納通過他那些著名的心理物理學實驗，論證人的精神活動可以進行定量分析，馮特則把實驗心理學作為一門獨立的學科正式建立起來。在那發現了能量轉換與能量守恆定律的時代，人也好象一部熱機，物理刺激與心理反應之間的關係使激動的科學家們相信，物理世界和心理世界之間的障礙終於消除，

[2]　柯爾律治（S.T.Coleridge），《文學傳記》（*Biographia Literaria*）I.172-3; II.120。
[3]　哈茲列特（William Hazlitt），《全集》（*Complete Works*），XII.348-53。
[4]　見盧梭（Jean-Jacques Rousseau），《懺悔錄》（*Les Confessions*）第九章。
[5]　見歌德（Goethe），《詩與真》（*Dichtung und Wahrheit*）第十三卷。

自我認識的循環圈終於打破，不僅在自然界，而且在人的精神活動裡，到處存在著熱動力學規律，存在著可以用數學方法描述的嚴格的因果關係。看來，李爾提出那個認識自我的問題，有可能在這裡得到一個科學的回答。

弗洛伊德是決定論者，相信一切都存在著因果關係。他所謂的精神分析，就是想通過分析人的精神活動，找出隱藏在那些活動背後而且起決定作用的終極原因。然而精神分析學既不是大學實驗室和講壇的產物，也不是純科學。弗洛伊德是在維也納開業的精神病醫生，不是在書齋和實驗室裡建立體系的心理學家，精神分析離經叛道地去研究變態心理和無意識領域，而不遵循學院心理學的正統，它的基礎不是通過數量關係來把握的實驗，而是由臨床經驗推出的假說。從一開始，精神分析就與實驗心理學的主流保持著相當距離。對於這樣一種無法驗證的學說，只能取「信不信由你」的態度，它近於科學者少，近於信仰者多，或如弗洛伊德曾自認的那樣，精神分析實在是一種「神話」。可是，從人類認識自我的歷史看來，在浪漫主義時代對個人心理的探索之後，合乎邏輯的進一步發展似乎必然是精神分析對個人無意識的探索。因此，儘管它不是純科學，甚或恰恰因為它不是純科學，精神分析對其他學科和對一般人的影響卻超過正統心理學的任何派別。

二、弗洛伊德的基本理論

臨床經驗使弗洛伊德相信，許多精神病的產生都與意願和情緒受到過度壓抑，得不到正常發洩有關。他治病用的「疏導療法」，就是把被壓抑在無意識中的意願和情緒帶到意識領域，使之得到發洩。值得注意的是，這種「疏導」和亞理斯多德《詩學》中所講悲劇對於情緒的「淨化」，頗有一些共同之處，在西文裡是同一個字——catharsis，即讓鬱積的情緒得到發洩以獲得心理健康。弗洛伊德把這一原理推而廣之，由

精神病患者的特殊案例擴大到正常人的普遍情形，在這基礎上建立起關於人類心理和行為的一套理論。

　　按照這種理論，人的精神活動好像冰山，只有很小部分浮現於意識領域，具決定意義的絕大部分都淹沒在意識水準之下，處於無意識狀態。人格結構中最底層的本我（id），總是處在無意識領域，本我包藏著里比多（libido）即性欲的內驅力，成為人一切精神活動的能量來源。由於本我遵循享樂原則，迫使人設法滿足它追求快感的種種要求，而這些要求往往違背道德習俗，於是在本我要求和現實環境之間，自我（ego）起著調節作用。它遵循現實原則，努力幫助本我實現其要求，既防止過度壓抑造成危害，又避免與社會道德公開衝突。人格結構的最高層次是超我（superego），它是代表社會利益的心理機制，總是根據道德原則，把為社會習俗所不容的本我衝動壓制在無意識領域。簡單說來，我們可以把本我理解為放縱的情欲，自我是理智和審慎，超我則是道德感、榮譽感和良心。

　　弗洛伊德非常強調性本能的作用，他認為性本能對人格發展的決定性影響，甚至在兒童時期便已開始。兒童從出生到五歲，就須經歷一系列性心理發展階段，在各階段裡，性欲的滿足通過身體不同部位的刺激來實現。於是連嬰兒的吸吮和吞咽等動作，也被弗洛伊德認為是滿足性欲的表現，並把人格發展這最初階段叫做口部階段。弗洛伊德認為每個兒童都有暗中戀愛異性父母而嫉恨同性父母的傾向，他借希臘神話中殺父娶母的俄狄浦斯故事，把這種傾向稱為俄狄浦斯情結（Oedipus complex）。由於這種情結的亂倫性質，由於本我的要求往往都是不道德的，所以受到自我和超我的監督、壓制，形成對抗、焦慮和緊張。為了緩和這種緊張，自我便採取保護性措施，其中包括壓抑和昇華。壓抑是把這類危險衝動和念頭排除於意識之外，不讓它們導致危險行動；昇華則是把性欲衝動引向社會許可的某種文化活動的管道，使本來是不道德的性行為轉變成似乎與性欲無關而且十分高尚的行為。於是弗洛伊德

把包括文學藝術在內的人類文化的創造活動，都看成里比多的昇華，看成以想像的滿足代替實際的滿足。弗洛伊德很重視夢，把夢也看成一種意願滿足。在《夢的解釋》一書裡，他分析自己和別人的夢，認為不能在現實中得到滿足的慾望改頭換面，在夢中以象徵形式得到表現，夢中的許多形象都是性象徵，含有隱秘的意義。顯然，壓抑、昇華、象徵等概念和浪漫主義藝術表現理論十分接近，只是弗洛伊德對這些概念的解釋總是最終歸結到性慾的內驅力。儘管弗洛伊德本人認為，壓抑本我的衝動對於社會說來是必要的，但他的學說的泛性慾主義或許竟加快了社會道德的崩潰。這種泛性欲主義是弗洛伊德學說很難被人接受並常常遭到譴責的主要原因。

三、精神分析派文評

弗洛伊德在《大學裡的精神分析教學》裡明確地說：「精神分析法的應用絕不僅僅局限於精神病的範圍，而且可以擴大到解決藝術、哲學和宗教問題」。他常引文藝作品為例證，從精神分析學觀點談論文藝創作。例如在《列奧納多・達・芬奇的童年回憶》裡，他認為這位大畫家喜愛描繪溫柔美麗的聖母，是畫家俄狄浦斯情結昇華的表現。對歌德自傳《詩與真》裡一段童年回憶，他也作過類似分析。更有影響的是他對索福克勒斯悲劇《俄狄浦斯王》的分析。弗洛伊德否認這部作品是命運悲劇，而堅持認為這悲劇能打動我們，全在於殺父娶母的俄狄浦斯「讓我們看到我們自己童年時代願望的實現」。[6]他還用同樣觀點分析莎士比亞名劇《哈姆萊特》，認為克勞狄斯殺死哈姆萊特的父親，又娶了他母親，哈姆萊特卻遲遲不能行動，這是因為他知道克勞狄斯「使他看見

---

[6] 弗洛伊德（Sigmund Freud），《夢的解釋》（*The Interpretation of Dreams*），埃汶（Avon）叢書英譯本第296頁。

自己童年時代受到壓抑的願望的實現」，於是他反躬自省，深感自己「其實並不比他要懲罰的那個犯罪的人更好」。[7]弗洛伊德的學生瓊斯（Ernest Jones）後來把這觀點加以擴充，寫了《哈姆萊特與俄狄浦斯》一書，是精神分析派文評的一部代表作。

　　不少精神分析派批評家把弗洛伊德提出的概念直接用於文學分析。默裡（Henry A.Murry）對麥爾維爾名著《白鯨》的分析就是一例。[8]默裡把白鯨解釋為嚴格的清教道德的象徵，也即作家本人的超我；渴望報復、驅使全體船員追捕白鯨而終遭毀滅的船長埃哈伯，被視為代表狂暴固執的本我；虔誠的大副斯達巴克努力調停白鯨和船長代表的敵對力量，則象徵平衡節制的理性，也即自我。弗洛伊德一個法國學生瑪麗·波拿巴論愛倫·坡的生平和創作，是另一個典型例子。她認為愛倫·坡一生及其全部作品都貫穿著俄狄浦斯情結的表現，並由此把這位美國作家的詩和小說中的所有形象都解釋為性象徵。在她看來，「要是把性理解為潛藏在人一生中所有愛的表示後面那種原始動力，那麼幾乎一切象徵都是最廣義上說來的性象徵」。[9]這派批評家往往把一切凹面圓形的東西（池塘、花朵、杯瓶、洞穴之類）都看成女性子宮的象徵，把一切長形的東西（塔樓、山嶺、龍蛇、刀劍之類）都看成男性生殖器的象徵，並把騎馬、跳躍、飛翔等動作都解釋為性快感的象徵。透過這副精神分析的眼鏡看來，一切文藝創作無不染上性的色彩，變成里比多的昇華。像威廉·布萊克的《病玫瑰》這樣一首小詩：

O Rose, thou art sick!	啊，玫瑰，你病了！
The invisible worm,	在怒號的風暴中，

---

[7]　同上，第299頁。

[8]　見《新英格蘭季刊》（*New England Quarterly*），一九五一年第24期，第435-452頁。

[9]　瑪麗·波拿巴（Marie Bonaparte（，《愛倫·坡的生平和創作：精神分析的解釋》（The *Life and Works of Edgar Allan Poe: A Psychoanalytic Interpretation*），倫敦1949年英譯本，第294頁。

That flies in the night,	在黑夜中飛翔
In the howling storm,	那條看不見的蟲
Has found out thy bed	發現了你殷紅的
Of crimson joy;	快樂之床;
And his dark secret love	他黑暗隱秘的愛
Does thy life destroy.	正把你生命損傷。

　　在弗洛伊德派批評家看來，這完全是寫性和與之相關的死的本能：玫瑰象徵女性的美，而這種美正被代表男性的蟲所摧毀。有人甚至把童話故事《小紅帽》也作類似分析：那個戴紅帽的小姑娘代表女性，貪婪的老灰狼則代表男性。[10]諾曼·霍蘭把弗羅斯特的《補牆》一詩說成是「表現人格發展中口部階段的幻想」，只因為這詩裡有「和嘴，和吃或說話有關的形象」。[11]他明確地說：「用精神分析法看一首詩，就是把它看成好象一場夢，或像是能在床上按五音步抑揚格講話的理想的病人」。[12]這句話暴露了精神分析派批評的癥結所在：把文學與產生文學的社會環境及文化傳統割裂開來，把豐富的內容簡化成精神分析的幾個概念，使文學批評變得象臨床診斷，完全不能說明作品的審美價值。

　　精神分析派批評一個新的發展方向，是由作者和作品的分析轉向對讀者心理的分析。這派批評家相信，作者的無意識通過作品得到象徵性表現，獲得意願的滿足，讀者在閱讀過程中通過自居作用，即設身處地去感受，同樣得到想像的滿足。諾曼·霍蘭認為，讀者對作品的理解是能動的，在這過程中讀者的自我能與別人即作者的自我同一：「我的感

---

[10] 見弗羅姆（Erich Fromm），《被遺忘的語言》（*The Forgotten Language*），紐約一九五七年版，第235-241頁。

[11] 諾曼·霍蘭（Norman Holland），《文學的「無意識」：精神分析法》，載「埃汶河上斯拉福論叢」第十二輯《當代批評》（*Contemporary Criticism*），倫敦一九七〇年版，第139頁。

[12] 同上，第136頁。

覺活動也是一種創造活動，我通過它得以分享藝術家的才能。我在自己
身上找到弗洛伊德所謂作家『內心深處的秘密，那種根本的詩藝』，即
突破『每個自我與別的自我之間的障礙』的能力，並由此擺脫此種障礙
產生的厭惡」。[13]弗洛伊德透過意識活動表面尋找無意識動機的理論，
對結構主義者追尋深層結構的努力很有影響，不過這種影響主要在研究
方法上，而不在於精神分析具體概念和術語的應用。批評家們現在不再
那麼熱衷於用文學作品去印證精神分析理論，而逐漸把精神分析和別的
批評方法結合起來，避免弗洛伊德派批評的簡化傾向。至於把一切解釋
為性欲作用，這是大多數批評家都予以否定的，例如韋勒克就曾指責精
神分析派批評「對作品本文的理解遲鈍得令人驚訝，而它對性象徵的搜
尋也令人生厭」，並指出「沒有一個嚴格固守弗洛伊德派觀念的批評家
獲得了聲譽」。[14]

四、批評與小結

　　儘管弗洛伊德提出的許多概念和術語已經被批評家們廣泛採用，
影響很大，但他關於文學藝術的看法實際上很簡單。在弗洛伊德看來，
凡在現實中不能得到實際滿足的願望，往往通過幻想的作用製造出替代
品來，給人以想像的滿足，而夢和文藝都是這樣的替代品。這種看法
其實並非弗洛伊德獨有，而是古今許多詩人和批評家共同的意見。古
羅馬詩人朱文納爾（Juvenal）有言：「憤怒出詩歌」（facit indignation
versum）。中國古人也早有類似看法：司馬遷認為古來的大著作大多數
是「聖賢發憤之所為作也。」鍾嶸《詩品·序》裡說：「使窮賤易安，

[13] 諾曼·霍蘭（Norman Holland），《統一、特性、本文、自我》，載湯普金斯
　　（Jane P.Tompkins）編《讀者反應批評》（*Reader-Response criticism*），巴爾的
　　摩一九八〇年版，第130頁。
[14] 韋勒克（René Wellek），《批評的觀念》（*Concepts of Criticism*），耶魯大學出
　　版社一九六三年版，第338頁。

幽居靡悶，莫尚於詩矣」，就視文藝為失意痛苦者的精神慰藉或補償，所以錢鍾書先生指出：「弗洛伊德這個理論早在鍾嶸的三句話裡稍露端倪」。[15]如果說精神分析派批評有什麼獨到處，那就是對無意識的強調；至於把文藝的產生最終歸結為性慾本能的作用，更是弗洛伊德派的獨家發明。朱文納爾、司馬遷、鍾嶸和別的許多作家、批評家都只說憤怒或痛苦產生文藝，弗洛伊德則把範圍縮小，硬說文藝的起源是性的要求得不到滿足的憤怒或痛苦。由於精神分析運用所謂自由聯想法，這派批評家總有辦法穿鑿附會，把文學形象曲解為性象徵，把作家豐富的內心生活簡化成在兒童時代性心理發展階段就已經決定的某種範型。這種泛性欲主義是精神分析派批評的特點，也恰恰是它的弱點、缺點。

馬克思在《費爾巴哈論綱》裡指出：「人的本質並不是某一個人生來固有的抽象的東西。人的本質實際上就是社會關係的總和」。[16]弗洛伊德把裡比多當做人類精神能量的來源，正是把人的本質看成一種抽象的東西，不僅抽去了一切社會關係，而且把人的本質歸結為動物性的原始本能。把這種理論應用于文學研究，就必然把文學和社會割裂開來，不能正確解釋文學產生的背景，不能說明文學的倫理價值。弗洛伊德派視文藝為夢囈，把苦心經營的藝術和不受意識控制的夢幻混為一談，也就不能正確解釋文學的創造和欣賞，不能說明文學的審美價值。哲學家維特根斯坦曾批評弗洛伊德的唯心傾向，說他對夢的解釋不過是「解釋者希望得到的那種解釋——那種可以作為夢的一種解釋的東西」。[17]換言之，弗洛伊德派對夢和對文學作品的解釋都是把一種主觀臆說作為預定的結論，強加給被解釋的對象，而不是符合事實的分析判斷。弗洛伊德曾自詡用精神分析法治好了一個他稱為「狼人」的精神病患者，治療

---

[15] 錢鍾書：《詩可以怨》，載《文學評論》一九八一年第一期，第18頁。

[16] 據朱光潛譯文，見《美學拾穗集》，第75頁，參見《馬克思恩格斯選集》第一卷，第18頁。

[17] 維特根斯坦（L.Wittgenstein），《演講與談話錄》（*Lectures and Conversations*），伯克利一九六七年版，第47頁。

取得突破全靠他成功分析了病人的夢。這病人曾夢見白色的狼，弗洛伊德因此在著作中稱他為「狼人」，而據他分析，夢中白色的狼其實是這病人在襁褓中所見行房事的父母。[18]在弗洛伊德因為強調性本能而遭到普遍反對的時刻，宣揚對「狼人」的成功治療曾幫助弗洛伊德度過危機。然而，據一九八二年年底在倫敦出版的一本書透露，這位活到九十二歲高齡、於一九七九年才在維也納去世的「狼人」，從來就沒有被治癒過，他指責弗洛伊德歪曲事實，自欺欺人。[19]此人是一個俄國人，真名叫謝爾蓋·康斯坦丁諾維奇·潘克耶夫，據倫敦報紙報道，「在取得所謂治療突破的六十年之後，潘克耶夫堅決否認曾看見他的父母同房。他承認夢見過狼，但他說弗洛伊德的解釋『極為牽強』。」[20]由此看來，弗洛伊德的釋夢幾乎是癡人說夢，用它來解釋文藝，其荒唐謬誤也就可想而知。

　　正像我們前面指出過的，精神分析把人的自我探索推進到無意識領域，在人類認識發展史上自有它一定的地位。這理論儘管謬誤，但這探索本身是有意義的，它對西方現代文化的深刻影響更不容忽視。精神分析派文評作為前提接受的弗洛伊德學說，實際上只是關於精神活動一些臆構的假設，對認識自我的問題，它並沒有也不可能作出科學的回答。象歷史上許多錯誤理論一樣，弗洛伊德學說有可能成為達於正確認識的階梯。隨著人類認識的發展，當理性的光輝使朦朧的無意識領域一片片逐漸明朗開來時，這種學說的謬誤將導致它的消亡，而在它的廢墟之上，人們將找到通往自我認識的新路。

---

[18] 參見弗洛伊德（Sigmund Freud），《幼兒神經症病史》（*Aus der Geschichte einer infantilen Neurose*）第五節。

[19] 見凱琳·奧布霍爾澤（Karin Obholzer），《六十年後的狼人》（*The Wolf Man, 60 Years Later*），倫敦一九八二年版。

[20] 見一九八二年十月三十一日倫敦《星期日泰晤士報》（*The Sunday Times*）第15版。

作品本體的崇拜
——論英美新批評

　　《舊約·傳道書》裡說：「太陽下面沒有什麼新東西」，這說得太絕對，也太消極，因為新與舊相反而又互為依存，這話等於說：「太陽下面也沒有什麼舊東西。」不過，我們看到「新批評」這名稱的時候，卻不免想起《傳道書》裡的那句話。

　　當然，新批評也有名副其實的時候，那是在六十年代以前。要明白這派批評的特點，它當時新在哪裡，就有必要作一番簡略的回顧和比較。

一、淡作者到作品

　　法國歷史家泰納以寫《英國文學史》而著名，在這本書的導言裡，他提出文學的產生決定於時代、種族、環境三種要素的理論。泰納把文學作品視為文獻，比成化石，然後寫道：「這貝殼化石下面曾是一個活動物，這文獻後面也曾是一個活人。若非為重現那活動物，你何必研究貝殼呢？你研究文獻也同樣只是為認識那活的人。」[1]這段話頗能顯出十九世紀傳統批評的特色，這種實證主義理論把文學當成歷史文獻，研

---

[1] 泰納（H.A.Taine），《英國文學史導言》，亨利·凡·隆（Henry van Laun）英譯，見亞當斯（H.Adams）編《自柏拉圖以來的批評理論》，第602頁。

究文學的目的幾乎全是為認識過去時代的歷史，或認識體現了時代精神的作者本人。浪漫主義的表現論既然把文學視為作者思想感情的流露，瞭解作者身世和性情就成為理解作品的前提。於是在十九世紀後半葉，歷史的和傳記的批評占居主導，作者生平及其社會背景成為文學研究的中心，作品好像只是一些路標，指引批評家們到那中心去。

可是，文學畢竟不是歷史，而且自亞里斯多德以來，許許多多的理論家都認為文學高於歷史。如果文學作品只是為研究歷史提供線索的文獻，它還有什麼獨特的審美價值，又怎麼可能高於歷史呢？如果對作品的瞭解必須以對作者個人身世際遇的瞭解為前提，以作者的本來意圖為準繩，文學還有什麼普遍意義，又何需批評家為每一代新的讀者闡釋作品的意義？對實證主義和表現理論提出的許多疑問，在二十世紀初開始促成傳統批評的瓦解。在美學和文藝批評的領域，柏格森、克羅齊等哲學家取代了實證主義的影響，在創作實踐裡，現代派取代了已經失去生命力的末流的浪漫派，不同於十九世紀傳統的新的批評潮流迅速發展起來，在英美，這種潮流就叫做「新批評」。

新批評得名於蘭索姆一本書的標題，在這本書裡他討論了I. A.理查茲和T. S.艾略特等人的批評理論，認為「新批評幾乎可以說是由理查茲開始的」。[2]理查茲從語義研究出發，把語言的使用分為「科學性的」和「情感性的」，前者的功用是指事稱物，傳達真實信息，說的話可以和客觀事實一一對應，後者的功用是激發人的情感和想像，說的話並不一定和客觀事實完全對應；前者是真實的陳述，是科學的真，後者是所謂「偽陳述」（pseudo-statement），是藝術的真。藝術的真實不等於客觀事實，理查茲舉狄福的小說《魯濱遜飄流記》為例。狄福的小說以水手塞爾凱克的真實經歷為藍本，但「《魯濱遜飄流記》的『真

---

[2] 蘭索姆（J.C.Ransom），《新批評》（*The New Criticism*），諾福克一九四一年版，第3頁。

實』只是我們讀到的情節合乎情理，從敘述故事的效果說來易於被人接受，而不是這些情節都符合亞歷山大‧塞爾凱克或別的什麼人的實際經歷」。[3] 理查茲著眼於文學作品在讀者心理上產生的效果，認為一部作品只要總的效果是統一的，前後連貫，具有「內在的必然性」（internal necessity），使讀者覺得合情合理，就具有藝術的「真實」。因此，文學作品只要統一連貫，符合本身的邏輯，就形成一個獨立自主的世界，不必仰仗歷史或科學來取得存在的理由。詩的真實不同於歷史或科學的真實，這本不是什麼深奧的道理和了不起的新發現。但是，對於在文學研究中模仿和搬用自然科學的研究方法、視作品為文獻的泰納式歷史主義，這卻無異於釜底抽薪，具有振聾發聵、令人耳目一新的作用。

現代派詩人艾略特也是新批評的思想先驅。他針對浪漫主義的表現理論，宣稱「詩不是放縱情感，而是逃避情感；不是表現個性，而是逃避個性」；「藝術的情感是非個人的」。[4] 詩人好象催化劑，他促使詩的材料變成詩，但並不把自己的主觀情感加進去，象催化劑一樣保持中性。在艾略特看來，「在藝術形式中表現情感的唯一方式就是找到『客觀關聯物』（objective correlative）」。[5] 這裡說的不是詩人個人的情感，而是普遍意義的情感，詩人要表現這些情感，就必須找到與這些情感密切相關的形象、情境、情節等等適當的媒介，一旦找到適當媒介並把它寫在詩裡，就能使讀者立即感受到詩人要表現的情緒。「客觀關聯物」賦予情感以形式，詩人愈能把各種情感密集地表現在某種形象或文字裡，詩也愈有價值。十七世紀玄學派詩人們那些令人意想不到、雲譎波詭的奇喻（conceits），很受艾略特的推崇讚賞，可見他重視的不是直接抒發個人情感的詩，而是以複雜甚至困難的形式表現複雜思想感

---

[3] 理查茲（I.A.Richards），《文學批評原理》（*The Principles of Literary Criticism*），倫敦一九二四年版，第289頁。

[4] 艾略特（T.S.Eliot），《傳統與個人才能》（*Tradition and Individual Talent*），見《聖林集》（*The Sacred Wood*），倫敦一九三二年第三版，第58、59頁。

[5] 艾略特，《哈姆萊特和他的問題》（*Hamlet and His Problems*），見同上書第100頁。

情的詩。這種形式艱澀的詩逼得讀者注意詩的文字本身，而不是透過作品去瞭解詩人的個性。所以艾略特說：「誠實的批評和敏感的鑒賞都不是指向詩人，而是指向詩」；「把興趣從詩人轉移到詩是值得贊許的，因為這有助於對真正的好詩或壞詩作出更公正的評價」。[6]艾略特認為詩本身就是活的，「有它自己的生命」。[7]與泰納把詩比成化石對照起來，艾略特確實為文學批評打開了一條充滿活力的新路。

二、文學的本體論

理查茲和艾略特肯定了文學是獨立的藝術世界，使批評家的目光從作者轉向作品，但他們都還談到作品在讀者心中引起的反應。美國的新批評家們則更進一步，在理論上把作品本文視為批評的出發點和歸宿，認為文學研究的對象只應當是詩的「本體即詩的存在的現實」。[8]這種把作品看成獨立存在的實體的文學本體論，可以說就是新批評最根本的特點。

如果說文學是人類社會中一種信息傳遞的活動，那麼它顯然也有發送者、媒介和接受者這樣三個基本環節，也就是作者、作品和讀者。新批評家抓住作品這個中間環節，把它抽出來，斬斷了它與作者和讀者兩頭的聯繫。文薩特和比爾茲利提出的兩種「迷誤」，就是斬斷這兩頭聯繫的利刃。

第一種是「意圖迷誤」（intentional fallacy），鋒芒所向是實證主義或浪漫主義的文評。意大利批評家桑克梯斯（Francesco de Sanctis）早已說過：「作者意圖中的世界和作品實現出來的世界，或者說作者的

---

[6]　艾略特，《傳統與個人才能》，見《聖林集》第53、59頁。
[7]　艾略特，《聖林集》一九二八年版序，同上書第Ｘ頁。
[8]　蘭索姆，《詩：本體論札記》（Poetry: A Note in Ontology），見亞當斯編《自柏拉圖以來的批評理論》，第871頁。

願望和作者的實踐，是有區分的」。[9]新批評派進一步說，文學作品是自足的存在，既然作品不能體現作者意圖，對作品的世界說來，作者的意圖也就無足輕重。更重要的是，我們並不能依據作品是否符合作者意圖來判斷它的藝術價值。淺薄的作品也許更容易受作者控制，把他的意圖表現得十分清楚，但偉大的藝術往往超出作者主觀意圖的範疇，好比疲弱的駑馬任人驅策，奔騰的雄駿卻很難駕馭一樣。象但丁和托爾斯泰這樣的大作家，都有意要在作品裡宣揚一套宗教或道德的哲學，然而他們的作品恰恰因為衝破意圖的束縛而成為偉大豐富的藝術。

第二種是「感受迷誤」（affective fallcy），鋒芒所向是包括理查茲在內各種注意讀者心理反應的理論。讀者反應因人而異，以此為准來評價文學必然導致相對主義，漫無準繩。對於新批評家說來，無論意圖迷誤或感受迷誤，其謬誤之處都在於「使作為特殊評判對象的詩趨於消失」。[10]他們清除了作品以外的種種因素，正是為了把批評的注意力全部集中到作品上。一部作品，用韋勒克的話來說，乃是「具有特殊本體狀態的獨特的認識客體」。[11]

對於這樣一個具有本體狀態的認識客體，新批評家們進一步作出了各種解釋。蘭索姆認為，「詩是具有局部肌質的邏輯結構」。[12]他所謂邏輯結構近於詩的概念內容，而局部肌質則是詩的具體形式，概念內容可以幾句話概括，具體形式卻難於盡述。詩作為藝術品，重要的不是其結構，而是其肌質。布魯克斯則認為，詩就象活的生物，其結構和肌質融為一個有機整體，不容分割，「構成詩的本質那個真正的意義核心」

---

[9]　德・桑克梯斯，《論但丁》，錢鍾書譯，見《西方文論選》下卷，第464頁。

[10]　文薩特（W.K.Wimsatt）與比爾茲利（M.C.Beardsley），《感受迷誤》（*The Affective Fallacy*），見《自柏拉圖以來的批評理論》第1022-1023頁。

[11]　韋勒克（René Wellek）與沃倫（Austin Warren）合著《文學理論》（*Theory of Literature*），紐約一九七五年第三版，第156頁。

[12]　蘭索姆，《純思辨的批評》（*Criticism as Pure Speculation*），見《自柏拉圖以來的批評理論》，第886頁。

是無法用散文的釋義解說代替的。[13]也就是說，正像一個活人的肉體和精神不可分離一樣，文學藝術作品的形式和內容也不可分離，脫離具體形式的內容就根本不是文學藝術。馬克‧肖萊爾把這個意思講得很清楚：

> 現代批評已經證明，只談內容就根本不是談藝術，而是談經驗；
> 只有當我們談完成了的內容，即形式，即作為藝術品的藝術品
> 時，我們才是作為批評家在說話。內容即經驗與完成了的內容即
> 藝術之間的差別，就在技巧。[14]

這段話關於藝術的內容和形式的意見頗有參考價值，儘管把經驗和藝術的差別歸結為技巧是過於狹隘了些。新批評的文學本體論確實注重藝術形式，所以在韋勒克與沃倫合著的《文學理論》一書中，凡從傳記、歷史、社會、心理或哲學等方面出發研究文學，都稱為外在方法，只有討論音韻、格律、文體、意象等形式因素，才是內在的研究。

三、作品的詮釋

新批評的實踐是通過細讀（close reading），對文學作品作詳盡的分析和詮釋。批評家好象用放大鏡去讀每一個字，文學詞句的言外之意、暗示和聯想等等，都逃不過他的眼睛。他不僅注意每個詞的意義，而且善於發現詞句之間的微妙聯繫，並在這種相互關聯中確定單個詞的含義。詞語的選擇和搭配、句型、語氣以及比喻、意象的組織等等，都

---

[13] 布魯克斯（Cleanth Brooks），《釋義的邪說》（*The Heresy of Paraphrase*），同前引書第1034頁。

[14] 馬克‧肖萊爾（Mark Schorer），《作為發現的技巧》（*Technique as Discovery*），見《哈德遜評論》（*Hudson Review*）一九四八年第一期，第67頁。

被他巧妙地聯繫起來，最終見出作品整體的形式。一部作品經過這樣細緻嚴格的剖析，如果顯出各部分構成一個複雜而又統一的有機整體，那就證明是有價值的藝術品。

在新批評家的細讀式分析中，有些概念和術語是常常使用的：如意義的含混（ambiguity），如反諷（irony）、矛盾語（paradox）、張力（tension）等等。新批評家用這些概念強調詩的含義和肌質的複雜性，而他們的細讀法也確實在詩的分析中，取得了最出色的成果。然而對於小說和戲劇的分析，新批評也能給人許多啟發。例如，敘述觀點與作品意義的關係，在小說的分析裡就很有注意的必要。敘述者可以是小說的主人公，可以是書中人物之一，也可以是全知的作者，而這三種敘述觀點展示出來的作品畫面大不相同，所揭示的意義也會有差異。馬克·吐溫在《湯姆·索耶歷險記》裡採用比較簡單的、傳統的全知作者的觀點，但在《哈克貝利·費恩歷險記》裡，他讓哈克以自己獨特的方式敘述他的「歷險」。艾略特曾把這一敘述觀點的改變說成這兩部名著之間重要的質的差別。哈克是個十多歲的流浪兒，沒有什麼教養；他知道自己是流浪兒，承認自己沒有教養，而且常常覺得那個有教養的文明社會是對的，自己做那些違背那個社會的道德和法律的事則是錯的。幫助黑奴逃跑是犯法的事，哈克經過一番躊躇，決心幫助吉姆，這時他承認自己甘願「下地獄」，甘願墮落為不誠實的壞孩子。然而哈克的誠實善良、南方蓄奴社會的虛偽和不道德，正是在這種反諷的敘述方式中得到有力的表現。魯迅的《狂人日記》也採用第一人稱敘述者的觀點，字面上全是狂人的瘋話，但作品的含義卻恰恰相反：這是一個頭腦極清醒的人對一個病態瘋狂的社會的觀察、認識和譴責。如果變動一下敘述觀點，狂人周圍的社會就會呈現出大不相同的面貌，這面貌也許會更「正常」，但作品的諷刺力量卻很可能隨之而減弱。在戲劇作品裡，劇中人都從自己的觀點出發敘述和評論周圍環境或人物，形成各自的語調（tone），這對於理解劇中人物和全劇的意義都能提供重要的依據。

新批評的這類分析幫助讀者大大加深了對文學作品的理解，也提高了讀者的鑒賞能力，更重要的是它使人認識到：不僅需要瞭解文學作品說的是什麼，而且需要明白它怎樣說，而這兩個方面的問題是密不可分的。在新批評派看來，內容和形式的二分法已經是陳舊過時的概念，文學是有具體形式的活的有機體，它避免抽象，儘量體現世界的「物性」（thinginess），或者像蘭索姆所強調的，它重新賦予被科學抽象化的世界以實體。

四、批評與評價

新批評在四、五十年代的英美極盛一時，到五十年代後期便開始逐漸衰落。從批評理論方面說來，形式主義的局限性是導致新批評衰落的重要原因。新批評的形式分析主要局限於抒情詩，尤其是十七世紀英國玄學派詩和以龐德、艾略特、葉芝等為代表的現代派詩。對於不大宜於修辭分析的別的詩和別的體裁，新批評家往往不屑一顧，或作出過低的評價。新批評的細讀注重局部肌質的細節，有時顯得過於瑣屑；把批評局限于作品本文的理解，不能或不願把文學與廣闊的社會歷史背景結合起來，更是形式主義最嚴重的局限。

把作品看成一個獨立實體，甚至看成有生命的活物這種文學的有機論，最先在浪漫主義時代開始萌發，到新批評派那裡便成為一個基本的觀念。這種有機論使新批評家把作品孤立于作者和讀者，也孤立於別的作品，因此既不能研究文學的創造和接受，也不能說明文學體裁的演變發展。這種對作品本體的片面強調一旦過了頭，就幾乎成為一種偶像崇拜，而六十年代以後更新的批評潮流正是在打破作品本體的局限、研究閱讀和接受過程等方面，超越了新批評的理論，並且逐漸取代了它在文學研究中的優勢。然而新批評並沒有完全成為過去，正像不久前一位評論者所說，如果新批評已經死去，那麼「它是像一個威嚴而令人敬畏的

父親那樣死去的」，[15]因為它給當代文評留下了一些被普遍接受的觀念和零星的思想，那便是它的遺產。事實上，新批評作為文學研究的一種方法，至今在英美許多大學還有不小的影響。

新批評的形式主義局限性是顯而易見的，可是對我們說來，從新批評得到一點啟發，充實和豐富我們自己的文學批評，那才是更有建設意義的積極態度。中國古代的傳統文評受儒家思想的影響，講究詩言志，文以載道，把文學看成傳道明理的工具，而不注重文學本身的價值。我們現在的文學批評仍然是談思想內容多，談藝術形式少，很少、也缺乏系統的方法去做細緻的文學形式的分析。可是，離開文學形式的思想內容，可以是哲學、政治、倫理的內容，卻不是文學藝術的內容，就象離開肉體的精神是抽象的精神一樣。要瞭解文學作品的內容，就有必要從分析它的具體形式入手，而形式，正像上面所引肖萊爾的話所說，是「完成了的內容」，是抽象內容在生動具體的形式中的體現。所以，正如楊周翰先生在評價新批評的得失當中所說：「新批評派對我們的一個最重要的啟示就是從形式到內容」。[16]我們反對形式主義局限於文字修辭的分析，但如果反對形式的分析本身，那就不僅不能超過形式主義，而且會永遠找不到打開藝術宮殿大門的鑰匙，永遠徘徊在藝術王國之外。

---

[15] 弗蘭克·倫屈齊亞（Frank Lentricchia），《在新批評之後》（*After the New Criticism*），芝加哥大學出版社一九八〇年版，前言第ⅩⅢ頁。

[16] 楊周翰，《新批評派的啟示》，見北京大學《國外文學》一九八一年第一期，第9頁。

諸神的復活
——神話與原型批評

　　上古時代的詩人相信自己憑藉神力歌唱，所以荷馬史詩開篇便籲請詩神佑助，且成為後代史詩沿襲的套語。柏拉圖在《伊安篇》裡把詩人和巫師並舉，說他們都因神靈附體，如醉如狂，方能奇跡般地吟詩占卜，代神說話。這就是後來人們常說的靈感。屈原的《九歌》就源於古代楚地的「巫風」，是據民間祭神儀式中巫唱的歌改作而成。如《東皇太一》：「靈偃蹇兮姣服，芳菲菲兮滿堂；五音紛兮繁會，君欣欣兮樂康」，據洪興祖《楚辭補注》，這是寫「神降而托于巫」的情形。《九歌》中的「靈」有時指神，有時指巫，又都是詩人藉以抒發感情的媒介，所以在古時，神、巫和詩人可以渾然一體，瑰麗的神話還活在民間，那種神人交歡的盛況，難怪會勾得後世詩人們豔羨而神往了。

　　神話是人類童年時代的產物，隨著人類的成熟，神話必然漸漸消亡，現代的詩人也不復象古代詩人那樣，可以直接和神交往。然而詩人卻像是成人社會中的兒童，不願捨棄稚氣的幻想，對於神話世界的消失滿懷憂傷。華滋華斯有詩吟詠人類童年時與神性和自然的接近，而他深感惆悵困惑的則是那種臨近感的消失：

Whither is fled the visionary gleam?

Where is it now, the glory and the dream?

到哪兒去了，那種幻象的微光？

現在在哪兒，那種榮耀和夢想？[1]

　　席勒也有詩緬懷輝煌的希臘異教時代，那時的日月星辰、河海山川，無往不是大小神祇的居處。但希臘諸神早已消隱，詩人徒然追尋，卻只有唏噓歎息，黯然神傷：

Traurig such ich an dem Sternenbogen,

Dich Selene find ich dort nicht mehr,

Durch die W ä lder ruf ich,durch die Wogen,

Ach!sie Widerhallen Ieer!

　　我在星空裡悲哀地尋找，

　　卻再也找不到你，啊，月神，

　　我穿過林海呼喚，穿過波濤，

　　唉！卻只得到空谷的回音！[2]

　　故意驚世駭俗的尼采更直截了當地說：「神已死去！」[3]近世文化的衰微都由於「神話的毀滅」，[4]而在瓦格納的新型歌劇裡，他欣然發現了「悲劇神話在音樂中再生」。[5]在尼采看來，神話與文藝幾乎是同

---

[1]　華滋華斯（W.Wordsworth），《詠童年回憶中永生的兆象》（*Ode: Intimation ofImmortality from Recol1ections of Early Childhood*）.

[2]　席勒（F.Schi11er），《希臘諸神》（Die G Ötter Griechenlandes）。

[3]　尼采（F.Nietzsche），《歡樂的知識》（Die fr Öhliche Wissenschaft）第一百二十五節。柯利（G.Colli）與蒙蒂納裡（Montinari）編十五卷本《全集》（S ä mtliche Werke）第三卷，柏林一九八〇年版，第481頁。

[4]　尼采，《悲劇的誕生》（Die Geburt der Trag ödie）第二十三節，同上《全集》第一卷，第149頁。

[5]　尼采，《悲劇的誕生》第二十四節，同上《全集》第一卷，第154頁。

物異名，只有神話的復興可以帶來藝術的繁榮。然而早在尼采之前，意大利人維柯已經提出了新的神話概念，只是他的《新科學》直到十九世紀晚期才逐漸發生廣泛的影響。

一、神話思維

　　《新科學》第二卷題為「詩性智慧」，包含著維柯美學思想的核心。維柯認為原始人類還沒有抽象思維能力，用具體形象來代替邏輯概念是當時人們思維的特徵。他們沒有勇猛、精明這類抽象概念，卻通過想像創造出阿喀琉斯和尤裡塞斯這樣的英雄來體現勇猛和精明，所以神話英雄都是「想像性的類概念」，[6]是某一類人物概括起來產生的形象。神話是想像的創造，和詩正是一類，而在希臘文裡，詩人的原意就是創造者，所以神話也就是詩，兩者都是「詩性智慧」（sapienza poetica）的產物。維柯已認識到不是神創造人，而是人按自己的形象創造了神，正如朱光潛先生所說，維柯「在費爾巴哈之前就已看出神是人的本質的對象化」。[7]

　　然而神話並非隨意的創造，而是古代人類認識事物的特殊方式，是隱喻（metaphor），是對現實的詩性解釋。例如雷神並非無稽之談，而是古人對雷電現象的認識；神話中的戰爭也非虛構，而是歷史事實的詩性的記敘；所以維柯認為，神話是「真實的敘述」，不過它和詩一樣，不能照字面直解。全部問題就在於用這種觀點去重新看待神話，把它理解為哲學、宗教和藝術渾然未分時人類唯一的意識形態。神話既然如此重要，所以「首先需要瞭解的科學應當是神話學，即對寓意故事的

---

[6]　維柯（Vico），《新科學》（*The New Science*）第四百〇三段，貝金（Bergin）與費希（Fisch）英譯，康奈爾大學出版社一九六八年修訂本，第128頁。
[7]　朱光潛，《維柯的〈新科學〉簡介》，見北京大學《國外文學》一九八一年第四期，第12頁。

解釋」。[8]

　　對神話研究作出很大貢獻的現代德國哲學家卡西列，也和維柯一樣認為初民沒有抽象思維，只有具體的隱喻思維即神話思維，這種思維的規律是「部分代全體（pars pro toto）的原則」。[9]例如古人相信，一個人剪下的頭髮指甲，甚至其足跡身影，若被施以巫術，整個人就會受影響。求雨時巫師往地面撒水，求雨停時則撒水在燒紅的石頭上，讓水立即蒸發。這種「部分代全體」的神話思維和維柯的「想像性類概念」，都和藝術創造的形象思維密切相關，說明神話、巫術和詩的起源是互相關聯的問題。

　　最早的語言和神話一樣，也是一種隱喻。中國古代與巫術和文字都有關係的符號「八卦」，按許慎《說文解字·序》，就是「近取諸身，遠取諸物」創造的；而倉頡造字，先是「依類象形」，其後才「形聲相益」。頭頂為「天」，人陰為「地」，就是用人的身體器官作比喻來命名宇宙上下。但是，語言「從一開始就含有另一種力量，即邏輯力量」。[10]隨著邏輯思維的發展，語言逐漸遠離神話，語言中的比喻僅僅成為說理的工具，只有在詩即語言的藝術應用裡，才保留著神話思維的隱喻特徵。這個道理，錢鍾書先生在論《易》之象和《詩》之比興的一段話裡，講得十分透闢，故引於下：

> 《易》之有象，取譬明理也，「所以喻道，而非道也」（語本《淮南子·說山訓》）。求道之能喻而理之能明，初不拘泥於某象，變其象也可；及道之既喻而理之既明，亦不戀著於象，舍象也可。到岸舍筏、見月忽指、獲魚兔而棄筌蹄，胥得意忘言之謂

---

[8]　維柯，《新科學》第五十段，見前引英譯本第33頁。

[9]　卡西列（Emst Gassirer），《語言與神話》（*Language and Myth*），蘇珊·朗格（Susanne Langer）英譯，紐約一九四六年版，第92頁。

[10]　同上，第97頁。

也。詞章之擬象比喻則異乎是。詩也者，有象之言，依象以成言；舍象忘言，是無詩矣，變象易言，是別為一詩甚且非詩矣。故《易》之擬象不即，指示意義之符（sign）也；《詩》之比喻不離，體示意義之跡（icon）也。[11]

　　這就是說，在科學的語言裡，比喻不過是義理的外殼包裝，但在文學的語言裡，比喻卻是詩的內在生命，詞句不是抽象概念的載體，而是如卡西列所說，它們「同時具有感性的和精神的內容」。[12]所以，卡西列認為，詩「甚至在其最高最純的產品裡，也保持著與神話的聯繫」，而在大詩人身上，會重新迸發出「神話的洞識力量」。[13]神話和詩都是隱喻，是想像的創造，在古代為神話，在近代則為詩。

二、儀式與原型

　　英國人類學家弗雷澤的《金枝》是影響廣泛的經典性著作，對神話批評的形成也有很大貢獻。弗雷澤在這部書裡引用大量材料，說明春夏秋冬的四季循環與古代神話和許多祭祀儀式有關。原始人類見植物的春華秋實，冬雕夏榮，聯想到人與萬物的生死繁衍，便創造出「每年死一次、再從死者中復活的神」。[14]古代各民族都有神死而復活的傳說，希臘人每年秋天都有祭禱酒神狄奧尼索斯（Dionysus）的儀式，表現他的受難和死亡，也有儀式歡慶他的復活。[15]這種關於神死而復活的神話和儀式，實際上就是自然節律和植物更替變化的模仿。

---

[11] 錢鍾書，《管錐編》第一冊，第12頁。
[12] 卡西列，見前引書，第98頁。
[13] 同上，第99頁。
[14] 弗雷澤（J.Frazer），《金枝》（The Golden Bough），伽斯特（Gaster）編注的單卷節本，紐約一九六四年版，第341頁。
[15] 參見《金枝》，第420頁。

　　弗雷澤這種理論給文學史家以啟發，簡·哈裡遜研究希臘悲劇起源的著作就是個有名例證。哈裡遜最重要的論點是強調儀式的作用，認為悲劇神話「從儀式中或者說與儀式一同產生，而非儀式產生於神話」。[16]認為希臘悲劇起源於表現酒神的受難與死亡的祭禱儀式，認為一切偉大文學著作中都含有神話和儀式的因素，這已經是現代西方大多數批評家接受的觀點，所以人類學家伽斯特在評注中頗有把握地說：「弗雷澤恢復原始祭禱儀式的本來面目或許不僅對人類學，而且事實上對文學也具有劃時代意義」。[17]

　　除人類學外，卡爾·榮格的分析心理學是促成神話批評的又一股動力。榮格曾是弗洛伊德的學生，但他把裡比多解釋為生命力，不象弗洛伊德那樣強調性欲的作用，終於和弗洛伊德決裂。榮格認為弗洛伊德的精神分析法主要是治精神病的方法，如果把這方法用於文藝，「那麼或者是藝術品成了神經症，或者是神經症即為藝術品」，完全違背「健全的常識」。[18]弗洛伊德完全從個人心理的角度來解釋文藝，但榮格卻認為，「真正的藝術品的特別意義正在於超出個人局限，邀遊在創作者個人利害的範圍之外」。[19]按榮格的分析心理學術語說來，藝術品是一個「自主情結」（autonomous complex），其創造過程並不全受作者自覺意識的控制，它歸根結蒂不是反映作者個人無意識的內容，而是置根於超個人的、更為深邃的「集體無意識」。

　　自原始時代以來，人類世世代代普遍性的心理經驗長期積累，「沉澱」在每一個人無意識深處，其內容不是個人的，而是集體的、普遍

---

[16] 簡·哈里遜（Jane E.Harrison），《忒彌絲：希臘宗教的社會起源研究》（*Themis: A Study of the Social Origins of Greek Religion*），劍橋大學出版社一九一二年版，第13頁。

[17] 見前引《金枝》，第464頁。

[18] 卡爾·榮格（Carl G.Jung），《論分析心理學與詩的關係》（*On the Relation of Analytical Psychology to Poetry*），見亞當斯編《自柏拉圖以來的批評理論》，第811頁。

[19] 同上書，第813頁。

的，是歷史在「種族記憶」中的投影，因而叫集體無意識。集體無意識潛存於心理深處，永不會進入意識領域，於是它的存在只能從一些跡象上去推測；而神話、圖騰、不可理喻的夢等等，往往包含人類心理經驗中一些反復出現的「原始意象」（Primordial image），榮格認為它們就是集體無意識的顯現，並稱之為「原型」（archetype）。榮格解釋說：

> 原始意象即原型——無論是神怪，是人，還是一個過程——都總是在歷史進程中反復出現的一個形象，在創造性幻想得到自由表現的地方，也會見到這種形象。因此，它基本上是神話的形象。我們再仔細審視，就會發現這類意象賦予我們祖先的無數典型經驗以形式。因此我們可以說，它們是許許多多同類經驗在心理上留下的痕跡。[20]

　　值得注意的是，榮格強調了原型與「歷史進程」、與「我們祖先的無數典型經驗」的聯繫。也就是說，文藝作品裡的原型好像凝聚著人類從遠古時代以來長期積累的巨大心理能量，其情感內容遠比個人心理經驗強烈、深刻得多，可以震撼我們內心的最深處。所以，我們見到藝術品中的原型時，「會突然感到格外酣暢淋漓，像欣喜若狂，像被排山倒海的力量席捲向前。在這種時刻，我們不再是個人，而是人類；全人類的聲音都在我們心中共鳴」。而這就是「偉大藝術的秘密，也是藝術感染力的秘密」。[21]

---

[20] 榮格，見前引書，第817頁。
[21] 同上，第818頁。

三、原型批評

　　早在榮格提出原型概念之前，不少作家已經談到過類似的典型化形象。十八世紀英國詩人布萊克曾說，喬叟《坎特伯雷故事集》裡的人物是「一切時代、一切民族」的形象。[22]尼采則認為希臘悲劇不過以不同面貌再現同一個神話：「酒神一直是悲劇主角，希臘舞臺上所有的著名人物——普羅米修斯、俄狄浦斯等等——只是酒神這位最早主角的面具而已」。[23]然而，在文學研究中系統地應用神話和原型理論，是從莫德‧鮑德金（Maud Bodkin）發表於一九三四年的《詩中的原型模式》開始的。這派文論在戰後得到進一步發展，加拿大批評家弗萊成為原型批評主要的權威，他的《批評的解剖》被人視為這派理論的「聖經」。[24]

　　弗萊給原型下了一個明確定義：原型就是「典型的即反復出現的意象」，它「把一首詩同別的詩聯繫起來，從而有助於把我們的文學經驗統一成一個整體」。[25]用典型的意象做紐帶，各個作品就互相關聯，文學總體也突現出清晰的輪廓，我們就可以從大處著眼，在宏觀上把握文學類型的共性及其演變。弗萊吸收了人類學和心理學的成果，認為神話是「文學的結構因素，因為文學總的說來是『移位的』神話」。[26]換言之，在古代作為宗教信仰的神話，隨著這種信仰的過時，在近代已經「移位」即變化成文學，並且是各種文學類型的原型模式。從神的誕生、歷險、勝利、受難、死亡直到神的復活，這是一個完整的循環故

---

[22] 布萊克（W.Blake），《人物素描》（*A Descriptive Catalogue*），見亞當斯編《自柏拉圖以來的批評理論》，第412頁。

[23] 尼采，《悲劇的誕生》第十節，見前引德文本《全集》第一卷，第71頁。

[24] 道格拉斯‧布什（Douglas Bush），《文學史與文學批評》，見貝特（W.J.Bate）編《文評選萃》（*Criticism: The Major Texts*），紐約一九七〇年增訂版，第702頁。

[25] 弗萊（Northrop Frye），《批評的解剖》（*Anatomy of Griticism*），普林斯頓一九五七年版，第99頁。

[26] 弗萊，《同一的寓言》（*Fables of Identity*），紐約一九六三年版，第1頁。

事，象徵著晝夜更替和四季循環的自然節律。弗萊認為，關於神由生而死而復活的神話，已包含了文學的一切故事，正像他贊同的格雷夫斯（Robert Graves）在一首詩裡所說的那樣：

There is one story and one story only
That will prove worth your telling.

有一個故事而且只有一個故事
真正值得你細細地講述。[27]

之所以只有一個故事，是因為各類文學作品不過以不同方式、不同細節講述這同一個故事，或者講述這個故事的某一部分、某一階段：喜劇講的是神的誕生和戀愛的部分，傳奇講的是神的歷險和勝利，悲劇講的是神的受難和死亡，諷刺文學則表現神死而尚未再生那個混亂的階段。文學不過是神話的賡續，只是神話「移位」為文學，神也相應變成文學中的各類人物。

正像神話和儀式象徵四季循環一樣，文學的演變也是一個循環。對應於春天的是喜劇，充滿了希望和歡樂，表現蓬勃的青春戰勝衰朽的老年；對應於夏天的是傳奇，富於夢幻般的神奇色彩；對應於秋天的是悲劇，崇高而悲壯，表現英雄的受難和死亡；對應於冬天的是諷刺，這是沒有英雄的世界，諷刺意味愈強，這個世界也愈荒誕。然而正像嚴冬之後又是陽春，神死之後又會復活一樣，諷刺文學發展到極端，就會出現返回神話的趨勢。弗萊認為，西方文學在過去十五個世紀裡，恰好依神話、傳奇、悲劇、喜劇和諷刺這樣的順序，經歷了由神話到寫實的發

---

[27] 引自弗萊，《受過教育的想像》（*The Educated Imagination*），多倫多一九六三年版，第19頁。

展，而現代文學則又顯然趨向於神話。卡夫卡的《變形記》、喬哀斯的《尤里西斯》，僅從標題就見得出與古希臘羅馬神話的聯繫，甚至帶有神奇性質的科幻小說能夠在通俗文學裡如此流行，也是現代文學趨向於神話的證明。

　　在具體實踐中，原型批評總是打破每部作品本身的界限，強調其帶普遍性的即原型的因素，也就是神話和儀式的因素。例如弗萊論莎士比亞喜劇時曾說：「莎士比亞的每出戲都自成一個世界，這世界又是那麼完美無缺，所以迷失在當中是很容易的，也是很愉快而有益的」；但他卻要把讀者「從各個劇的特色、人物刻畫的生動、意象的組織等等方面引開，而讓他去考慮喜劇是怎樣一種形式，它在文學中的地位是什麼」。[28]既然喜劇和春天相聯繫，莎士比亞喜劇中就常出現森林和田園世界，這種喜劇可以叫做「綠色世界的戲劇，它的情節類似於生命和愛戰勝荒原這種儀式主題」；「綠色世界使喜劇洋溢著夏天戰勝冬天的象徵意義」。[29]《仲夏夜之夢》中有精靈與仙子活動的森林，《皆大歡喜》中有亞登森林，《溫莎的風流娘兒們》有溫莎森林，這些森林都構成喜劇情節發展的背景；通過原型批評的分析，各劇的森林不再互不相干，各自孤立，卻把它們的枝條藤蔓伸展開來，參錯交織而形成一片蒼翠蔥蘢的綠色世界，不僅構成各劇背景，而且構成全部浪漫喜劇的背景，把喜劇與有關春天的神話和儀式聯結起來，讓人感到它那深厚的原始的力量。喜劇如此，悲劇也如此：「凡習慣於從原型方面考慮文學的人，都會在悲劇中見出對犧牲的模仿」。[30]在神話中，神之死往往是為了拯救人類，促成新的生命，耶穌·基督的死就是典型的例子；悲劇英雄的死也帶著這種犧牲或殉道的意味，使人想起向神獻祭的儀式。莎士

---

[28] 弗萊，《自然的幻鏡：莎士比亞喜劇和傳奇劇的發展》（*A Natural Perspective: The Development of Shakespearean Comedy and Romance*），紐約一九六五年版，第viii頁。

[29] 弗萊，《批評的解剖》，第182，183頁。

[30] 同上書，第214頁。

比亞悲劇《襲力斯‧凱撒》包含著很明顯的獻祭儀式的模仿。勃魯托斯
作為共和主義者，認為英勇的凱撒可能威脅羅馬的自由，於是為了羅馬
的自由，必須犧牲凱撒。勃魯托斯把刺殺凱撒完全看成一種神聖的獻祭
儀式，所以他告訴其餘的謀殺者們：

Let's be sacrificers, but not butchers,Caius⋯
Let's carve him as a dish fit for the gods,
Not hew him as a carcass fit for hounds.

讓我們做獻祭的人，不做屠夫，卡厄斯。……
讓我們勇敢地殺死他，但無須動怒；
讓我們把他切為獻給神的祭品，
不要把他像餵狗的死肉那樣砍劈。[31]

已經有人指出，「儀式動機超出勃魯托斯個性的範疇，擴展到全
劇的結構」。[32]總的說來，戲劇作為行動的模仿，和祭禱儀式有許多相
似的地方。弗萊對各類作品的分析都著眼於其中互相關聯的因素，於是
認為文學總是由一些傳統程式決定的。這些程式最終來源於神話和儀式
而規定每部新作的形式特徵，所以他說：「詩只能從別的詩裡產生；小
說只能從別的小說裡產生。文學形成文學，而不是被外來的東西賦予形
體：文學的形式不可能存在於文學之外，正如奏鳴曲、賦格曲和回旋曲
的形式不可能存在於音樂之外一樣」。[33]這些在最老和最新的作品中同

---

[31] 莎士比亞（Shakespeare），《襲力斯‧凱撒》（*Julius Caesar*），第二幕第
　　一場。
[32] 布倫茨‧斯特林（Brents Stirling），《〈襲力斯‧凱撒〉中的儀式》，見哈巴吉
　　（A.Harbage）編二十世紀論叢本《莎士比亞悲劇論文選》，一九六四年版，第
　　43頁。
[33] 弗萊，《批評的解剖》，第97頁。

樣存在的程式，加上各種反復出現並帶有一定象徵意義的原始意象、主題和典型情節，把文學結為一體，而原型批評的目的乃是要「對西方文學的某些結構原理作合理的說明」，使文學批評成為「藝術形式原因的系統研究」。[34]

四、結語

對弗萊的理論，尤其是他在闡發理論時對各類文學作品的評論，由於篇幅所限，我不能在此一一詳述，更不能顧及其他類似的理論。總的說來，原型批評是反對「新批評」的瑣細而起的，它注重的不是作品，而是作品之間的聯繫，從宏觀上把全部文學納入一個完整的結構，力求找出普遍規律，使文學批評成為一種科學。這派理論認為，文學的內容可能因時代變遷而不同，但其形式卻是恒常不變的，各種程式、原型可以一直追溯到遠古的神話和儀式，許多原型性質的主題、意象、情節雖歷久而常新，在文學作品中反復出現。這種注重綜合的理論確實比把目光只盯在作品文字上的「新批評」更系統，眼界也更開闊；把神話、儀式、原型等和文學聯繫起來，也為文學研究開闢了新的天地。在我國，聞一多的《神話與詩》早在四十年代已經在這方面作出嘗試，而且取得了極豐碩的成果。例如，作者通過很有說服力的考證，說明高唐神女和塗山、簡狄的傳說都發源於同一個故事，最終和「那以生殖機能為宗教的原始時代的一種禮俗」密切相關。[35]作者還引用從詩、騷直到現代民歌的大量材料，證明詩歌裡反覆用魚來象徵情慾、配偶，用打魚、釣魚喻求偶，用烹魚、吃魚喻合歡或結配，探其根源，則因為「魚是蕃殖力最強的一種生物」。[36]在這裡，前一例是把宋玉的《高唐賦》追溯到神

---

[34] 同上書，第133，29頁。
[35] 聞一多，《高唐神女傳說之分析》，見《神話與詩》，第107頁。
[36] 聞一多，《說魚》，同上書，第135頁。

話和儀式，後一例則是分析詩中作為原型的魚。聞一多的著作已經開始把人類學、考古學與文學研究結合起來，而他取得的成就足以證明，神話與詩的關係是一個大有可為的研究領域。

事物的利弊往往相反相成。原型批評從大處著眼，眼界開闊，然而往往因之失於粗略，不能細察藝術作品的精微奧妙，不能明辨審美價值的上下高低。正如布什所說，這派批評的最大局限在於「它本身並不包含任何審美價值的標準」。[37]弗萊主張客觀的科學態度，反對批評家對作品作價值判斷。但是，批評和評價是難以分開的，取消審美的價值判斷，讓粗劣的作品和真正偉大的作品魚龍混雜，享受同等待遇，就等於取消了批評本身存在的理由。

弗萊的理論只停留在藝術形式的考察，完全不顧及文學的社會歷史條件，所以它雖然勾勒出文學類型演變的輪廓，見出現代文學回到神話的趨勢，卻不能正確解釋這種現象。文學類型的循環是現象，但卻不是它自身的原因。正如太陽東升西落的循環，不能從循環本身得到解釋，只能由太陽和地球的相對運動來解釋一樣，現代文學把世界描寫成非理性的、荒誕的，人在世界上完全沒有把握環境和控制事件進程的能力，這只能由現代社會中人的自我異化的危機來解釋。對原始人類說來，自然界是神秘的異己力量，對現代人說來，西方高度發達的工業化社會也仍然是神秘的異己力量。敏感的藝術家們把這個矛盾用反傳統的荒誕形式表現出來，於是現代文學似乎重新趨於神話。然而這並不是簡單的重複，弗萊在指出這種循環時忘了這個實質性的區別：古代神話充滿了動人的真誠，閃爍著詩意的光輝，現代神話卻分明是冷嘲熱諷，在那荒誕的面具背後更多的不是想像，而是理智，不是對自然的驚訝，而是對人世感到的失望、苦悶和悲哀。

---

[37] 道格拉斯・布什，《文學史與文學批評》，見貝特編《文評選萃》，第702頁。

藝術旗幟上的顏色
——俄國形式主義與捷克結構主義

　　「那麼，先生，什麼是詩呢？」

　　「嘿，要說什麼不是詩倒容易得多。我們都知道什麼是光，可要說明它卻不那麼容易。」

　　這是詹姆斯・鮑斯韋爾在他那本赫赫有名的《約翰生博士傳》裡，記載他和約翰生的對話。[1]的確，什麼是詩這個問題，歷來就很少令人滿意的回答。什麼是真正的好詩，詩的藝術價值取決於什麼因素，這更是詩的各種定義裡很少說明也很難說明的。中國明代的畫家和詩人徐渭提出一種十分奇特的判別方法：把詩拿來一讀，「果能如冷水澆背，陡然一驚」，便是好詩，「如其不然，便不是矣。」[2]真是巧得很，美國女詩人埃米莉・狄肯森（Emily Dickinson）談到詩的藝術感染力，有段話說得和徐渭那句話十分合拍，遙相呼應：「要是我讀一本書，果能使我全身冰冷，無論烤什麼火都不覺得暖和，我便知道這就是詩。」[3]可是，全身冰冷的感覺和詩的好壞有什麼必然聯繫呢？判別什麼是詩和什麼是好詩，顯然不能以變化不定的主觀感覺為標準，而必須另闢蹊徑，

---

[1] 鮑斯韋爾（James Boswell），《約翰生博士傳》（*The Life of Samuel Johnson, LL. D.*），倫敦一九〇六年人人叢書版，第二卷，第27頁。此處所記為一七七六年四月十二日談話。

[2] 《徐文長集》卷十七《答許北口》。

[3] 轉引自甘迺迪（X. J. Kennedy），《詩歌引論》（*An Introduction to Poetry*），波士頓一九六六年第四版，第298頁。

在作品本身去尋找詩之所以為詩的內在因素。在十月革命前夕那些動盪的日子裡，一些俄國學者們卻正在書齋裡探討這樣的理論問題。

一、俄國形式主義

　　一九一五年，在莫斯科成立了以羅曼・雅各布森為首的「莫斯科語言學小組」，翌年，又在彼得格勒成立了以維克多・施克洛夫斯基為首的「詩歌語言研究會」。這兩個組織集合了當時俄國一批年輕的語言學家、文學史家和批評家，他們希望把文學研究變成一種科學，於是首先需要明確文學研究的對象是什麼。雅各布森講得很清楚：「文學研究的對象不是籠統的文學，而是文學性，也就是使一部作品成其為文學作品的東西」，而當時的許多文學史家卻把文學作品僅僅當成「文獻」，「似乎忘記了他們的著作往往滑進了別的有關學科——哲學史、文化史、心理學史等等」。[4]施克洛夫斯基回顧當年情形時也說，他們當時「堅持對詩和散文直接進行分析的意義」，而反對「藝術好象以經濟力量為基礎」那種觀點。[5]在他們看來，既然文學可以表現各種各樣的題材內容，文學作品的特殊性就不在內容，而在語言的運用和修辭技巧的安排組織，也就是說，文學性僅在於文學的形式。由於這個原因，這派文評被稱為形式主義文評。

　　別林斯基和波傑布尼亞都認為，藝術就是形象思維（мышление визуальный），而在這種觀念背後是象徵主義和斯賓塞、阿芬納留斯等人關於精力節省的理論：用熟悉的形象代替變化不定的複雜事物，就很容易把握複雜事物的意義。但施克洛夫斯基認為，詩的形象只是詩的各

---

[4]　雅各布森（Р.Якобсон），《最近的俄羅斯詩歌》（*Новейшая русская поэзия*），布拉格一九二一年版，第11頁。

[5]　施克洛夫斯基（В. Шкловский），《文藝散文。思考與評論》（*Художественная проза. Размышления и разборы*），莫斯科一九六一年版，第6頁。

種技巧之一,並不比別的技巧更特別、更有效,而所有藝術技巧的最後效果絕不是精力的節省。精力節省的原理也許適用於日常生活的情形:對於經常做的事和天天見到的東西,我們往往習而相忘,可以不假思索地自動去做,可以視而不見,聽而不聞,在慣性動作中失去對事物的感受和知覺。藝術的目的卻恰恰相反。施克洛夫斯基對此有一段論述:

> 藝術之所以存在,就是為使人恢復對生活的感覺,就是為使人感受事物,使石頭顯出石頭的質感。藝術的目的是要人感覺到事物,而不是僅僅知道事物。藝術的技巧就是使對象陌生,使形式變得困難,增加感覺的難度和時間長度,因為感覺過程本身就是審美目的,必須設法延長。藝術是體驗對象的藝術構成的一種方式,而對象本身並不重要。[6]

這裡提出的「陌生化」(остранение)是俄國形式主義文評一個十分重要的概念,它強調新鮮的感受,強調事物的質感,強調藝術的具體形式。施克洛夫斯基從不少古典作品中舉例來闡明這個概念,如托爾斯泰的《量布人》(*Холстомер*)以馬作為敘述者,用馬的眼光看私有制的人類社會,在《戰爭與和平》裡用一個非軍人的眼光看戰場,都在陌生化的描寫中使私有制和戰爭顯得更加刺眼地荒唐不合理。詩裡的誇張、比喻、婉轉說法,詩中常用的古字、冷僻字、外來語、典故等等,無一不是變習見為新知、化腐朽為神奇的「陌生化」手法。在俄國讀者習慣於玩味傑爾查文那種高雅詩句時,普希金卻為長詩《歐根・奧涅金》的女主人公選擇了一個村姑或女僕常用的名字:

---

[6] 施克洛夫斯基(V. Shklovsky),《作為技巧的藝術》(*Art as Technique*),見萊芒(Lemon)與里斯(Reis)編譯《俄國形式主義批評:四篇論文》(*Russian Formalist Criticism: Four Essays*),內布拉斯加大學出版社一九六五年版,第12頁。

Ее сестра звалась Татьяна...

Впервые именем таким

Страницы нежные романа

Мы своевольно освятим.

她的姐姐叫塔吉亞娜……

我們將第一次任性地

用這樣一個名字來裝點

小說裡抒寫柔情的文字。[7]

詩人還特別加注說明，這類好聽的名字只在普通老百姓中才使用。他描寫夜色，有「甲蟲嗡嗡叫」（Жук жужжал）[8]這樣當時被目為「粗俗」的句子。然而正是採取民間語言入詩，給普希金的作品帶來了清新的氣息。陌生新奇的形式往往導致新的風格、文體和流派的產生，一如施克洛夫斯基所說：「新的藝術形式的產生是由把向來不入流的形式升為正宗來實現的」。[9]普希金以俗語入詩，與華滋華斯、雨果、史勒格爾等浪漫主義者的主張相近，也類似於中國古代韓愈以文入詩的做法，合于司空圖所謂「知非詩詩，未為奇奇」的論斷。錢鍾書先生早在四十年代已經注意到施克洛夫斯基這一理論，並在與有關的中國傳統議論相比之後總結說：「文章之革故鼎新，道無它，曰以不文為文，以文為詩而已」。[10]可以說這是以「陌生化」為基礎的文學史觀。

---

[7] 普希金（А. С. Пушкин），《歐根·奧涅金》（Евгений Онегин），第二章第二十四節。

[8] 同上，第七章第十五節。

[9] 施克洛夫斯基，《情感旅行》（Sentimental Journey），塞爾頓（R. Seldon）英譯，康奈爾大學出版社一九七〇年版，第233頁。

[10] 錢鍾書，《談藝錄》第36頁，又參見同書第42頁。

　　施克洛夫斯基把「陌生化」理論運用於小說，還提出了兩個影響廣泛的概念，即「故事」（фабула）和「情節」（сюжет）。作為素材的一連串事件即「故事」變成小說的「情節」時，必定經過創造性變形，具有陌生新奇的面貌，作家愈是自覺運用這種手法，作品也愈成功。按照這種理論，自然主義和寫實主義必然讓位于現代的先鋒派小說，因為這種小說更自覺地運用把現實加以變形的陌生化手法。因此，可以說施克洛夫斯基為現代反傳統藝術奠定了理論基礎。形式主義者努力確定把故事題材加以變化的各種手法，並指出這些手法對於理解小說意義的重要性。米哈依爾·巴赫金論陀思妥耶夫斯基的「複調小說」（полифонический роман），就顯然受到形式主義理論的影響。巴赫金指出，陀思妥耶夫斯基小說裡的人物並非作者的傳聲筒，他們的聲音各自獨立，和普通小說裡作者的聲音一樣有權威性。這種語調的複雜結構對於作品的理解大有關係，而以往許多評論離開這種「複調」形式空談內容，就難以抓住問題的實質，因為「不懂得新的觀察形式，就不可能正確理解借助於這種形式才第一次在生活中看到和顯露出來的東西。正確地理解起來，藝術形式並不是外在地裝飾已經找到的現成的內容，而是第一次地讓人們找到和看見內容。」[11]施克洛夫斯基曾說：「托爾斯泰故意不說出熟悉物品的名稱，使熟悉的也變得似乎陌生了。他描繪物品就好象是第一次看見這物品，描繪事件就好象這事件是第一次發生那樣」。[12]巴赫金和施克洛夫斯基都強調的這個「第一次」，就是事物的新鮮感，也就是「陌生化」的新奇效果。

　　如果說雅各布森的「文學性」概念從語言特點上把文學區別于非文學，施克洛夫斯基的「陌生化」概念則進一步強調藝術感受性和日常生

---

[11] 米·巴赫金（M. Бахтин），《陀思妥耶夫斯基詩學諸問題》（*Проблемы поэтики Достоевского*），莫斯科一九六三年第二版，第7-8頁。

[12] 施克洛夫斯基，《作為技巧的藝術》，見前引《俄國形式主義批評：四篇論文》，第13頁。

活的習慣性格格不入。文學的語言不是指向外在現實，而是指向自己；文學絕非生活的模仿或反映，而是生活的變形：生活的素材在藝術形式中出現時，總是展現出新奇的、與日常現實全然不同的面貌。於是，施克洛夫斯基寫下了這樣的話：「藝術總是獨立於生活，在它的顏色裡永遠不會反映出飄揚在城堡上那面旗幟的顏色」。正像他後來意識到的，在他這樣談論旗幟的顏色時，「這面旗幟已經給藝術下了定義」。[13]自亞里斯多德以來關於藝術是模仿的觀念，把藝術最終建立在現實世界的基礎上，而俄國形式主義者則與之相反，強調甚至過分誇大了藝術與現實的本質差異。

俄國形式主義在二十年代受到了嚴厲批判。托洛茨基在《文學與革命》裡專闢一章批判雅各布森、施克洛夫斯基等人的理論，把形式主義稱為「對文字的迷信」。他特別引了施克洛夫斯基關於藝術和城堡上的旗幟那段話以及形式主義者們一些別的言論，強調藝術不可能獨立於生活，因為「從客觀歷史進程的觀點看來，藝術永遠是社會的僕從，在歷史上是具功利作用的」，無論打出什麼顏色的旗幟，藝術總是要「教育個人、社會集團、階級和民族。」[14]經過這場批判，到一九三〇年之後，作為一個理論派別的俄國形式主義便銷聲匿跡了。

二、布拉格學派

「莫斯科語言學小組」的領導者雅各布森于一九二〇年來到捷克，使俄國形式主義與布拉格學派之間建立起明顯的聯繫。然而總的說來，俄國形式主義更主要是以彼得格勒「詩歌語言研究會」（Опояза），即

---

[13] 施克洛夫斯基，《文藝散文・思考與評論》，第6頁。
[14] 托洛茨基（L. Trotsky），《詩歌的形式主義派與馬克思主義》，斯特魯姆斯基（Rose Strumsky）英譯，見亞當斯（H. Adams）編《自柏拉圖以來的批評理論》，第822頁。

以施克洛夫斯基、艾辛鮑姆等人為代表。雅各布森和布拉格學派的主要人物穆卡洛夫斯基都對索緒爾語言學和胡塞爾現象學有過研究，他們的理論也具有更複雜的哲學背景。穆卡洛夫斯基在一九三四年為施克洛夫斯基《散文理論》的捷克譯本作序時，就對形式主義有所批評，而寧可採用「結構」和「結構主義」這些術語。布拉格學派的理論也常被稱為捷克結構主義。

　　布拉格學派從分析語言的各種功能入手，認為文學語言的特點是最大限度地偏離日常實用語言的指稱功能，而把表現功能提到首位。這就是穆卡洛夫斯基所謂語言的「突出」（foregrounding）：「詩的語言的功能在於最大限度地突出詞語……它的用處不是為交際服務，而是為了把表現行動即言語行動本身提到突出地位。」[15]換言之，文學語言不是普通的語言符號，而是「自主符號」（autonomous sign），因為它不是指向符號以外的實際環境，而是指向作品本身的世界。任何符號都有兩個方面，一個是代表某事某物的代碼（code）即能指（signifiant），另一個是被代表的事物即所指（signifié）；譬如「雪花」這兩個字是能指，其所指是水蒸氣在寒空凝結之後，紛紛揚揚飄落下來的六角形白色結晶體。然而在李白的詩句「燕山雪花大如席」裡，按照符號學理論的解釋，「雪花」的所指是虛構的詩的世界裡的雪花，它也只在詩裡才其「大如席」，我們讀到這句詩，想到的只是全詩構成的那個藝術世界，而見不到實際的雪花，也不會作出實際的反映，不會去烤火或穿上冬衣。這當然是藝術與現實的重要區別，但穆卡洛夫斯基超出形式主義的一點，在於他並未把詩的語言和實用語言截然分開，卻承認二者只是強調重點的不同。詩的語言使用指事稱物的詞彙，就必然有交際的功能，

---

[15] 穆卡洛夫斯基（Jan Mukarovský），《標準語言和詩歌語言》，見伽文（P. L. Garvin）編譯《布拉格學派美學、文學結構與文體論文選》（*A Prague School Reader on Aesthetics, Literary Structure and Style*），華盛頓一九六四年版，第43-44頁。

詩裡的「雪花」雖然不指實際的「雪花」，卻與實際有意義上的聯繫。另一方面，實用語言也有表現功能，也用各種修辭手法，我們常把真的雪花稱為「鵝毛大雪」，就是一種誇張的比喻。穆卡洛夫斯基認為文學作品和文學史當中，存在著藝術的自主功能和交際功能既對立又統一的辯證關係，這一點也是後來的符號學研究，尤其是蘇聯學者洛特曼的著作詳加論述的。[16]穆卡洛夫斯基發揮索緒爾語言學的基本概念，形成關於文學符號和結構的一套理論，使他成為早期結構主義的重要代表。

　　布拉格學派與胡塞爾現象學的關係也值得一提。胡塞爾曾於一九三五年到布拉格作關於「語言現象學」的演講，他的波蘭學生羅曼・英伽頓對捷克學者們也有影響。英伽頓把現象學原理和方法應用於文學研究，認為作品結構由不同層次構成，其間有許多未定點（Unbestimmtheitsstelle），需要讀者在閱讀中加以充實，使之具體化（Konkretisation），只有在這種具體化過程中，一部作品才成為審美活動的對象。[17]穆卡洛夫斯基在《作為社會事實的審美作用、標準和價值》這本小冊子裡，也認為一部作品印製成書，只是一個物質的成品，只具有潛在的審美價值，在讀者的理解和闡釋即在審美活動中，它才表現出實際的審美價值，成為審美客體。由於各時代審美標準不同，甚至同代人隨年齡、性別、階級的差異，也具有不同標準，所以審美價值也是可變的。這就是說，審美價值是作品在接受過程中產生出來的，在這一點上，穆卡洛夫斯基的理論已經預示出當代接受美學的基本觀念，並顯示了現象學與接受理論的關係。儘管穆卡洛夫斯基曾借鑑現象學和結構主義語言學等多方面理論，但他自己的理論卻能把吸取來的成分融會貫通，具有不可磨滅的獨創性，對現代文論的發展也產生了值得注意的影響。

---

[16] 參見尤里・洛特曼（Юрий Лотман），《文學作品的結構》（*Структура художественного текста*），莫斯科一九七〇年版。

[17] 參見羅曼・英伽頓（Roman Ingarden），《文學的藝術品》（*Das literarische Kunstwerk*），杜賓根一九六〇年第三版，第270及以下各頁。

三、結束語

　　俄國形式主義反對把文學當成歷史文獻或裝載哲學、道德內容的容器，反對把作品分析變成起源的追溯或作者心理的探尋，而堅持對文學語言和技巧直接進行分析，這些基本方面和英美新批評的主張都很一致。與此同時，俄國形式主義還反對把文學作品最終歸結為一種單一的技巧，如「形象思維」，而認為文學的基本特點——陌生化——是各種技巧的總和。於是作品分析具有更大的開放性，不僅考慮單部作品，而且發展為體裁理論的探討，這又是它比英美新批評更靈活、更具潛在力量的方面。俄國形式主義理論經過布拉格學派的發揮，就顯出更為豐富的內容。當維克多·埃利希（Victor Erlich）在五十年代中期把俄國形式主義最初介紹到西方時，他那本英文著作《俄國形式主義的歷史和理論》並未引起足夠重視；十年之後，茨維坦·托多洛夫用法文翻譯俄國形式主義者的論文，彙成《文學的理論》這本小書出版，卻立即引起熱烈反應。從莫斯科到布拉格再到巴黎，也就是從俄國形式主義到捷克結構主義再到法國結構主義，已經被普遍認為代表著現代文論發展的三個重要階段。形式主義被視為結構主義的先驅，具有十分重要的意義。正如荷蘭學者佛克馬教授所說：「歐洲文論家的幾乎每一個新派別都從這『形式主義』傳統得到啟發，各自強調這傳統中的不同趨向，並力圖把自己對形式主義的解釋說成是唯一正確的解釋。」[18]

　　形式主義銷聲匿跡三、四十年之後，在六十年代的蘇聯重新被人提起，得到重新評價。施克洛夫斯基、艾辛鮑姆、蒂尼亞諾夫以及巴赫金、普洛普等人二十年代寫成的著作，又有了重版印行的機會。於是施

---

[18] 佛克馬（D.W.Fokkema）與昆納－伊勃思（E. Kunne-Ibsch）合著《二十世紀文論》（Theories of Literature in the Twentieth Century），倫敦一九七七年版第11頁。

克洛夫斯基在一九六一年出版的一本文集裡得以重新發揮過去的觀點，並且感慨而意味深長地說：「光陰荏苒，太陽升起過一萬多次，四十個春秋過去了，現在西方有人想借我的話來爭辯飄揚在我的城堡上我的那面旗幟的意義。」[19]事實上，六十年代以來的蘇聯符號學研究顯然也和形式主義傳統有繼承的關係。在形式主義這起伏變化的命運中，有幾點是值得人深思的。

首先，形式主義這個概念本身容易導致簡單化的理解。俄國形式主義者中固然有人持有極端的言論，但大多數並不認為文學作品存在於超歷史的真空裡，他們在藝術創作中主要與未來派、尤其與著名詩人馬雅可夫斯基有密切聯繫。因此，形式主義者實際上並不是那麼「形式主義」，即並非全然抱著超歷史、超政治的態度。他們的「文學性」概念不過是強調：文學之為文學，不能簡單歸結為經濟、社會或歷史的因素，而決定於作品本身的形式特徵。他們認為，要理解文學，就必須以這些形式特徵為研究目標，也正是在這個意義上，他們反對只考慮社會歷史的因素。施克洛夫斯基的「陌生化」觀念把「文學性」更加具體化，既說明單部作品的特點，也說明文學演變的規律。在強調文學增強生活的感受性這一點上，「陌生化」正確描述了作品的藝術效果，然而把形式的陌生和困難看成審美標準，似乎越怪誕的作品越有價值，就有很大的片面性。在說明文學發展、文體演變都是推陳出新這一點上，「陌生化」正確描述了文學形式的變遷史，然而認為一種形式似乎到一定時候自然會老化，新的形式自然會起來，而不考慮每一種新形式產生的社會歷史背景，就難免知其然而不知其所以然。因此，文學形式的研究和文學與社會、歷史環境的研究不應當互相排斥，而應當互為補充，形式的分析完全有權成為嚴肅的文學研究的重要部分，但不是其全部。然而從實際情形看來，批判了形式主義，往往連文學形式的分析也一併

[19] 施克洛夫斯基，《文藝散文。思考與評論》，第7頁。

取消，似乎一談形式就是資產階級的唯美主義和形式主義，結果完全無力對作品進行藝術分析。在四十和五十年代的蘇聯，這種庸俗社會學的研究是大量存在的，在我們的文學評論中，這種影響也很不小。在這種傾向影響之下，批評從概念出發，不接觸文學作品的具體實際。創作也從概念出發，似乎忘記了文學是語言的藝術，於是產生出不少缺乏完美的藝術形式、圖解概念的公式化作品。人們現在已經越來越厭棄這樣的評論和創作。力圖擺脫這種惡劣影響的評論已開始出現，有些作家也開始在藝術形式上進行新的探索。在這時候重新評價俄國形式主義和捷克結構主義的理論，避免其中的錯誤，吸取其中合理的成份，也許會很有好處。當施克洛夫斯基說藝術的顏色不反映城堡上旗幟的顏色時，他當然犯了片面的錯誤，不過我們不應當忘記，藝術也並不象一面普通鏡子那樣機械地反映現實。正如高爾基說過的，俄羅斯風景畫家列維坦作品中那種美是並非現實的，因為在現實中那種美「並不存在」。[20]的確，藝術並不能完全獨立於生活，然而在藝術的旗幟上，我們常常會發現現實生活中沒有的、絢爛豐富的色彩。

---

[20] 高爾基，《文學寫照》，巴金譯，人民文學出版社一九七八年版，第214頁。

語言的牢房
——結構主義的語言學和人類學

　　趙元任先生曾把一個德國故事中國化，講一個老太婆初次接觸外語，覺得外國人說話實在沒有道理：「這明明兒是水，英國人偏偏兒要叫它『窩頭』（water），法國人偏偏兒要叫它『滴漏』（de l'eau），只有咱們中國人好好兒的管它叫『水』！咱們不但是管它叫『水』誒，這東西明明兒是『水』麼！」[1]可是，也許英國老太太會爭辯說，這東西明明是water；法國老太太又會說，它明明是de l'eau；而德國老太太會認為她們都不對，因為在她看來，這東西明明是Wasser。這些老太太們都沒有跳出語言的牢房。她們不明白語言符號完全是約定俗成，其意義完全決定於各自所屬的符號系統。可是，要跳出語言的牢房又談何容易，因為你跳出一個符號系統，不過是進入另一個符號系統，要脫離任何語言系統來思維或表達思維，都是不可思議的。

　　那麼，是否可以通過研究語言的規律來探測思維的一般規律呢？這正是當代哲學努力探討的問題，也是叫做結構主義的思潮所關切的問題。結構主義基本上是把語言學的術語和方法廣泛應用於語言之外的各個符號系統，歸根結蒂是要尋求思維的恒定結構。在文學研究中也是一樣，語言學模式有極重要的意義。所以要瞭解結構主義文論，就不能不首先瞭解結構主義語言學的某些基本原理。

---

[1] 趙元任，《語言問題》，商務印書館一九八〇年版，第3頁。

一、語言學模式

瑞士語言學家菲迪南・德・索緒爾的《普通語言學教程》是為結構主義奠定基礎的重要著作。在這本書裡，索緒爾建立了共時（synchronic）語言學，認為不僅可以從歷時（diachronic）方面去研究語言的發展變化，還應當從現時用法的角度，把語言作為一個符號系統來研究。強調語言的系統性，也就是強調其結構性，因為按照皮亞傑的定義，結構意味著一個完整自足的系統，組成這系統的各個成分在性質和意義兩方面，都取決於這系統本身的一套規範。[2]拿上面那個故事為例，幾位老太太互相爭執，就因為她們各自的符號系統不一樣，對中國老太太說來，只有符合漢語規範的「水」才有意義，而water，eau，Wasser都沒有意義。由此可見，單詞和語句即日常使用的具體語言，都是在整個符號系統裡才有意義。我們要懂得另一種語言的詞句，就必須掌握那種語言的詞彙和語法，也就是它的符號系統。我們具體使用的詞句叫言語（Parole），整個符號系統叫語言（langue），具體言語千差萬別，因人因時而異，但它們能表情達意，讓使用同一種語言的人都能明白，就由於它們總是遵從同一種規範，或者說同一個符號系統規定了它們的意義。索緒爾區別語言與言語，就突出了語言系統的結構性質，確認任何具體言語都沒有獨立自足的意義，它們能表情達意，全有賴於潛在的語言系統起作用。這條原理應用于文學研究，就必然打破新批評那種自足的作品本體的概念，因為結構主義者把個別作品看成文學的表述即「言語」，一類作品的傳統程式和格局則是文學的「語言」。正像脫離了整個符號系統，孤立

---

[2] 參見皮亞傑（Jean Piaget），《結構主義》（*Le Structuralisme*），巴黎一九六八年版，第一章。

的詞句就沒有意義一樣，不瞭解文學程式的「語言」，任何作品也都不可能真正被理解。

　　系統規範和具體言語之間的關係，在聲音的層次上已經表現得很清楚。以雅各布森和特魯別茨柯依（N.Trubetskoy）為代表的布拉格學派發揮索緒爾的思想，對音位學作出了很大貢獻。人類發音器官能發出的音和耳朵能辨別的音很多，但並非所有的音都有區別詞義的功用。在漢語裡，「多」和「拖」是不同的兩個字，它們的區別只是輔音即聲母的不同，前者不送氣，後者送氣。輔音的送氣和不送氣在漢語裡有區別詞義的功用，也就成為兩個音位（phonemes）。可是在英語裡，送氣和不送氣的輔音沒有區別詞義的功用，在語音層次上有實際差異，在音位層次上卻沒有區別，所以stall（馬廄）不送氣的〔t〕和tall（高大）送氣的〔t'〕，在中國人聽起來差別很大，在英、美人聽起來卻沒有什麼不同。中國話的四聲能區別詞義，也就具有音位的意義。「拼」、「貧」、「品」、「聘」發音相同，因聲調不同而成四個不同的字，在英、美人聽來卻沒有區別，因為在他們的語言裡，聲調並沒有音位的意義，用不同聲調念同一個詞，意義並不改變。由此可見，儘管有許多實際上不同的聲音聲調，但只有被一種語言的共時結構所承認的差別，說那種語言的人才能辨認，才覺得有意義。在這裡，我們明顯看出語言系統對個別語言的決定作用；同時也看出一個音有意義不是由於它本身的性質，而是由於它在語言系統裡和別的音相關聯，形成一定的對比。例如在一句話裡我們聽懂「多」字，是因為我們辨別出是不送氣的「多」，而不是送氣的「拖」。這種對比關係就是結構主義理論中十分重要的「二項對立」（binary opposition）的原理，這條原理不僅適用於音位的層次，而且適用於詞和句等各個層次。

　　索緒爾給詞即語言符號下了這樣的定義：「語言學的符號不是把一個事物與一個名稱統一起來，而是把一個概念與一個有聲意象（image acoustique）統一起來」。[3]有聲意象又稱能指（signifiant），概念又稱所指（signifié），兩者合起來就構成一個符號。用能指去命名所指概念，完全是任意的，例如水的概念叫做「水」，water，eau或Wasser等等，完全是約定俗成；高大多枝葉的植物在中文叫「樹」，英文叫tree，法文叫arbre，德文叫Baum，俄文又叫дерево，都講不出必然的理由。正像朱麗葉說的：

What's in a name? That which we call a rose
By any other word would smell as sweet.

名字有什麼？我們叫玫瑰的那種花
換成別的名字還不是一樣芬芳。[4]

然而玫瑰一旦叫做玫瑰，就不能隨便改動，因為這個符號的意義已經在符號系統中固定下來。索緒爾說：「語言是一個由互相依賴的各項組成的系統，其中任何一項的價值都完全取決於其他各項的同時存在。」[5]換言之，語言中任何一個詞或句都在和別的詞或句形成二項對立時，表現出它的價值和意義。就玫瑰而言，由於還有像月季、丁香、罌粟等許多別的符號存在，相對於它們，玫瑰就只能叫玫瑰。

　　語言存在的方式是時間性的。一幅畫的畫面可以同時呈現在眼前，但一句話無論是聽還是讀，都總是一個個字按時間順序依次出現。於是語句的展開有一種水平方向的時序運動，其中每個詞都和前後的詞形成對立並表現出它的意義。例如賈島的名句：「鳥宿池邊樹，僧敲月下

---

[3] 索緒爾（F.de Saussure），《普通語言學教程》（Cours de linguistique générale），巴黎一九四九年第四版，第98頁。

[4] 莎士比亞（Shakespeare），《羅密歐與朱麗葉》（Romeo and Juliet）第二幕第二場。

[5] 索緒爾，《普通語言學教程》，前引法文本第159頁。

門」，我們要一個個字讀下來，到句尾才明白其意義。在語言學上，這就構成語言歷時的或橫組合的（syntagmatic）方面。索緒爾又指出另一種十分重要的關係：一句話裡的每個詞和沒有在這句話裡出現而又與之相關聯的詞也形成對比。「僧敲月下門」的「敲」字和沒有在句中出現的「推」字形成對比，這未出現的「推」顯然有助於確立「敲」字的意義甚至這整句詩的意境。這是中國人熟知的例子。這樣，語句的形成就有一種垂直方向上的空間關係，索緒爾稱之為聯想關係，也就是語言共時的或縱組合的（paradigmatic）方面。由此可見，語句中每個詞的意義並不是本身自足的，而是超出自身之外，在縱橫交錯的關係網中得到確立。換言之，語言中任何一項的意義都取決於它與上下左右其他各項的對立，它的肯定有賴於其他各項的否定。所以索緒爾說：「語言中只有差異。不僅如此，差異一般意味著先有肯定項，然後才能形成與之不同的差異；但在語言中卻只有無肯定項的差異。」[6]這就完全打破以單項為中心的概念，認為語言中任何一項都相對于其他項而存在，沒有「上」也就沒有「下」，沒有「內」也就無所謂「外」等等。這個思想影響深遠，正如喬納森・卡勒所說：「的確，結構分析中最重要的關係也是最簡單的：即二項對立。無論語言學的典範還起過什麼別的作用，毫無疑問的是它鼓勵了結構主義者以二項的方式思考，無論他們研究什麼材料，都在其中去尋找功能上互相對立的兩面。」[7]在結構主義者看來，二項對立不僅是語言符號系統的規律，而且是人類文化活動各個符號系統的規律。只因為語言是最重要最明顯的符號系統，所以語言學可以為研究其他符號系統提供一個基本模式。

---

[6] 同上，第166頁。

[7] 卡勒（Jonathan Culler），《結構主義詩學》（*Structuralist Poetics*），倫敦一九七五年版，第14頁。

二、結構主義人類學

　　語言學術語和方法在人類學研究中的應用，是結構主義從語言學走向其他學科的最早標誌之一。法國人類學家克勞德・列維－斯特勞斯象索緒爾那樣，力求在零散混亂的現象下面去尋找本質上類似於語言系統的結構。他認為雅各布森和特魯別茨柯依的理論貢獻是「音位學的革命」，其重要啟示是不能把文化中任何一項看成獨立自足的實體，而應在各項的相互關係中確定其價值。

　　列維－斯特勞斯把親族關係、婚姻習俗、飲食方法、圖騰象徵等等人類學材料，都放在二項對立關係中去考察，力求見出它們的內在結構。例如，他發現舅甥和父子之間有互補的聯繫：在較原始的社會裡，如果兒子絕對服從父親，他和舅父之間就是一種十分親近的關係；在有些地方，兒子和父親十分親近，舅父就非常嚴厲，代表著家族的權威。經過仔細分析，他發現這兩對互相對立的關係只是全世界親族關係系統的一個方面，而這個系統包括四對關係，即兄妹、夫妻、父子、舅甥，其中兄妹和舅甥是相應的關係，夫妻和父子也是相應關係。列維－斯特勞斯通過這些二項對立關係的分析，發現它們都是「普遍存在的亂倫禁忌的直接結果」，而把親族關係的系統最終看成「一種語言」，即一個完整的符號系統。[8]只有瞭解親族系統的「語言」，才能深入瞭解舅甥、父子等具體「言語」的意義。

　　列維－斯特勞斯認為，表面上十分複雜淩亂的語言學和人類學材料能有類似的結構，是由於人類文化現象具有共同的「無意識基礎」。[9]另一個重要的結構主義者雅克・拉康又說：「無意識在結構上很像是語

---

[8]　列維－斯特勞斯（Claude Lévi-Strauss），《結構人類學》（*Structural Anthropology*），倫敦一九七二年英譯本，第46，47頁。

[9]　同上，第18頁。

言」，而「夢具有語句的結構」。[10]在這一點上，結構主義和弗洛伊德
學說顯然交接到了一起。為了探索這「無意識基礎」，列維－斯特勞斯
著重研究原始思維、圖騰和神話，因為神話不講邏輯，似乎可以任意編
造，而世界各地的神話又大同小異，令人驚訝地相似，這就不能不歸結
為人類思維的普遍基礎：「如果人的思維甚至在神話的創造中也是有
條理的，在其他方面必然更是如此」。[11]事實上，列維－斯特勞斯把神
話看成一個自足的符號系統或「語言」，它在自己的結構中生成各個
神話故事的具體表述或「言語」，而在他看來，世界各地的神話故事
大同小異，說明不是各民族任意創造神話，倒是神話系統本身決定著
各民族神話的創造。所以他說：「我的目的不是證明人怎樣借神話來
思維，倒是神話怎樣借人來思維而不為人所知。」[12]這說明他不是解釋
個別神話的意義，而是探尋全部神話的「無意識基礎」的決定作用。
因此，他往往把不同民族的神話或同一神話的各種變體加以比較，找
出功能上類似的關係，並且仿照音位學術語，把這些關係的組合稱為
「神話素」（mythemes）。他認為同一神話不僅在一種敘述中展開，
而且和不同變體及不同的其他神話相關聯，分析神話必須把它們同時
加以考慮。這樣，每一神話都不僅在歷時性即橫組合的軸上展開敘
述，而且在共時性即縱組合的軸上與別的變體或別的敘述相聯繫，象
交響樂的總譜一樣，既有橫向上的旋律，又有縱向上的和聲。[13]神話的
意義，正像語言中任何詞句的意義一樣，都在這縱橫交錯的關係網中得
到確立。

---

[10] 雅克·拉康（Jacques Lacan），《文集》（Écrits），巴黎一九六六年版，第594，
　　267頁。
[11] 列維－斯特勞斯，《生食與熟食》（Le Cru et le cuit），巴黎一九六四年版，第
　　18頁。
[12] 同上，第20頁。
[13] 見列維－斯特勞斯，《結構人類學》，第212頁。

對神話的研究使列維－斯特勞斯相信，神話也有它的邏輯，而且「神話思維的這種邏輯與現代科學的邏輯同樣嚴密」。[14]這種神話邏輯或圖騰邏輯是原始人類的思維方式，它不是分析性的抽象邏輯，而是一種具體的形象思維，有一種所謂「拼合」（bricolage）能力，直接用具體形象的經驗範疇去代替抽象邏輯的範疇。這種神話邏輯用自然事物在二項對立中代表抽象的關係，為原始人類滿意地解釋他們周圍的世界。例如日和月這對事物，也就是中國古代的陰和陽這二項對立，在不同場合可以代表夫妻、兄妹、剛柔等等幾乎任何相反相成的事物。如果一個部落相信自己是熊的後代，另一個部落自命為鷹的後代，「這不過是一種具體簡略的說法，說明這兩個部落之間的關係類似於熊和鷹之間的關係」。[15]熊和鷹在這裡像日月一樣，不過是圖騰邏輯的兩個具體符號，在二項對立中象徵分別以熊和鷹為圖騰這兩個部落的關係。又如英法民間有一種風俗，姊妹二人如果妹妹先結婚，行婚禮時便有一種儀式，讓姐姐光著腳跳舞或讓她吃一盤生菜，或者把她舉起來放在爐灶上。列維－斯特勞斯認為這些風俗不能孤立地分開來解釋，而應當聯繫起來找出它們共同的特徵。[16]他發現這些儀式用生食與熟食來代表自然與社會的對立：光著腳跳舞和吃生菜表示姐姐尚未成熟而進入社會，把她放上灶台則是象徵性地把她「煮熟」。西方文化的傳統觀念認為大女兒獨身不嫁是壞事，所以這些儀式實際上是象徵性的懲罰或象徵性的補救。按照列維－斯特勞斯的意見，飲食和烹調不僅是反映某種文化的一套複雜的符號系統，而且象生與熟這樣的二項對立顯然和陰陽五行觀念一樣，可以代表自然與文明等各種對立關係。有了這種具體邏輯，就不難「在自然狀態和社會狀態之間建立起類同關係，或更確切地說，就有可能把

---

[14] 見同上，第230頁。

[15] 列維－斯特勞斯，《今日的圖騰》（*Le Totémisme aujorrd'hui*），巴黎一九六二年版，第44頁。

[16] 列維－斯特勞斯，《生食與熟食》，第341頁。

地理、氣象、動物、植物、技術、經濟、社會、儀節、宗教和哲學等不同方面的有意味的對照等同起來」。[17]未開化的原始人總是用此事物去比擬和代表彼事物，建立起有複雜聯繫的世界圖像，所以在這個意義上，「可以把原始思維定義為類比思維」。[18]

然而所謂原始思維並不限於原始人類。列維－斯特勞斯指出，這種「野蠻人」的思維方式其實在一切人頭腦中都是潛在的，在野蠻人那裡表現為神話，在文明人那裡則表現為詩。在這一點上，他和從維柯到弗萊的神話批評理論顯然有共同之處。然而他不是偏重於心理學，而是受益於語言學，給他以啟示的不是弗雷澤和榮格，而是索緒爾和雅各布森。

三、小結

在關於索緒爾語言學和列維－斯特勞斯人類學這篇簡略的介紹裡，我們還沒有接觸到結構主義文論的主要內容，但只要再把這兩者的基本理論略加概括，就不難見出它們對文學研究可能作出的貢獻和可能帶來的問題。

索緒爾提出的「語言」和「言語」是結構主義最基本的概念。應該強調的是，語言系統並不是個別言語的集合，而是一套抽象規範，我們只有通過或者說透過言語行動的例證，才能認識它的存在和它的性質。這就意味著任何深入到系統的研究，都必須透過個別現象深入到普遍本質，或者說從表層結構走向深層結構。在文學研究中，這就必然突破固守作品本文的狹隘觀念，強調任何作品只有在文學總體中與其他作品相關聯，才能真正顯出它的意義。這在我們的閱讀經驗中是可以得到證明

---

[17] 列維－斯特勞斯，《野蠻人的思維》（*The Savage Mind*），倫敦一九六六年英譯本，第93頁。
[18] 同上，第263頁。

的，因為讀一首詩和真正讀懂一首詩，往往正是從一首詩的表層深入到文學總體的結構。例如曹植的《美女篇》寫一位採桑女美貌非凡，卻還沒有稱心如意的丈夫，於是只好「盛年處房室，中夜起長歎」。從語言表層看，這首詩並不難讀，它是寫一位美女因為得不到男子寵愛而憂愁。然而這只是字面意義；作為文學的象徵，美女還有如《樂府詩集》所說的另一層意義：「美人者，以喻君子。言君子有美行，願得明君而事之；若不遇時，雖見徵求，終不屈也」。瞭解這層象徵意義，才算讀懂了這首詩。可是，這層意義從詩的語言表層並不能見出，它是從何而來的呢？如果我們知道中國古詩有以香草美人喻賢士君子的傳統程式，不得意的詩人往往以被冷落的美人自況，如果我們把《美女篇》裡「盛年處房室，中夜起長歎」和屈原《離騷》裡「惟草木之零落兮，恐美人之遲暮」相比較，這層意義就很顯豁了。由此可見，一首詩的象徵意義並不是作品本文固有的，而往往依賴於同類型作品的同時存在，決定于文學系統的規範。讀一首詩只接觸到本文的語言表層，而讀懂一首詩則要求把握由文學總體結構所決定的深一層意義。在這一點上，結構主義詩學頗能給人啟發，因為在某種意義上，結構主義詩學正是一種「閱讀實踐的理論」。[19]

　　結構分析中十分重要的二項對立以及語言的橫組合和縱組合兩種關係的概念，在結構主義文論中都有廣泛的應用，我們以後將作進一步討論。我們還將看到，列維－斯特勞斯的神話分析對敘述體文學研究的影響也是不可低估的。他認為神話思維有具體邏輯，當然和藝術創造的形象思維很接近，所以神話即是詩，或者更確切地說，神話是一切敘述體文學的雛形和模式。他不滿足於對個別神話作一般性解釋，卻把一個神話與其他神話相比照，找出它們功能上類似的關係，建立起連貫的體系，並由此見出神話表層下面隱含的邏輯聯繫和意義。就象語言學家透

---

[19] 卡勒，《結構主義詩學》，第259頁。

過具體言語總結出一套語法那樣，列維－斯特勞斯也是在神話分析中描述神話系統的語言。而他相信，一旦掌握了這種語言，我們就能讀懂似乎荒誕不經的神話。所以卡勒認為，列維－斯特勞斯「似乎在創造一種閱讀理論」，對於研究文學的閱讀說來，這種理論可以為我們提供「一個難得的範例」。[20]

當列維－斯特勞斯說，他研究神話不是為證明人借神話來思維，「倒是神話怎樣借人來思維而不為人所知」，我們顯然可以意識到結構主義否定人的客觀唯心主義傾向。另一個著名的結構主義者福柯更公然宣稱：「人不過是一種近代發明，是一個還不到兩百年的形象，是我們認識上一個簡單的折皺，而一旦認識找到新的形式，他就會立即消失」。[21]他所謂兩百年是從笛卡爾唯理主義哲學占統治地位的啟蒙時代算起。笛卡爾認為，我思（cogito）即意識的主體賦予萬物以意義。結構主義在系統規範的關係中界定意義，認為個別的意識主體並不一定能把握意義，於是在結構分析中，人作為思維主體就消失在結構的巨大陰影裡。在對程式、規範和普遍性的關注中，結構主義者往往忽略事物的細節和特殊性。人消失了，生動的內容也消失了，一切都歸結為程式的決定作用，這種簡化傾向（reductionism）的確是結構主義的弊病。

全部結構主義都是從索緒爾語言學裡萌發出來的。可是索緒爾的理論是建立在同一種語言的共時系統之上，而列維一斯特勞斯卻把不同文化背景的神話納入同一系統來研究，就象把英語、法語、德語、漢語揉在一起，尋找適用於不同語言的普遍語法。換言之，把語言學模式套用于人類學或文學等別的領域時，結構主義者好像按一種語言的語法去講別種語言的話，說出來總帶著洋腔洋調，而且不一定都有意義。我們一開頭提到幾位老太太，她們局限於各自的語言而不理解其他語言的意

---

[20] 同上，第51頁。
[21] 米歇爾・福柯（Michel Foucault），《言與物》（*Les Mots et les choses*），巴黎一九六六年版，第15頁。

義。結構主義者以另一種方式同樣局限於一種語言，即用語言學的語言去理解和談論其他符號系統的意義。在這點上，我們可以說，結構主義者和那幾位老太太一樣，仍然沒有跳出語言的牢房。

詩的解剖
——結構主義詩論

　　認為自然和藝術的美都象活的有機體，一經冷靜的理性剖析，便遭破壞而了無生氣，這是浪漫主義時代十分普遍的觀念。華滋華斯有幾行詩便是這種觀念的體現：

> Sweet is the lore which Nature brings;
> Our meddling intellect
> Misshapes the beauteous forms of things——
> We murder to dissect.

> 大自然給人的知識何等清新；
> 我們混亂的理性
> 卻扭曲事物優美的原形——
> 剖析無異於殺害生命。[1]

　　照此看來，對自然和藝術只能有直覺的感受，不能有理性的分析，這就等於從根本上取消了批評。然而批評總是存在的，它幾乎和藝術同樣古老。於是在文學批評中，這種有機論變成另一個意思，即象新批評

---

[1] 華滋華斯（W.Wordsworth），《勸友詩》（*The Tables Turned*）。

派那樣，把一首詩看成一個完整自足的獨立實體，它的各個成分「不是象一束花那樣並在一起，而是像一株活的植物，花和其他部分互相關聯」。[2]這樣，藝術和批評的矛盾消失了，只要批評家注意作品各個成分的「有機聯繫」，本文分析就不再影響作品的「生命」。正如我們說過的，文學的有機論是新批評派的一個基本觀念。

結構主義者對新批評理論基礎的動搖，正在於完全不把作品本文看成一個獨立自足、有本體意義的客體。他們強調文學系統對個別作品的決定作用，他們的分析著眼於超乎作品之上的系統結構，而不在作品本身。結構主義批評家反對有機論觀念，他們真有點象解剖麻雀或青蛙那樣，要看看在一首詩裡，究竟是哪些帶普遍意義的語言特性在起作用。

一、雅各布森的語言理論

詩借語言而存在，語言分析對詩的研究就十分重要，好比色彩分析之於繪畫，旋律與和聲的分析之於音樂一樣。這是俄國形式主義者、布拉格學派和現代結構主義者共同的信念。把這三種思潮聯繫起來的一位重要人物，就是語言學家羅曼・雅各布森。作為一位形式主義者，雅各布森曾提出「文學性」概念，作為一位結構主義語言學家，他始終試圖從語言功能上說明文學性，研究語言怎樣成為詩的語言。

雅各布森在研究語言交際活動的背景上探討詩的語言特點，發現詩性功能占主導時，語言不是指向外在現實環境，而是強調信息即詩的文字本身。和穆卡洛夫斯基所謂語言的「突出」一樣，詩性功能使語言最大限度地偏離實用目的，把注意力引向它本身的形式因素如音韻、詞

---

[2] 布魯克斯（Cleanth Brooks），《作為結構原則的反諷》（*Irony as a Princple of Structure*），見亞當斯（H.Adams）編《自柏拉圖以來的批評理論》，第1042頁。

彙和句法等等。雅各布森認為語句的構成總是有選擇（selection）與組合（combination）兩軸。選擇軸相當於索緒爾的縱組合概念，即語句中出現的詞是從許多可以互換的對等詞語中挑出來的，例如「僧敲月下門」的「敲」字替換「推」字，又如杜甫《晝夢》：「桃花氣暖眼自醉，春渚日落夢相牽」，「桃花」是從早春時節的各種花中選擇來寫入詩裡的，如梨花、楊花等等，這些詞都是桃花的對等詞語。組合軸相當於索緒爾的橫組合概念，即語句中出現的詞前後鄰接，互相連貫地組合在一起。雅各布森認為詩的語言的基本特點，就是在前後鄰接的組合中出現對等詞語，或如他所說：「詩性功能把對等原則從選擇軸引申到組合軸」；[3] 而體現這種原則最為豐富的材料，「應當在那種要求相連詩句必須形成對偶的詩中去尋找。」[4] 他自己舉的例包括《聖經》裡的詩篇、芬蘭西部和俄國的口傳民歌；其實這些詩不過是排比，中國律詩有嚴格的對仗，比雅各布森所舉各例更能說明這個道理。律詩對仗要求一聯中的兩句在字數、平仄、句法和意義上都必須形成對偶，如上引一聯中「桃花」與「春渚」、「氣」與「日」、「暖」與「落」等都是對等詞語。尤其有所謂「當句對」，如杜甫《曲江對酒》：「桃花細逐楊花落，黃鳥時兼白鳥飛」，《聞官軍收河南河北》：「即從巴峽穿巫峽，便下襄陽向洛陽」等句，桃花、楊花、黃鳥、白鳥、巴峽、巫峽、襄陽、洛陽等等，都是可以互換的對等詞語，好象本來在縱向選擇軸上展開的詞，被強拉到橫向組合軸上，使前後鄰接的字呈現出音與義的整齊和類似，借用雅各布森的話來說，是「把類似性添加在鄰接性之上」。[5] 錢鍾書先生在《談藝錄》裡說：「律詩之

---

[3]　雅各布森（Roman Jakobson），《語言學與詩學》，見塞比爾克（T.A.Sebeok）編《語言文體論集》（*Style in Language*），麻省理工學院出版社一九六〇年版，第358頁。

[4]　雅各布森，《隱喻和換喻的兩極》（The Metaphoric and Metonymic Poles），見亞當斯編《自柏拉圖以來的批評理論》，第1114頁。

[5]　雅各布森，《語言學與詩學》，見前引《語言文體論集》，第370頁。

有對仗，乃撮合語言，配成眷屬。愈能使不類為類，愈見詩人心手之妙」。[6]所謂「使不類為類」，正是「把類似性添加在鄰接性之上」，因此詩的語言總是把音、義或語法功能上對等的詞語依次展開，既靈活多變，形式上又極度規整，和日常實用語言相比，幾乎成為另一種獨特的語言。

雅各布森相信，語言分析可以揭示詩句組織的特點。於是在具體分析時，他往往尋找語法功能相同的詞在詩中的平均分配，奇數詩節和偶數詩節表現出的對稱等等，由此見出詩句結構的格局。他與列維一斯特勞斯合作對波德萊爾（Baudelaire）十四行詩《貓》（Les Chats）的分析，就是實際應用這派理論的一個典型範例。他們主要以語法分析為基礎，尋找詩中各部分間的對等關係。在這裡我們不可能也沒有必要詳述他們那繁冗的分析。雅各布森在理論上儘管有獨特貢獻，他的批評實踐卻並不成功，正如米歇爾·里法代爾指出的，雅各布森和列維一斯特勞斯所說那些音位和語法範疇的對等關係，一般讀者是覺察不到的，因此，「詩的語法分析至多只能說明詩的語法」，而無助於說明「詩和讀者的接觸」，也就無助於說明詩的效果。[7]作為語言學家，雅各布森把語言分析本身看成詩的一種解釋，但是，不考慮讀者怎樣理解和組織詩中各個成分，就無法解釋詩的實際效果，無法說明語言特性怎樣在詩裡起作用。要建立一套真正能說明詩的特點的理論，就必須考慮信息和信息接受者即詩和讀者之間的關係，這也正是結構主義詩論後來發展的方向。

---

[6] 錢鍾書，《談藝錄》，第219頁。參見同書第13，216-218頁論「當句對」。

[7] 里法代爾（Michael Riffaterre），《描述詩的結構：分析波德萊爾〈貓〉的兩種方法》，見湯普金斯（Jane P. Tompkins）編《讀者反應批評》（Reader-Response-Criticism），巴爾的摩一九八〇年版，第36頁。

二、卡勒論詩的程式

　　喬納森·卡勒的《結構主義詩學》是一部很有用的參考著作，在這本書裡他不僅綜述結構主義文論的各方面成果，而且提出自己的看法。他認為雅各布森的詩論僅以語言特性為基礎，就必然失敗，因為一段文字是否是詩，不一定取決於語言本身。從法國結構主義者耶奈特的著作裡，他引了這樣一個有趣的例子：

Hier sur la Nationale sept

Une automobile

Roulant à cent à l'heure s'est jetée

Sur un platane

Ses quatre occupànts ont été

Tués.

昨天在七號公路上

一輛汽車

時速為一百公里時猛撞

在一棵法國梧桐上

車上四人全部

死亡。[8]

8　耶奈特（Gérard Genette），《形象論二集》（Figures II），巴黎一九六九年版，第150-151頁。

　　這本是一段極平常的新聞報道，一旦分行書寫，便產生不同效果，使讀者期待著得到讀詩的感受。如果說這算不得詩，那麼請看下面這首：

This Is Just to Say	便條
I have eaten	我吃了
the plums	放在
that were in	冰箱裡的
the icebox	梅子
and which	它們
you were probably	大概是你
saving	留著
for breakfast	早餐吃的
Forgive me	請原諒
they were delicious	它們太可口了
so sweet	那麼甜
and so cold	又那麼涼

　　這是美國詩人威廉斯（William Carlos Willams）一首頗為著名的詩，它和一張普通便條的重要區別，不也在那分行書寫的形式嗎？這當然是近於極端的例子，然而將散文語言稍加變化以成詩句，在中國古代也不乏先例。韓愈以文為詩，辛棄疾以文為詞，皆不為病，如辛詞《前調》「杯，汝來前」一首，就是有名的例子；再如《哨遍》：「有客問洪河，百川灌雨，涇流不辨涯涘。於是焉河伯欣然喜，以為天下之美盡在已。渺冥，望洋東視，逡巡向若驚歎，唶：『我非逢子，大方達觀之家，未免長見悠然笑耳！』」這詞全用莊子《秋水》首段文意，用語也和莊子原文接近。這類例子說明，詩之為詩並不一定由語言特性決定，

散文語句也可以入詩，而一首詩之所以為詩，在於讀者把它當成詩來讀，即耶奈特所謂「閱讀態度」（attitude de lecture）。換言之，語言的規整和獨特還不足以概括全部詩的情況，讀者讀詩時自然會取一定態度，作出一定的假設，這些程式化的期待（conventional expectations）才使人把詩當成詩，把詩的語言區別於日常實用的語言。[9]

卡勒討論讀詩時的程式，第一是詩的非個人性（impersonality）：由於詩不是實際的言語行動，詩裡的地點、時間、人稱都並不指向現實環境，而只是使讀者能據以想像出詩的虛構環境，所以即便是抒個人之情的詩，也並不純是記載一個傳記性的事實，讀者也總是能從中見出普遍性的情趣。第二是詩的整體性（totality）：日常的言語行動不一定是完整的，但詩卻是自足的整體，理解詩也總是力求把詩中各部分連貫成一整體，使其中各成分能互相闡發。與此相關的第三個程式是詩必有意義（significance）：我們讀詩，總假定它包含著大於字面的意義，所謂讀懂一首詩，就是找出它的言外之意。例如前面引威廉斯那首短詩，我們一旦把它當作詩來讀，就不把它看成一張實用的便條，而尋找它作為詩可能包含的深一層意義。按卡勒的解釋，吃梅子是一種「直接的感官經驗」，這種合乎自然要求的享受卻違背了「社會禮俗」，兩者之間形成對立，而用便條形式寫成的這首詩則是一種「調解力量」，它一方面請求原諒，承認禮俗的重要，另一方面又通過最後幾行肯定了感官享受的權利，認為在人與人（即詩中的「你」與「我」）之間的關係裡，應當為這類感官經驗留出一定餘地。[10]卡勒還談到另一個程式，尤其適用於詞意晦澀或極簡短的詩，那就是這類詩的意義往往在於反映或探討詩本身的問題。法國詩人阿波利奈爾（Apollinaire）只有一行的小詩《歌手》（Chantre）便是一例：

---

[9] 卡勒（Jonathan Culler），《結構主義詩學》（Structuralist Poetics），倫敦一九七五年版，第164頁。

[10] 卡勒，《結構主義詩學》第175頁。

Et l'unique cordeau des trompettes marines.

水上號角的唯一一根弦。

據卡勒說，歌手即是詩人，而這一行詩當是講詩本身。這行詩前後兩個名詞詞組組成二項對立，而且都有雙關意義：cordeau（弦）暗指cord'eau（水的號角），trompettes marines既是「水上號角」，又有「木制樂器」的含義，因此這兩個詞組是對等的，而利用語言的雙關、多義和對等原則，正是詩的特點。於是卡勒作出如下解釋：「這首詩只有一行，因為水上號角只有唯一一根弦，但語言基本的含混卻使詩人得以用詩的一根弦奏出音樂來。」[11]這一解釋正是根據上面所講的程式作出來的：這詩雖只一行，卻完整而有意義，它的含義恰是描述詩本身的性質。解釋這首詩，就應當找出其中的二項對立或對等關係，圓滿解釋其雙關語和多義語，把詩中各項看成比喻和象徵，隱含著言外之意。各種修辭手法是幫助我們解釋文學作品的工具，因為把作品中的詞句都看成象徵形式，就可以把它們和超出字面之外的意義聯繫起來，作出合理的解釋。與此同時，卡勒又強調說：「理解詩並不僅僅是一個變無意義為有意義的過程。」[12]結構主義者並不僅僅以合理解釋詩中違背普通語言邏輯的種種難解之處為目的，卻認為詩是詞語的解放，使詞語得以擺脫實用目的的羈絆而「閃爍出無限自由的光輝，隨時向四面散射而指向一千種靈活而可能的聯繫。」[13]由此看來，結構主義者在剖析詩的同時，還希望保持詩的完整性與靈活性，欣賞它文字遊戲的性質。

---

[11] 卡勒，《結構主義詩學》第177頁。

[12] 卡勒，《結構主義詩學》第182頁。

[13] 羅蘭‧巴爾特（Roland Barthes），《寫作的零度》（Le Degré zéro de l'écriture），巴黎一九七二年版，第37頁。

三、總結與批評

　　結構主義者注重文學系統的「語言」，不那麼注重個別作品的「言語」，注重語言普遍性的功能，不那麼注重其特殊性的表現，然而詩作為語言藝術的特殊形式，重要的正在於具體字句的組織安排。中國古詩有所謂「詩眼」，講究「煉字」，因為詩格高低往往就在一字一句間見分曉。陶潛的「採菊東籬下，悠然見南山」，若改「見」為「望」字，全詩的意味就被破壞。《詩林廣記》引《蔡寬夫詩話》說：「『採菊東籬下，悠然見南山。』此其閒遠自得之意，直若超然邈出宇宙之外。俗本多以『見』為『望』字，若爾，則便有褰裳濡足之態矣。乃知一字之誤，害理有如此者。」又引《雞肋集》記載蘇東坡的解釋：「陶淵明意不在詩，詩以寄其意耳。『採菊東籬下，悠然望南山』，則既採菊，又望山，意盡於此，無餘蘊矣，非淵明意也。『採菊東籬下，悠然見南山』，則本自採菊，無意望山，適舉首而見之，悠然忘情，趣閒而意遠。此未可於文字精粗間求之。」這說明詩人用的字與他要表現的情趣意味密切相關，在一定的語境裡只能有一定適當的字，即法國人所謂le mot juste（確切的字），不能隨意改動。分析詩若不考慮字句的細節，只從普遍性的大處著眼，就很難做到細緻深入。正像卡勒自己承認的，「結構主義者很難論述具體的詩作，至多不過說，它們可以作例子來證明詩背離普通語言功能的各種方式。」[14]把握住宏觀的框架，卻不能深察微觀的細節，避免了瑣碎，卻又失之粗疏，這正是結構主義文論的根本缺陷。比較起散文小說來，詩的字句尤其有不可移轉更動的獨特性，所以整個說來，結構主義在詩論方面不如在小說理論方面成就突出，也就是意料之中的事了。

---

[14] 卡勒，《結構主義詩學》第183頁。

　　雅各布森和卡勒固然都是結構主義者，從我們簡略的介紹也可以看出，他們的理論卻很不相同：雅各布森強調語言特性，卡勒則注重閱讀過程中的程式和假定。我們可以說，雅各布森的理論以作品語言為重心，明顯帶著形式主義的印記，而卡勒的理論力求考慮到讀者與作品的關係，借用他自己提到的一個術語來說，接近於一種「閱讀的現象學」。[15]例如在詩的語言問題上，雅各布森著重偏離日常語言的詩性功能，認為詩的語言是極度規整化的、反常出奇的語言，而卡勒則舉出以文為詩的例子，證明無論怎樣的語言，只要以一定格式寫出來，使讀者把它當成詩來讀，就具有詩的性質。卡勒的程式說當然有一定道理，我們在討論施克洛夫斯基的「陌生化」概念時，已經闡明以俗語入詩、以文為詩在文學史上是經常出現的事實。但是，我們不能不承認，以文為詩能夠產生「陌生化」的新奇效果，正由於大部分詩的語言不同於散文的語言，以文為詩成為少數例外，所以顯得突出而新奇。然而有例外恰好證明有公例。雅各布森認為詩的語言儘量偏離日常語言的實用目的，和穆卡洛夫斯基所謂語言的「突出」一樣，是把言語行動即信息本身提到首位，在形式上和一般散文語言大不相同，這種看法對於絕大部分詩是完全適用的。詩受到音韻格律的限制，在文法上就不能不放寬，所以古今中外的詩人都享有所謂「詩的破格的特權」（poetic licence）。例如杜甫《秋興八首》之八有「香稻啄餘鸚鵡粒，碧梧棲老鳳凰枝」一聯，按通常語言應是「鸚鵡啄餘之香稻粒，鳳凰棲老之碧梧枝」，這種倒裝在散文裡講不通，是不允許的，在詩裡卻成為名句。《詩人玉屑》卷六記載王仲題試館絕句，有「日斜奏罷長楊賦，閒拂塵埃看畫牆」句，王安石很讚賞，替他改成「日斜奏賦長楊罷」，而且說：「詩家語，如此乃健。」這說明中國古人把「詩家語」和常語相區別，按常語講不通的，在詩裡卻是健語妙語。「詩家語」和常語的差別正合於雅各

---

[15] 同上，第184頁。

布森、穆卡洛夫斯基等人的理論。錢鍾書先生在《談藝錄》補訂稿中將清代李玉洲的一段話與西方的論述相比較，這一點講得更清楚：

> 捷克形式主義論師謂「詩歌語言」必有「突出處」，不惜乖違習用「標準語言」之文法詞律，刻意破常示異（foregounding, the intentional violation of the norm of the standard, distortion）；故科以「標準語言」之慣規，「詩歌語言」每不通不順（Jan Mukarovský:「Standard Language and Poetic Language」, in Donald C.Freeman,ed., *Linguistics and Literary Style*, 1970, 40ff）。實則瓦勒利反復申說詩歌乃「反常之語言」，於「語言中自成語言」（C'est bien le non-usage,c'est un langage dans un langage Variété, in Oeuvres, Bib.de la Pléiade, I, 1293, 1324）。西班牙一論師自言開徑獨行（totalmente independiente），亦曉會詩歌為「常規語言」之交易（la poesīa como modificación de lalengua o norma），詩歌之字妥句適（la única expresión propia）即「常規語言」中之不妥不適（la「lengua」la expresiónimpropia）（詳見 Carlos Bouso ño, *Teoria de la expresión poética*, 1952, 6a ed., 1976, I, 13-6, 113-5）。當世談藝，多奉斯說。余觀李氏《貞一齋詩說》中一則云：「詩求文理能通者，為初學言之也。論山水奇妙曰：徑路絕而風雲通。徑路絕，人之所不能通也，如是而風雲又通，其為通也至矣。古文亦必如此，何況於詩。」意謂在常語為「文理」欠「通」或「不妥不適」者，在詩文則為「奇妙」而「通」或「妥適」之至；「徑路」與「風雲」，猶夫「背襯」（background）與「突出處」也。已具先覺矣。[16]

---

[16] 錢鍾書，《談藝錄》補訂本。

　　詩歌語言千變萬化，在一個極端是乖離常語的「詩家語」，在另一個極端又是接近常語的散文句式作品，兩極端之間的詩作在與常語的離合上，則像一條光譜那樣，呈現出各種不同程度的變化。因此，應當考慮到這兩個極端的二項對立，使雅各布森和卡勒所論互為補充而得出較為完備的理論。

　　卡勒所列詩的幾個程式，首先是非個人性，不僅使詩脫離作者的個人身世，也使之脫離作者的歷史環境，所以他所說詩的整體性仍然是作品本文封閉式的整體性，詩的意義雖然超出作品字面，但並不能在社會歷史的背景中找出它的線索。在這一點上，結構主義似乎是放大了的新批評形式主義，儘管它否定單部作品的封閉性，卻又把文學總體看成一個封閉系統。文學研究完全成為歷史和作者生平的研究固然不可取，完全不考慮作家個人及其時代環境對作品的影響，也會失去一個相當重要的領域而流於片面和單薄。詩，包括抒情詩，固然不是純個人的，但在我們看來，承認詩的非個人性意味著承認它包含著普遍性的內容。一首詩如果純粹是個人的，就不可能使讀者產生共鳴，也就不可能有藝術感染力，甚至不成其為詩。但承認非個人性不必否定詩包含的普遍性內容須透過非常獨特的、具有作者個性特點的形象和語言呈現出來。文學作品不同的風格顯然帶著時代風尚和作者個性的鮮明印記，離開歷史和作家生平的研究，風格特點便難以闡明。因此，非個人性與個性，或者說普遍性與特殊性，作品與作者及其歷史環境，在文學研究中是又一種二項對立，只有考慮到這種對立，理解它們之間相反相成的辯證關係，才能建立起真正較為完備的文學理論。

故事下面的故事
——論結構主義敘事學

　　美國詩人羅伯特・弗洛斯特（Robert Frost）把詩定義為「在翻譯中失掉的東西」，就是強調詩的語言有不可改易一字的獨特性。這種看法相當普遍，所以西方有一句廣為流傳的意大利諺語：traduttore，tradittore（翻譯者即反逆者）。相對而言，散文語言還不至如此嚴格，尤其是敘事性的神話、童話、民間傳說等等，改動一兩個字甚至變更敘述方式，所講的故事不一定就變得面目全非。列維－斯特勞斯把詩和神話看成語言的兩個極端：「神話是語言中『翻譯者即反逆者』這個公式最不能適用的部分。……詩是不可翻譯的語言，一經翻譯，便難免嚴重歪曲；而神話的神話性價值即便經過最壞的翻譯仍可保存。」究其原因，則是由於「神話的實質不在文體，不在獨特的音韻，而在它講述的故事。」[1]同一個神話故事可以有不同變體，甚至可以用不同形式來表現，如戲劇、芭蕾舞、電影等等，只要是同一個神話的內容，它們就講述著同一個故事，這故事當然也可以經過翻譯而在不同語言裡存在。在列維－斯特勞斯看來，神話總是許多變體同時並存，是「一束關係」，[2]而在所有變體下面則是神話的基本結構，即神話的故事。熟悉結構主義語言學那套術語的人立即可以看出，神話的具體敘述和它的

---

[1] 列維－斯特勞斯（Claude Levi-Strauss），《結構人類學》（*Structura Anthropology*），倫敦一九七二年英譯本，第210頁。

[2] 同上，第211頁。

基本故事之間正是「言語」和「語言」、表層結構和深層結構之間的關係。結構主義者既然注重普遍系統的「語言」和深層結構，在敘事文學的研究中，他們便追尋那深層的基本故事。他們在研究中不僅僅「看」，而且努力「看穿」，即透過具體作品的表述看出那故事下面的故事來。

一、童話的概括

儘管亞里斯多德在《詩學》裡就分析過包括人物、情節在內的構成藝術模仿的各個成分，但他的《詩學》談的主要是悲劇和史詩，歷來的文論也主要以詩和戲劇為分析對象。結構主義雖非最先研究小說者，但以敘事文學作為主要對象無疑是結構主義文論的特點。敘事文學包括從簡的民間故事直到複雜的現代小說等範圍廣泛的文學體裁和作品，又有人物、環境、行動等共同的結構因素，且在語言形式上不像詩那樣獨特，所以自然成為結構主義者最感興趣的研究領域。

正像整個結構主義受到俄國形式主義的影響一樣，結構主義「敘事學」（narratology）也是從二十年代一位俄國學者弗拉基米爾・普洛普那裡得到啟發。普洛普並不是直接屬於俄國形式主義那個圈子裡的人物，但他的《童話形態學》同樣是二十年代俄國文評裡最有影響的著作。他不滿意維謝洛夫斯基等十九世紀研究者把童話按人物和主題分類的方法，認為這種方法不夠系統嚴密。例如「龍劫走了國王的女兒」這個主題，普洛普認為並不成為單獨一類，因為龍可以換成巫婆、巨人或別的任何邪惡者，國王可以換成父親或任何所有者，女兒可以換成任何可愛而嬌弱的角色，劫奪可以換成使之失蹤的任何別的行動方式。這樣看來，「龍劫走了國王的女兒」就是幾個角色和一定行動構成的一個情節單位。普洛普研究了一百個俄羅斯童話，發現童話裡「常常把同一行

動分配給各種不同的人物」，[3]許多不同的人物實際上是重複同樣的行動，所以人物雖然千變萬化，他們在童話裡的活動和作用卻很有限。普洛普把「從對情節發展的意義看來的人物的行動」稱為「功能」，[4]以此為出發點，就可以對各種各樣的童話有效地進行歸納和概括。研究的結果得出四條原則：

    1.人物的功能是故事中恒定不變的因素，不管這些功能是怎樣和由誰來完成。它們是構成故事的基本成分。

    2.童話中已知功能的數量是有限的。

    3.功能的排列順序總是一樣的。

    4.所有童話就結構而言都屬於同一類型。普洛普總結出的功能一共有三十一種，他逐一比較各個童話，發現每個童話總是包含這三十一種功能中的某一些，而且其排列順序總是相同。這三十一種功能包括了童話裡所有的典型情節，如主人公出發探險、與妖魔搏鬥、取得勝利、最後贏得幸福等等。普洛普還把完成這些功能的情節歸納為七個「行動範圍」，相應的角色則有：

    1.反面人物

    2.為主人公提供某件東西者

    3.幫助者

    4.公主（被追求的人）及其父親

    5.派主人公外出歷險者

    6.主人公

    7.假主人公

這些角色在童話中可以由各種人物擔任，有時同一個人物可擔任幾個角色，也有時幾個人物共同擔任同一種角色。童話人物的功能和行動

---

[3]　普洛普（V.I.Propp），《童話形態學》（*Morphology of the Folktale*），司科特（L.Scott）英譯，得克薩斯大學出版社一九六八年第二版，第20頁。

[4]　同上，第21頁。

範圍都有固定的數目，這實際上就在所有童話下面找出了一個由角色和功能構成的基本故事，現存的一切童話都不過是這基本故事的變體或顯現。普洛普的理論超出表面的經驗範疇，著眼於情節與功能、人物與角色之間的關係，對於理解所有敘事文學的本質都很有幫助。就象語言學家從複雜多變的詞句中總結出一套語法規則一樣，普洛普也是從一種文學體裁的各個具體作品中抽象出一套基本規則。這套規則有助於把變化多端的文學現象簡化為容易把握的基本結構，因此象列維－斯特勞斯的神話分析一樣，在結構主義敘事學的發展中具有重要意義。

二、神話的破譯

普洛普以單個童話為分析單位，尋找故事的基本形式，列維－斯特勞斯的分析單位卻是一組神話的基本故事，他要尋找的不是一個藝術形式，而是一個邏輯形式，也就是原始神話隱含的意義。羅蘭・巴爾特在六十年代初的一篇文章裡曾經寫道：「尋找意義的人（*Homo significans*）：這可能就是結構研究所體現的新人」。[5]在這一點上，列維－斯特勞斯的神話分析正可以代表結構主義的一個重要方面。

列維－斯特勞斯把神話比成交響樂的總譜，因為象交響樂一樣，神話不是在一條單線上展開，而是同時有許多變體並存。他認為要打破神話線性發展的情節，才能破譯它的密碼，明白其隱含的意義。他釋讀俄狄浦斯神話，已經成為一個經典性例子。[6]他舉例說，如果有這樣一串數字：1，2，4，7，8，2，3，4，6，8，1，4，5，7，8，1，2，5，7，3，4，5，6，8，……，這本來難以找出其中規律，但若把所有的1，2，3等分列出來，就可得出這樣一個表：

---

[5] 羅蘭・巴爾特（Roland Barthes），《結構主義的活動》（*L'activite structuraliste*），見《批評文集》（*Essais critiques*），巴黎一九六四年版，第218頁。

[6] 見列維－斯特勞斯，《結構人類學》，第213-214頁。

```
12   4    78
                      23 4   6 8
                      1   45   78
                      12   5   7
                      3 45  6   8
```

　　他用同樣辦法來對待俄狄浦斯神話。這神話的情節本來是線性發展的：卡德莫斯尋找其妹歐羅巴；後來殺死巨龍，將龍牙種在地上；從那裡冒出龍種武士向他進攻，他擲一寶石在他們之間，龍種武士為爭奪寶石而自相殘殺，最後只剩五位，幫他建立起底比斯城；後來俄狄浦斯殺父娶母，成為底比斯王；如此等等。但列維－斯特勞斯認為，情節掩蓋了神話的邏輯意義，要理解它的意義，就要打破情節線索，把神話情節象上面那串數字一樣重新安排成這樣：

　　卡德莫斯尋找
　　　其妹、被宙斯
　　　所劫的歐羅巴
　　　　　　卡德莫斯
　　　　　　殺龍

　龍種武士們　　　拉布達科斯（拉伊
　　自相殘殺　　　　俄斯之父）＝瘸子
　　俄狄浦斯殺　　　（？）拉伊俄斯（俄狄
　　其父拉伊俄斯　　　浦斯之父）＝左腿有
　　　　　　　　　　病的（？）
　　俄狄浦斯　　　　俄狄浦斯＝腳腫的

殺斯芬克　　　　　（？）
　　斯

　俄狄浦斯娶
　　其母約卡斯塔

　　　　　　　艾提歐克勒斯
　　　　　　　殺其兄玻
　　　　　利尼昔斯
　　　　　　　安提戈涅違抗
　　　　　　　禁令葬其兄
　　　　　　　　　　　　玻利尼昔斯

　　　此表從左到右分為四欄，第一欄的特點是兄妹或母子的關係過分親密，第二欄是殺父殺兄，兩者恰好形成相反的二項對立。第三欄是人戰勝從大地裡長出來的妖魔，第四欄幾個人名都表示人無力正常行走，與第三欄人有力量也形成二項對立。那麼這神話的邏輯意義是什麼呢？列維－斯特勞斯認為，希臘古人相信人類象植物那樣，是從泥土裡長出來的，但又知道事實上每個人都由男女的交媾而生，這是一個矛盾；而俄狄浦斯神話把由一個（即泥土）還是由兩個（男與女）生出來這個問題，和另一個問題相關聯：由同一還是由不同的親緣關係生出來？按列維－斯特勞斯的意思，第一欄的亂倫暗示人由同一親緣關係出生，第二欄親人自相殘殺暗示與第一欄截然相反的關係。第三欄人殺死妖魔暗示人不是由泥土而生，第四欄人無力行走又暗示人擺脫不了由泥土而生的狀態。這就是說，互相矛盾的對立面在神話裡共同存在，並行不悖，矛盾也就得到了調和；對於古代人類，俄狄浦斯神話也就成為具體思維

的「邏輯工具」，起調和和解決矛盾的作用。[7]所以，列維－斯特勞斯說：「神話思維總是從意識到對立走向對立的解決」。[8]

在這裡，列維－斯特勞斯並不僅僅是對一個具體神話故事作出解釋，因為人由泥土還是由男女婚配而生，正如生食還是熟食那樣，歸根結蒂象徵著自然與文明的對立。我們或者可以說列維－斯特勞斯是以二項的方式思考，在俄狄浦斯神話中去尋找自然與文明對立的體現。正因為如此，他這靈巧而新穎的解釋顯得非常任意而武斷。這首先表現在神話情節的選擇取捨上：俄狄浦斯神話裡有一些重要情節被列維－斯特勞斯丟掉了，而他選擇的只是比較合乎二項對立框架的那些情節。其次表現在神話情節的歸類上：把卡德莫斯尋找被宙斯劫走的妹妹、安提戈涅掩埋屍曝於野的哥哥與俄狄浦斯娶母為妻歸成一類，實在十分牽強。儘管列維－斯特勞斯沒有明說這一欄的共同點是亂倫，而用了一個笨拙的術語叫「親族關係的過高估價」（rapports de parenté sur-estimés），但亂倫主題顯然是這神話中重要的因素，也和他所說人由同一親緣關係出生密切相關。這樣，列維－斯特勞斯如果承認這一欄的共同點是亂倫主題，卡德莫斯和安提戈涅的故事歸入此欄就很牽強，如果他不承認亂倫主題，那就根本忽略了俄狄浦斯神話中一個重要因素而無力作出滿意的解釋。最後一點，即列維－斯特勞斯的解釋是否大大加深了我們對神話邏輯意義的理解，也很可懷疑：這裡揭示出的毋寧說是預先設立的一個邏輯結構。然而儘管有這些缺陷，列維－斯特勞斯的神話分析卻對結構主義敘事學發生了不小的影響，為打破情節的線性發展、尋找隱藏在情節下面的邏輯結構提供了一個範例。

---

[7] 見列維－斯特勞斯，《結構人類學》，英譯本第216頁。

[8] 見列維－斯特勞斯，《結構人類學》，英譯本第224頁。

三、敘述的語法

　　在列維－斯特勞斯和尤其是普洛普的基礎上，結構主義者把尋找基本的敘述結構作為目標，探討所謂「小說詩學」。普洛普童話中總結出的功能無論得到支持還是受到批駁，都往往成為後來者的出發點，如格萊麥和托多洛夫等，他們的著作代表著結構主義敘事學的重要發展。

　　格萊麥把人定義為「說話的動物」（homo loquens），認為語言結構必然決定一切敘述結構，最終構成所謂「情節的語法」，而這種語法的根本規律就是思維和語言中普遍存在的二項對立關係。基於這一認識，他把普洛普提出的童話角色的七種活動範圍進一步簡化成三組對立關係，即主體對客體、發送者對接受者、援助者對敵手，並認為故事中任何人物總不外乎是這些「行為者」（actants）中的一種或兼有某幾種的功能。[9]他批評普洛普的三十一種功能仍不夠簡要概括，離具體情節仍嫌太近。例如其中第二和第三種功能是主人公得到禁令和他違背禁令，在二項對立中，它們實在是同一關係的兩項：違背只是禁令的反面。於是格萊麥把各種功能歸納起來，提出三類「敘述組合」，即「契約性組合」（敘述命令和接受命令、禁令和違背禁令等等）、「完成性組合」（敘述歷險、爭鬥、完成某項任務等等）以及「分離性組合」（敘述來去，離別等等）。[10]這些組合關係把「行為者」的活動組合成情節，使文學作品的故事象語句那樣成為一種可以分析的語義結構。

　　在探討「敘述的語法」方面，茨維坦・托多洛夫取得的成就大概最為突出。他曾據列維－斯特勞斯釋讀俄狄浦斯神話的範例，認為分析故事應把情節按照類似性結構（homological structure）分為四欄。但他後

---

[9]　見格萊麥（A.J.Greimas），《結構語義學》（Sémantique structurale），巴黎一九
　　六六年版，第175-180頁。
[10]　見格萊麥，《論意義》（Du Sens），巴黎一九七〇年版，第191頁及以下各頁。

來認識到，這種做法完全忽略故事橫向組合的線性發展，在情節的取捨和描述上都有過分武斷的危險。在《〈十日談〉的語法》一書中，他就在注重語句排列的基礎上，探討基本的敘述結構。

托多洛夫首先分辨出敘述的三個層次，即語義、句法和詞語，如果說格萊麥主要在語義層次上進行分析，那麼托多洛夫則主要注意句法。他分析《十日談》，就先把每個故事簡化成純粹的句法結構，然後再作分析。他得出的兩個基本單位是命題（proposition）和序列（sequence），即句和段。命題是最基本的敘述單位，如「X與Y尋歡作樂」，「X決定離開家」，「X來到Y家裡」等等。序列則由可構成一個獨立完整故事的一連串命題組成。一個故事至少有一個序列，但往往包含多個序列。例如《十日談》的一個故事，佩羅涅娜正在偷情，忽聽見丈夫回家來，便把情人藏進一隻大桶裡。她騙丈夫說有人要買這隻桶，正在察看，丈夫信以為真，便去打掃這桶，她和情人卻趁機繼續調情。托多洛夫把這故事轉變成這樣一串命題：「X犯了過錯，按社會習俗的要求，Y應當懲罰X；但X想逃避懲罰，於是採取行動改變情境，結果Y相信她無罪而未懲罰她，儘管她繼續原來的行為」。[11]由此可以看出，命題主要由專有名詞（X、Y等）和動詞構成。托多洛夫認為，「如果我們明白人物就是一個專有名詞，行為就是一個動詞，我們就能更好地理解敘事文學」。[12]他完全按語法分析的模式，把人物都看成名詞，其屬性都是形容詞，所有行為都是動詞；形容詞又分表狀態、性質、身份等三類，所有動詞則可最後歸結為「改變情境」、「犯過錯」和「懲罰」等三個。關於《十日談》的語法，托多洛夫還作出許多細緻的分析和描述，大致說來，他也象格萊麥那樣，把整個作品看成一種放大了的句子結構。

---

[11] 托多洛夫（Tzvetan Todorov），《〈十日談〉的語法》（*La Grammaire du Décaméron*），海牙一九六九年版，第63頁。

[12] 同上，第84頁。

　　托多洛夫在體裁理論方面也很有成就，他的《論幻想作品》就是這方面一部重要著作。正像克勞迪奧・紀廉所說，文學史總是明顯表現出「向系統即結構化方向發展的趨勢」；[13]在文學發展中一種體裁與整個文學系統的關係，自然成為結構主義者很感興趣的一個問題。紀廉自己關於流浪漢小說（the picaresque）的分析，歸納出八個基本特點：1.流浪漢是個孤兒，一個與社會幾乎無關的人，一個不幸的遊子，成年卻未脫稚氣。2.小說是假的自傳體，由流浪漢自己敘述。3.敘述者的觀點片面而帶偏見。4.敘述者對一切都學習和觀察，並拿社會來做試驗。5.強調生存的物質方面，如描繪飲食、饑餓、錢財等等。6.流浪漢要觀察到各種情形的生活。7.流浪漢在橫向上要走過許多地方，縱向上要在社會中經歷變化。8.各段情節鬆散地串在一起，互相連接而不緊密相扣。這些特點加在一起，可以說就是自《小癩子》（一五五三）以來一切流浪漢小說的基本「語法」，因為在紀廉看來，體裁是一套「意識符號，實際從事寫作的人在著作中總要服從這套符號規定」。[14]托多洛夫則是在讀者的體驗中去尋找幻想作品的體裁特徵。他認為讀者給作品中敘述的怪異情節以合乎理性的解釋，就是把它看成離奇作品（l'étrange），如果給它以超自然的解釋，它就成為志怪作品（le merveilleux），只有在讀者拿不准它究竟屬於哪一類時，它才是幻想作品（le fantastique）。「因此，讀者的猶疑是幻想作品的第一個條件」；「幻想作品不僅意味著要有在讀者和故事主人公心裡引起猶疑的離奇事件，而且意味著一種閱讀方式」。[15]這樣，文學體裁就不僅是作品的歸類，而且是如卡勒所說，「讀者與作品接觸時引導讀者的規範或期待」。[16]事實上，這也是

---

[13] 克勞迪奧・紀廉（Claudio Guillén），《作為系統的文學》（*Literature as System*），普林斯頓一九七一年版，第376頁。

[14] 克勞迪奧・紀廉，同前引書第390頁。

[15] 托多洛夫（Tzvetan Todorov），《論幻想作品》（*The Fantastic*），霍華德（R.Howard）英譯，康奈爾大學出版社一九七五年版，第31、32頁。

[16] 卡勒，《結構主義詩學》，第136頁。

作者寫作時服從的規範。作者按現存體裁的規範去寫作，讀者也按這套規範去閱讀，在閱讀中隨時期待著這種體裁應當提供的東西。正因為如此，文學體裁總是相對穩定的、程式化的、規範性的，也即結構性的範疇。然而真正的藝術又總帶著獨創性，它不僅僅合乎規範，也往往改變現存規範。所以托多洛夫說：「每部作品都修改可能存在的全部作品的總和，每個新範例都改變整個種類。我們可以說，藝術的語言每次說出來時的具體言語都不會全合語法。」[17]最後這句話很值得注意，因為結構主義的要義一直在於強調語言系統對於具體言語的決定作用即普遍規範對個別作品的決定作用，承認每個新範例並不全合語法，就等於違反了這一基本要義。如果說在《〈十日談〉的語法》中，托多洛夫完全在作品的句法結構裡尋找敘述的基本特徵，那麼在《論幻想作品》中，體裁的特徵已經不僅僅在作品本身，而是在閱讀當中去尋找。從注重文學的語法走向注重文學的閱讀，在讀者的活動而不在語言結構本身去尋求理論基礎，這意味著從正統的結構主義走向一個新的階段，走向結構主義的超越即所謂後結構主義。

四、總結與批評

　　自普洛普對童話功能進行概括以來，我們看到結構主義敘事學一直在把各種形式的敘事作品不斷加以簡化、歸納和概括，追尋最基本的敘述結構，發現隱藏在一切故事下面那個基本的故事。列維－斯特勞斯認為神話分析的目的是達到人類思維的「無意識基礎」，托多洛夫宣稱研究文學的語法是為了最終認識那決定世界結構本身的「普遍的語法」。結構主義者把複雜而範圍廣闊的文化現象概括成容易把握的基本原則和規範，確實使我們更明確地意識到這些現象之間隱含的共性和普遍聯

---

[17] 托多洛夫，《論幻想作品》，英譯本第6頁。

繫，同時為理解個別現象提供一個可以參照的思考框架。索緒爾共時語言學對現代語言理論的貢獻和影響就是一例，結構主義者對文學體裁的分析和描述，也的確使我們更好地認識到文學的系統性和連續性。正是由於這種高度的概括性和系統性，對於在五花八門的現代文化現象面前感到困惑的西方，對於開始厭倦存在主義個體傾向的六十年代的法國知識界，結構主義提供了另一種可能性，自然就顯得極有吸引力。在文學研究中，結構主義超越修辭分析和作品詮釋的形式主義，把文學理論和批評推向一個注重綜合的階段，就是必然的趨勢。直到今天，在研究文學作品時注意它與其他作品的聯繫，注意採取多角度和比較的方法，尋求普遍性的結論，在一定意義上可以說都是結構主義留下的遺產。

　　與此同時，結構主義也帶著它自身嚴重的局限，在一切故事下面去追尋一個基本的故事，就必然產生一系列問題。首先，這種按語言學模式總結出的敘述的語法，不可避免會忽略決定每部作品藝術價值的具體成份，不可能對作品作出審美的價值判斷。這一點不能不大大影響結構主義敘事學在實踐批評中的應用。其次，無論在語義、句法還是詞語的層次上討論，結構主義者都把作品的基本結構看成自足的系統，不考慮或很少考慮它與社會歷史的關係，而敘事文學，尤其是小說，本身就是一種思想交際活動，即一種社會的活動。最後，也是最根本的一點，就是分別具體故事和基本故事、敘述和敘述的語法、表層結構和深層結構等等，正像芭芭拉·史密斯所批評的，好像是尋求一種「柏拉圖式的理念形式」，這種二元論似乎把一切具體敘述看成次級的存在，而在它們下面去尋求一個超驗的存在，一個先於和高於一切故事的「柏拉圖式的故事」。[18]事實上，即使先於作品存在著作品的素材，這些素材也並不就是作品，並不具有藝術品的審美價值。俄國形式主義者施克洛

---

[18] 芭芭拉·史密斯（Barbara H.smith），《敘述理論與文學研究的領域》（*Narrative Theory and the Domain of Literary Studies*），參加一九八三年八月中美學者比較文學討論會的論文打字稿第6，22頁。

夫斯基區別故事（фабупа）和情節（сюжет），實際上是講素材須經過
「陌生化」的變形才成為藝術作品。英國作家福斯特（E.M.Forster）在
《小說面面觀》中把故事（story）和情節（plot）相區別，也是講按時
序發生的事件在小說裡成為藝術情節，是強調了事件之間的因果關係。
但在托多洛夫那裡，這兩個概念變成「故事」（histoire）和「話語」
（discours），卻是假定一個先於敘述而存在的基本故事，這就帶上了
超驗的色彩。這種追尋基本故事的努力使結構主義敘事學顯然趨於簡單
化和抽象化，離文學的具體性越來越遠，也就逐漸脫離文學中豐富的內
容，使結構主義文論顯得虛玄而枯燥，缺乏生動的魅力。

　　結構主義在六十年代的法國知識界，後來在歐美各國都產生很大
影響，直到現在，結構主義的理論、方法和它取得的成就仍然在西方引
起各種不同的反響。然而在西方文論的舞臺上，時間就象一位技藝高超
的魔術師，在他彈指一揮間，一個盛極一時的流派早已退場，另一個新
的流派又隨之興起。當前的西方文論已經不是結構主義所能執牛耳的
了，「後結構主義」這個詞的出現和流行就說明了這一點。但是，正如
喬納森・卡勒在一本近著裡所說：「為了發明『後結構主義』，就不得
不先把結構主義縮小成一幅狹隘的漫畫。標榜為『後結構主義』的許多
東西，其實在結構主義著述中早已十分明顯了」。[19]後結構主義並不是
結構主義的全盤否定，而是在其基礎上的發展。所有這些不同的主義和
流派都各有特色，各有長處和缺陷，而對我們說來重要的是，它們的理
論和方法，它們的探索和失誤，都無疑可以幫助我們意識到一些新的問
題，瞭解國外文學研究中一些新的情況。僅此一端就足以引起我們的重
視，對它們作認真的瞭解和嚴肅的思考。

---

[19] 卡勒（Jonathan Culler），《巴爾特》（Barthes），《馮丹納現代名人叢書》
　　（*Fontana Modern Masters*），格拉斯哥一九八三年版，第78頁。

結構的消失
——後結構主義的消解式批評

　　孟德斯鳩假一波斯人之口，譏諷巴黎婦女趕時髦的情形說：「我怎麼可能為你準確描繪她們的衣著服飾呢？新的式樣一出來，我所作的就象她們的裁縫所作的一樣，全成廢品；或許在你接到這封信之前，一切早就又變了樣子。」[1]本世紀六十年代以來，巴黎在批評理論方面時時更新的式樣，用二百年前孟德斯鳩那句話來形容也許十分貼切。這個變動不居的特點最明顯不過地體現在才華橫溢的法國文論家羅蘭・巴爾特身上。喬納森・卡勒說：「巴爾特是一位拓荒播種的思想家，但他總是在這些種子發芽抽條的時候，又親手將它們連根拔去。」[2]在六十年代，巴爾特是引人注目的結構主義者，他自己承認「一直從事於一系列的結構分析，目的都是要明瞭一些非語言學意義上的『語言』。」[3]到六十年代末結構主義成為文壇正宗的時候，巴爾特卻又轉到新的方向去。一九七〇年發表的重要著作《S/Z》，劈頭第一句就是對追尋基本結構的批判：

　　　　據說某些佛教徒憑著苦修，終於能在一粒蠶豆裡見出一個國家。這正是早期的作品分析家想做的事：在單一的結構裡……見出全

---

[1] 孟德斯鳩（Montesquieu），《波斯人書信集》（*Lettres Persanes*），第99札。

[2] 卡勒（Jona than Cu ller），《巴爾特》（*Barthes*），《馮丹納現代名人叢書》（*Fontana Modern Masters*），格拉斯哥一九八三年版，第12頁。

[3] 羅蘭・巴爾特（Roland Barthes），「今日的文學」，見《批評文集》（*Essais critiques*），巴黎一九六四年版，第155頁。

世界的作品來。他們以為，我們應從每個故事裡抽出它的模型，
然後從這些模型得出一個宏大的敘述結構，我們（為了驗證）再
把這個結構應用於任何故事：這真是個令人殫精竭慮的任務……
而且最終會叫人生厭，因為作品會因此顯不出任何差別。[4]

　　對於結構主義敘事學的簡化傾向，這無疑是十分中肯的批評。結構
主義者把語言學模式應用於文學研究，認為系統結構是單部作品意義的
根據或來源，後結構主義者則反對這一觀點，對文學作品、本文、意義
等等重要概念，都提出十分激進的反傳統的看法。

一、邏各斯中心主義的批判

　　如果說索緒爾是結構主義之父，那麼雅克・德裡達無疑是後結構主
義最重要的思想家，他的理論也正是在對索緒爾、列維－斯特勞斯等結
構主義代表人物的批判中建立起來的。結構主義以語言學為模式，德裡
達的批判也主要圍繞語言文字問題，並由此引向對西方哲學傳統中「邏
各斯中心主義」（logocentrism）的攻擊。

　　「邏各斯」（Logos）在古希臘哲學中既表示「思想」（Denken），
又表示「說話」（Sprechen）；在基督教神學中，它表示上帝說的話，
而上帝的話也就是上帝的「道」（Wort）。[5]換言之，在邏各斯這個術語
裡，思維與口頭言語、道理的「道」與開口說道的「道」合而為一，活
的聲音可以直接表達明確的意義甚至神的真諦；與此同時，書寫的文字
則只是人為的外加表記，且往往辭不達意，導致各種誤會。柏拉圖在

---

[4]　羅蘭・巴爾特，《S/Z》，巴黎一九七〇年版，第9頁。
[5]　見里特爾（J.Ritter）與格隆德爾（K.Grunder）合編《歷史的哲學辭典》（*Historisches Worterbuch der Philosophie*）第五卷，巴塞爾與斯圖加特一九八〇年版，「邏各斯」條。

《斐德若篇》裡指責書寫的文字只是一種有嚴重缺陷的外在符號；自柏拉圖以來，許多哲學家都責難語言的局限性，尤其認為書寫文字是不可靠的傳達媒介，只有脫口而出的話才象透明的玻璃，讓人清楚看到原來的意思。這種邏各斯中心主義認定在語言表達之前先有明確的內在意義，語言文字只是外在形式：意義好象靈魂，語言象粗俗的肉體，或者意義象存在的肉體，語言只是它的服飾。亞里斯多德說：「口說的話是內心經驗的表徵，書寫的話則是口說的話的表徵。」[6]索緒爾在《普通語言學教程》裡也說：「語言和文字是不同的兩種符號系統；第二種存在的理由只在於代表第一種。」[7]列維－斯特勞斯像盧梭那樣，認為文字的發明使人失去原始時代人與人之間真切自然的關係，「文字固然給人類帶來極大好處，但也確實使人喪失了某種根本的東西。」[8]把文字看成人為的、外在的、可有可無的工具，口頭言語才是自然的、內在的本來實質，這種看法和盧梭關於自然與文明的看法很接近，即接近於「返回自然」那種浪漫主義的觀念。在語言問題上，盧梭恰好也是一個邏各斯中心主義者，認為「人類最初的語言……最普遍、最有力的唯一的語言，就是自然的呼聲。」[9]

在語言問題上，結構主義者顯然還囿於邏各斯中心主義的傳統。這種傳統重聲音而輕文字，以為「聲音與存在、聲音與存在的意義以及聲音與意義的理想性絕對近似。」[10]說得通俗些，就是凡我想到的都能

---

[6] 亞里斯多德（Aristotle），《論闡釋》I.1643.見《範疇論與論闡釋》（*Categories and De Interpretatione*），阿克利爾（J.L.Ackri11）英譯，牛津一九六三年版，第43頁。

[7] 索緒爾（F.de Saussure），《普通語言學教程》（*Coursde linguistique generale*），巴黎一九四九年第四版，第45頁。

[8] 列維－斯特勞斯（Claude Lévi-Strauss），《結構人類學》（*Structural Anthropology*），倫敦一九七二年英譯本，第366頁。

[9] 盧梭（J.J.Rousseau），《論人類不平等的起源和基礎》，見《社會契約論與論文集》（*The Social Contract & Discourses*），倫敦一九二〇年「人人叢書」英譯本，第191頁。

[10] 德里達（Jacques Derrida），《論文字學》（*Of Grammatology*），斯彼瓦克（G.C.Spivak）英譯，巴爾的摩一九七四年版，第12頁。

立即用口說出來；用索緒爾的術語來說，凡我想到的概念即所指，都有一個有聲意象即能指與之相應，能指與所指完全吻合，兩者合起來就成為一個語言符號。然而，正是索緒爾自己闡明了任何符號的能指命名所指，都是約定俗成，一棵樹的概念（所指），無論口說還是筆寫成「樹」（能指），都無必然理由，因為同一個概念在不同語文裡，可以說成或寫成不同的字。換言之，口頭語並不比書面文字更直接、更優越。索緒爾也闡明了語言中「只有無肯定項的差異」，[11]符號的意義並非本身自足，而是在與別的符號形成對立和差異時才顯出來；一個符號可以和無數別的符號形成差異，所以符號的意義也就在無數差異的對立關係中變動遊移。由此看來，邏各斯中心主義設想那種等級次序是錯誤的，因為我們並非先有明確固定的意義，用口說出話來，然後再寫成拼音文字。意義即所指，口說或筆寫的字即能指，都在差異中成立，差異是語言文字的基礎，也就是廣義的文字，所以德里達說：「在狹義的文字出現之前，文字早已在使人能開口說話的差異即原初文字（arche-writing）中出現了。」[12]德里達並不是簡單地顛倒傳統的等級次序，主張文字先於口語，因為他所謂文字有反傳統的特別含義，正如一位評論者指出的：「我們此後必須區別（1）邏各斯中心主義的『文字』，那是指傳達口頭詞語的工具，按字母拼音的文字，以及（2）文字學意義上即後結構主義的文字（écriture），那是指使語言得以產生的最初過程。」[13]德里達常常把中文這種非拼音文字作為反邏各斯中心主義的例證，他設想的「文字學」（Grammatology），正是以東方語文而非以西方拼音文字為依據的。

---

[11] 索緒爾，《普通語言學教程》法文本第166頁。

[12] 德里達，《論文字學》，英譯本第128頁。

[13] 文森特・裡奇（Vincent B.Leitch），《消解批評引論》（*Deconstructive Criticism: An Advanced Introduction*），紐約一九八三年版，第26-27頁。

二、符號的遊戲

　　德里達主要是一位哲學家，然而他關於語言文字的哲學在文學理論和批評的領域裡發生了最明顯的影響。在這裡，我們從他對語言符號的理解開始，簡略考察一下這種影響。

　　德里達把符號理解為印跡（trace），因為符號總是在與別的符號相對立和比較中顯出意義，別的符號也就有助於界定它的意義，在它上面留下它們的印跡。在講到索緒爾關於語言縱組合方面的概念時，我們曾舉「僧敲月下門」句為例，說明句中出現的「敲」字帶著沒有出現的「推」字（以及其他類似動詞）的印跡。出現的和沒有出現的、存在和不存在的都表現在同一符號裡，所以每個符號都若有若無，像是「被劃掉的」（sous rature）一樣。由於一篇作品裡的符號與未在作品裡出現的其他符號相關聯，所以任何作品的本文都與別的本文互相交織，或者如朱麗婭・克利斯蒂瓦所說：「任何作品的本文都是像許多引文的鑲嵌品那樣構成的，任何本文都是其他本文的吸收和轉化。」[14]中國詩文講究用典，往往把前人辭句和文意嵌進自己的作品裡，使之化為新作的一部分，這很可以幫助我們理解所謂「互文性」（intertextualité）概念。但「互文性」不僅指明顯借用前人辭句和典故，而且指構成本文的每個語言符號都與本文之外的其他符號相關聯，在形成差異時顯出自己的價值。沒有任何本文是真正獨創的，所有的本文（text）都必然是「互文」（intertext）。「互文性」最終要說明的是：文學作品的意義總是超出本文範圍，不斷變動遊移。語言符號比結構主義者設想的要複雜得多，它並不是由一一對應的能指和所指構成，而符號系統也沒有固定的

---

[14] 朱麗婭・克利斯蒂瓦（Julia Kristeva），《符號學：意義分析研究》（*Sémiotikè: Recherches pour une sémanalyse*），巴黎一九六九年版，第146頁。

結構，卻更像各成分互相變化流通的網。結構主義者設想有一個超然結構決定符號的意義，成為意義的根據或中心，並且力求對這個結構作出客觀描述。後結構主義者卻否認任何內在結構或中心，認為作品本文是一個「無中心的系統」，並無終極的意義，就象巴爾特所說那樣，文學作品就象一顆蔥頭，「是許多層（或層次、系統）構成，裡邊到頭來並沒有心，沒有內核，沒有隱秘；沒有不能再簡約的本原，唯有無窮層的包膜，其中包著的只是它本身表層的統一。」[15]

否定作品有不變的內核，也就否定作品的封閉性，因為「有中心的結構這一概念實際上就是限定或凝固的遊戲的概念」。[16]在德里達看來，認為作品有內在結構，而且結構決定作品的終極意義，就會把意義的遊移固著在一種解釋裡，限死了本來是閃爍變化的符號的遊戲；把限定性結構強加給遊移的意義，實際上表露出追求終極本源的慾望，而這當然是邏各斯中心主義的表現。德里達否認有終極意義，他所理解的本文或「互文」不是給我們唯一不變的意義，而是為我們提供多種意義的可能性，不是限制理解，而是語言的解放。他說：「沒有終極意義就為表意活動的遊戲開闢了無限境地。」[17]這種觀點必然導致闡釋的多元論和相對主義，導致對讀者和閱讀過程的重視，而符號的遊戲觀念還暗示一種享樂主義的審美態度。這一切與文學語言的關係顯然最密切，德裡達本人也認為，對西方傳統的突破「在文學和詩的文字方面最有把握，最為徹底」，龐德（Ezra Pound）受漢字影響建立的詩歌理論，和馬拉美（Mallarmé）的詩學主張一樣，都是「極頑固的西方傳統中最早的裂口」。[18]在羅蘭・巴爾特的著作裡，這些後結構主義的批評觀念得到了充分的發揮。

---

[15] 羅蘭・巴爾特，《文體及其形象》（*Style and its Image*），見恰特曼（S.Chatman）編《文體論文集》（*Literary Style: A Symposium*），紐約一九七一年版，第10頁。

[16] 德里達，《文字與差異》（*L'Ecriture et la difference*），巴黎一九六七年版，第410頁。

[17] 德里達，《文字與差異》，第411頁。

[18] 德里達，《論文字學》，英譯本第92頁。

三、淡作者到讀者

　　像當年尼采宣稱「神已死去」一樣，羅蘭‧巴爾特現在宣稱：
「作者已經死去！」在他看來，承認作者是作品意義的最高權威，是
「資本主義意識的頂點和集中表現」即實證主義的批評觀念。「互文
性」概念徹底破壞了文學獨創性的幻想，也就推翻了作者的權威。巴
爾特說：「我們現在知道，本文並不是發出唯一一個『神學』意義
（即作者──上帝的『信息』）的一串詞句，而是一個多維空間，其
中各種各樣的文字互相混雜碰撞，卻沒有一個字是獨創的。」如果說
在邏各斯裡，上帝的話與上帝之道合而為上帝的「信息」，那麼否認
作者象上帝一樣有絕對權威，就等於「一種反神學活動，一種真正革
命性的活動，因為拒絕固定的意義歸根結蒂就是拒絕上帝及其三位一
體──理性、知識、法則。」[19]作者不再是語言的主人，在作者寫的
文字裡，意義的遊移連他自己也無法控制，所以他對於自己寫下的文
字也不是主人，只是一個「客人」。[20]作品本文像無數互相對立又互
相關聯的符號交織成的網，每個符號的意義都在那網上閃爍著、遊移
著，「但這種雜多的文字會凝聚到一個地方，這地方就是讀者。」[21]換
言之，本文的意義並不在它自身，而存在於讀者與本文接觸時的體會
中，所以巴爾特說：「本文只是在一種生產活動中被體驗到的」。[22]當
然，不同讀者並不會統一於唯一的理解，他們體會的意義也不可能是
終極意義。

---

[19] 羅蘭‧巴爾特，《作者之死》（*The Death of the Author*），見希思（S.Heath）
　　選譯《形象─音樂─本文》（*Image-Music-Text*），紐約一九七七年版，第143，
　　146，147頁。
[20] 羅蘭‧巴爾特，《從作品到本文》（*From Work to Text*），同上書第161頁。
[21] 羅蘭‧巴爾特，《作者之死》，同上書第148頁。
[22] 羅蘭‧巴爾特，《從作品到本文》，同上書第157頁。

　　從這種後結構主義觀點看來，作品本文越多為讀者的體會留出餘地，就越是令人滿意。巴爾特把文學作品分為兩類，一類以巴爾扎克式傳統的寫實主義小說為代表，是所謂「可讀的」（le lisible）作品，它們把一切描繪得清清楚楚，給人以真實的假像，卻只給讀者留下「接受或拒絕作品的可憐的自由」；另一類以法國「新小說」為代表，是晦澀難讀的作品，讀者不能被動接受，卻必須積極思考，「不再做消費者，而成為作品的生產者」，好像一面閱讀，一面補充作者沒有寫下的東西，參預了寫作活動，這就是所謂「可寫的」（le scriptible）作品。[23]當然，這種分別不是絕對的，最難讀的作品從一定角度看去，也會呈現出連貫可解的面貌，最清楚明白的作品也總會有出人意料之處，也總不是那麼簡單。巴爾特在《S/Z》中，就把巴爾扎克的中篇小說《薩拉辛涅》（Sarrasine）作詳細分析，由此證明似乎清楚的意義其實也十分複雜，可以說這正是把一篇「可讀的」作品變成了「可寫的」一類。巴爾特認為，清楚可讀的作品（主要是傳統作品）只是供讀者消費，所以只能給人一種消費的「快樂」（plaisir）。一般讀者習慣於把閱讀視為一種消費活動，所以遇到難讀的現代作品，往往覺得厭倦乏味。其實感到厭倦不過說明他「無力生產出這作品本文，無力打開它，使它活動起來。」[24]但是難讀然而「可寫的」作品，一旦讀者參預本文的創造，就會體驗到異乎尋常的「快感」（jouissance）。巴爾特這套「享樂主義美學」理論顯然是服務於象新小說這類現代先鋒派作品的，他認為最能打破我們期待、出人意料而難讀的書，都可能提供最大的快感和享受。

　　巴爾特對巴爾扎克作品的分析以及德里達對索緒爾、盧梭等人理論的分析，都是找出似乎清楚嚴密的原作中一些弱點和縫隙，然後努力擴大已經露出的裂口，終於使原來似乎穩定的本文顯出各種遊移不定的

---

[23] 羅蘭・巴爾特，《S/Z》，法文本第10頁。
[24] 羅蘭・巴爾特，《從作品到本文》，見《形象－音樂－本文》，第163頁。

差異，使原來似乎明確的結構消失在一片符號的遊戲之中。這就是所謂「消解」即消除結構（deconstruction）的批評方法。運用這種方法的批評家們「閱讀西方文學和哲學的主要作品，把它們看成邏各斯中心主義的邊界線上的基點，並且以學術界迄今作出的最巧妙的解釋來證明，這些作品其實已經由於運用語言似乎難免產生的矛盾和不確定性而早有了裂痕」。[25]換言之，消解批評往往指出作品本文的自我消解性質，論證不存在恒定的結構和意義。

　　自六十年代末以來，消解大概就是最時髦的批評式樣之一，不僅在法國，而且在其他西方國家，尤其在美國，產生了不小影響。從七十年代初開始，德里達常常到美國講學，耶魯大學的保羅・德・曼（Paul de Man）、米勒（J.Hillis Miller）、哈特曼（Geoffrey Hartman）、哈羅德・布盧姆（Harold Bloom）等人都或多或少把這種批評方法應用于英美文學作品的分析，形成頗有聲勢的所謂「耶魯學派」。德・曼從存在主義轉向後結構主義，提出一切語言都是隱喻，都具有修辭性，無所謂常語和文學語言的分別。米勒從現象學轉向後結構主義，把德・曼這個觀點與德里達關於符號差異本質的觀點結合起來，作出進一步發揮，認為「修辭手法並不是從語言的正規用法引申或者『翻譯』過來的，一切語言從一開始就是修辭性的。語言按本義的即指稱性的用法，不過是忘記語言隱喻的『根』之後產生的幻想。」[26]在德・曼、米勒以及別的一些美國消解批評家看來，語言符號既是符號，就總是替代品，在本質上是任意和虛構的，所以沒有任何語言有嚴格指實的意義。哲學和科學的語言貌似嚴格，實際上同樣是修辭性的隱喻，而文學承認自己是虛構，文學語言總是言在此而意在彼，所以文學最能明白揭示語言的修辭性和含蓄性。文學無須批評家的努力已經在自我消解，批評家的任務不過是

---

[25] 卡勒，《符號的追尋》（*The Pursuit of signs*），倫敦一九八一年版，第43頁。

[26] 米勒（J.Hillis Miller），《傳統與差異》（*Tradition and Difference*），轉引自文森特・里奇，《消解批評引論》，第51頁。

把這種自我消解展示出來而已。我們由此可以明白，為什麼德裡達的消解哲學在美國主要成為文學批評的一種方式。

四、激進還是虛無？

要把後結構主義的消解論講得清清楚楚，並不是那麼容易的事情。這不僅因為它本身不是一種統一而輪廓分明的理論，而且因為它強調的恰好是不可能有什麼清清楚楚，不可能有什麼統一或分明的輪廓。柏拉圖以來的許多思想家譴責語言不能充分傳達意義，但他們的譴責本身卻不能不靠語言來傳達；同樣，德裡達批判自柏拉圖以來這種邏各斯中心主義傳統，但他的批判卻不能不使用邏各斯中心主義所濡染的概念和範疇。這就象站在地上，卻拔著自己的頭髮要離開地球一樣困難。

消解在本質上是否定性的：它否認有恒定的結構和明確的意義，否認語言有指稱功能，否認作者有權威、本文有獨創性，否認理性、真理等等學術研究的理想目標，這種看來與傳統決裂的理論似乎相當激進，而德里達、羅蘭・巴爾特等人對傳統的攻擊的確常常帶著激進的政治色彩。許多論者已經指出，一九六八年五月反政府的學生運動造成法國社會生活和文化生活中一個重大轉折，也是結構主義向後結構主義轉變的歷史原因。英國批評家特瑞・伊格頓認為，這場運動的失敗使法國知識界對於任何制度性、系統性的概念產生反感，轉而傾向於無政府主義的自由放任，結構的概念也就隨之失去魅力。「後結構主義無力動搖國家政權的結構，於是轉而在顛覆語言的結構當中尋得可能的代替。」在這樣的背景上，我們不難理解後結構主義那種否定性質，既然是「從特定的政治失敗和幻滅中產生的」，[27]後結構主義的消解論有一種否定一切

---

[27] 特瑞・伊格頓（Terry Eagleton），《文學理論入門》（*Literary Theory: An Introduction*），明尼蘇達大學出版社一九八三年版，第142，143頁。

的虛無主義傾向，在閱讀時逃避到享樂主義的快感中去，也就不足為怪了。

在理論上，消解論也還有很多困難。德里達認為邏各斯中心主義是西方哲學裡的形而上學，而東方語文，如使用象形字的中文，則超越了這種局限。在這一點上，德裡達對中文的理解大概和龐德一樣，也是一種「創造性誤解」。漢字固然不是拼音文字，但關於語言、文字和思維的關係，中國古人一貫認為語言是思維的記錄，而文字是口語的記錄。漢字本身也由最早只是象形，發展到後來有大量的形聲字。《說文解字》：「詞，意內而言外也」，揚雄《法言》以言為「心聲」，書為「心畫」，《周易·繫辭上》：「書不盡言，言不盡意」，都明顯地分出等級次序，認為意（思維）、言（言語）、書（文字）三者依次存在，文字的表達能力有一定的局限性。換言之，德裡達所謂邏各斯中心主義並非西方獨有，把語言視為思維存在的方式和傳達思維的工具，這是東方西方普遍的認識。我們不禁反過來懷疑，德裡達的批判是否真站得住腳，這種虛無主義思想究竟有多少合理成份？

在文學批評中，全以作者本意為理解和闡釋的準繩，這種實證主義觀點當然是狹隘和武斷的，但把作者和讀者絕對地對立起來，宣稱「讀者的誕生必須以作者的死亡為代價」，[28] 不免又走到另一個極端，否定作者和否定事物的本源互相聯繫，然而天下沒有唯一的本源，並不等於在相對意義上也不存在本源。應當承認，相對於作品，作者就是本源，因為沒有作者就不會有作品，也就談不到閱讀和讀者。當然，作者的寫作又是以讀者的需要為前提，這當中是互為因果的辯證關係。要不是後結構主義者故意誇大其詞，這本是不用說的自明之理。否定作者，也就把作者所處的時代和他的經歷與他作品的聯繫完全切斷，使文學批評成為一種極端的形式主義，這正是新批評、結構主義和後結構主義都

---

[28] 羅蘭·巴爾特，《作者之死》，見《形象－音樂－本文》，第148頁。

擺脫不了的局限。實際上，反對以作者本意為准，說到底是一個權力問題，即誰擁有闡釋的權力，正像路易斯・卡羅爾筆下的矮胖子昏弟敦弟（Humpty Dumpty）對阿麗絲說的，意義的斷定全看誰是主人，看誰說了算。[29]若舉中國讀者熟悉的例子，秦二世時高居相位的趙高可以指鹿為馬，就很能說明問題。作品既然不是作者的私產，對作品的詮釋就不必依作者本意為準，讀者也就獲得了闡釋的權利和自由。在當代文論中，這是一個討論得很熱烈也很有趣的問題。在談到文學闡釋學與接受美學時，我們將對這問題作進一步的探討。就後結構主義的消解批評而言，問題不在於它否認作者的權威，而在於根本否認意義的明確性，把意義的不確定性和相對性誇張到不適當的程度。這樣一來，由於漫無准的，似乎各種印象式的和別出心裁的誤解妄解都有了理由，消解好象滿足於把細針密縫的作品本文拆散開來，證明它原本是一團亂麻。這種做法實際上不可能令人滿意，因為尋求意義永遠是閱讀的一個目的，哪怕這意義是相對的、不穩定的，而消解批評如果只是消解，沒有肯定性的解釋，就不可能作為一種正面的理論起作用。像《浮士德》中的靡非斯特那樣，消解似乎也是一種「否定的精靈」，然而這種精靈終於只是虛無，而由浮士德所代表的人類對真善美的追求，哪怕是永遠達不到終極目的的追求，才超越了消極和虛妄，才是人的活動的真實意義和內容。

---

[29] 見路易斯・卡羅爾（Lewis Carroll），《鏡中世界》（*Through the Looking Glass*）.

神・上帝・作者
——評傳統的闡釋學

　　把異教的神、基督教的上帝和一部文學作品的作者相提並論，並不是有意褻瀆。如果說在宗教的領域裡，人們曾經——甚至有人依然——把創造的榮耀歸於神或上帝，那麼根據類比的邏輯，在文學的領域裡，這種榮耀就可歸於一首詩或一部小說的作者，因為正是他創造了作品。這個類比還有十分重要的另一個方面，那就是神、上帝和作者都愛用隱喻和含蓄的語言。宗教的經典和文學的本文都充滿了可能產生歧義的難解之處，於是解經說文的闡釋就成為一種普遍的需要。古代的巫師和預言者占封圓夢，後來的神父、牧師講經佈道、乃至學者和批評家注疏古代典籍，評論文學創作，雖然內容不同，目的各異，然而就其為闡釋現象而言，卻並非毫無相通之處。

　　在希臘羅馬神話中，口齒伶俐而動作敏捷的赫爾墨斯（Hermes）是為神傳達消息的信使。神的信息從他口中傳出來，既是宣傳，也不能不是一種解釋，而且總是保存著適宜於神的那種莫測高深的玄秘。意味深長的是，希臘人和羅馬人相信他既是雄辯者的保護神，又是騙子和竊賊的保護神，其模棱兩可也就可想而知。正是這位說話暢快而又含糊的赫爾墨斯，這位既給人宣示神諭，其言又殊不可解的神話人物，最能象徵理解和闡釋的種種問題和困難。因此，以研究這些問題、克服這些困難為目的的學科取這位神使的名字，命名為「赫爾墨斯之學」（hermeneutics），也就再恰當不過了。這個字意譯成中文，就是闡釋

學，也有人譯為解經學或詮釋學。

一、闡釋學的興起

　　人類社會生活中隨時隨地會遇到需要理解和說明的問題，所以闡釋現象本來是一個普遍存在的現象。然而闡釋學在十九世紀初作為一種理論建立起來的時候，卻不是講一般的理解和認識過程，而是講對文字的詮釋技巧（Kunstlehre），是一種科學的方法。一方面，自希臘人對荷馬和別的詩人作出解釋開始，歐洲的古典學者們就有一個詮釋古代文獻的語文學的闡釋傳統，另一方面，從教會對新舊約全書的解釋中，又產生了詮釋聖經的神學的闡釋學。這兩方面的傳統都只是局部的（lokale），直到「詮釋從教條中解放出來」之後，由語文學的和聖經的局部闡釋中，才逐漸發展出總體的（allgemeine）闡釋學。[1]

　　把語文學和聖經注疏的局部規則納入普遍適用的原理，建立起總體的闡釋學，這是德國神學家和哲學家弗裡德利希·施萊爾馬赫的功績。正像康德的批判哲學在探討具體認識之前，首先考察認識能力本身一樣，施萊爾馬赫也從具體文字的詮釋技巧歸納出把闡釋過程各個方面統一起來的核心問題，提出所謂「闡釋的科學」。他認為核心的問題是避免誤解。由於作者和解釋者之間的時間距離，作者當時的用語、詞義乃至整個時代背景都可能發生變化，所以「誤解便自然會產生，而理解必須在每一步都作為目的去爭取。」[2]在施萊爾馬赫看來，一段文字的意義絕不是字面上一目了然的，而是隱藏在已經消褪暗淡的過去之中，只有通過一套詮釋技巧，利用科學方法重建當時的歷史

---

[1]　狄爾泰（Wilhelm Dilthey），《闡釋學的形成》（*Die Entstehung der Hermeneutik*），見《全集》（*Gesammelte Schriften*）第五卷，萊比錫一九二四年版，第326頁。

[2]　施萊爾馬赫（F.D.E.Schleiermacher），《闡釋學》（*Hermeneutik*），金麥勒（H.Kimmerle）編本，海德堡一九五九年版，第86頁。

環境，隱沒的意義才得重新顯現，被人認識。換言之，作品本文的意義即是作者在寫作時的本意，而符合作者本意的正確理解並非隨手可得，卻只能是在科學方法指導之下，消除解釋者的先入之見和誤解後的產物。

　　這種對實驗科學方法的注重，是實證主義時代精神的顯著特點，德國哲學家狄爾泰正是在這種精神氛圍中，把施萊爾馬赫的闡釋學發展到更為完善的階段。狄爾泰始終致力於使「精神科學」（Geisteswissenschaften）即人文科學或社會科學關於人類歷史的知識，能夠像自然科學關於自然界的知識那樣確鑿可靠，而要達到這個目的，就必須為認識歷史找到科學的方法論基礎。在狄爾泰那裡，闡釋學正好為「精神科學」奠定這樣的基礎。狄爾泰認為，人不同於一般自然物，他在生活中不斷留下符號和痕跡，即所謂「生活表現」（Lebensäußerungen），後人通過這類表現的痕跡，可以跨越時空距離與他建立起聯繫，通過闡釋認識到這個人，認識當時的生活，也就最終認識到歷史。他說：「如果生活表現完全是陌生的，闡釋就不可能。如果這類表現中沒有任何陌生的東西，闡釋就無必要。闡釋正在於這互相對立的兩極端之間。哪裡有陌生的東西，哪裡就需要闡釋，以便通過理解的藝術將它把握。」[3]

　　最能超越時空而傳諸後世的生活表現，莫過於文字著述，莫過於文學、藝術、哲學等精神文化的創造，所以狄爾泰和施萊爾馬赫一樣，把文字的理解和詮釋看成最基本的闡釋活動。然而我們一旦面對一段文字，立即就面臨一個循環論證的困難：「一部作品的整體要通過個別的詞和詞的組合來理解，可是個別詞的充分理解又假定已經先有了整體的理解為前提。」這樣一來，整體須通過局部來瞭解，局部又須在整體聯

---

[3] 狄爾泰，《歷史理性批判草案》（*Entwürfe zur Kritik der historischen Vernunft*），第一部第二章附錄，「闡釋學」，見《全集》第七卷，萊比錫一九二七年版，第225頁。

繫中才能瞭解，兩者互相依賴，互為因果，這就構成一切闡釋都擺脫不了的主要困難，即所謂「闡釋的循環」（Der hermeneutische Zirkel）[4]這種循環不僅存在于字句與全文之間，而且也在作品主旨與各細節的含義之間。解釋一首詩、一個劇本或一部小說，往往把作品中某些細節連貫起來作為論據，說明全篇的意義，可是這些細節能互相連貫，卻是先假定了全篇的基本意義作為前提。讓我們以李商隱的《錦瑟》為例：「錦瑟無端五十弦，一弦一柱思華年。莊生曉夢迷蝴蝶，望帝春心托杜鵑。滄海月明珠有淚，藍田日暖玉生煙。此情可待成追憶，只是當時已惘然。」據《李義山詩集輯評》，朱彝尊認為這是悼亡詩，於是進而解釋詩中細節說：「瑟本二十五弦，弦斷而為五十弦矣，故曰『無端』也，取斷弦之意也。『一弦一柱』而接『思華年』，二十五歲而歿也。蝴蝶、杜鵑，言已化去也。珠有淚，哭之也；玉生煙，已葬也，猶言埋香瘞玉也。」何焯則認為「此篇乃自傷之詞，騷人所謂美人遲暮也。莊生句言付之夢寐，望帝句言待之來世。滄海、藍田，言埋而不得自見；月明、日暖，則清時而獨為不遇之人，尤可悲也」。又據黃山谷說：「余讀此詩，殊不曉其意。後以問東坡，東坡云：『此書《古今樂志》，云：錦瑟之為器也，甚弦五十，其柱如之。其聲也，適、怨、清、和。』案李詩『莊生曉夢迷蝴蝶』，適也；『望帝春心托杜鵑』，怨也；『滄海月明珠有淚』，清也；『藍田日暖玉生煙』，和也。」這幾種不同的理解都能對詩中具體形象分別作出解釋，這些解釋又反過來支持和「證明」對全詩主旨的解釋。又例如莎士比亞的《哈姆萊特》，歌德認為是寫一個具有藝術家的敏感而沒有行動力量的人的毀滅，柯爾律治認為是一個像哲學家那樣耽於沉思和幻想的人的悲劇，弗洛伊德則認為是寫所謂俄狄浦斯情結，各種理解使解釋者的眼光不同，劇中具體情節也就顯出不同意義，而這些意義又被用來說明對全劇的不同理解。

---

[4]　狄爾泰，《闡釋學的形成》，見《全集》第五卷，第330頁。

正如哈利・列文所說，哈姆萊特愚弄波洛涅斯，故意說天上的雲一會兒像駱駝，一會像鼬鼠，一會兒又像鯨魚，這一妙趣橫生的情節恰恰「簡單明瞭地預示了後來解釋這個劇的情形」。[5]由於闡釋的循環，靈巧的解釋都是「自圓其說」的，各種不同的解釋，只要合乎情理，自成一家之言，就找不到一個絕對標準來裁決其優劣正誤，也就很難使批評家們放棄自己的見解，去接受另一種看法。亞歷山大・蒲伯不是早就說過：

Tis with our judgments,as our watches,none
Go just alike, yet each believes his own.

見解人人不同，恰如鐘錶，
各人都相信自己的不差分毫。[6]

狄爾泰深知這種循環論證的困難。他承認，「從理論上說來，我們在這裡已遇到了一切闡釋的極限，而闡釋永遠只能把自己的任務完成到一定程度：因此一切理解永遠只是相對的，永遠不可能完美無缺。」[7]可是狄爾泰和施萊爾馬赫一樣，最終目的在於達到對過去歷史的認識，對他說來，重要的不是一段文字本身的意義，而是這段文字的作者，不是文字這種生活表現，而是表現在文字中作者當時的生活。所以狄爾泰宣稱：「闡釋活動的最後目的，是比作者理解自己還更好地理解他。」[8]

---

[5] 哈利・列文（Harry Levin），《〈哈姆萊特〉問題》（*The Question of Hamlet*），紐約一九五九年版，第3頁。

[6] 亞歷山大・蒲伯（Alexander Pope），《論批評》（*An Essay on Criticism*），第9-10行。

[7] 狄爾泰，《闡釋學的形成》，見《全集》第五卷第330頁。

[8] 同上書，第331頁。

二、現象學與闡釋學

一九〇〇年以後，狄爾泰在胡塞爾現象學裡為自己的闡釋理論尋求更系統的支持。胡塞爾提出過「走向事物」（Zu den Sachen）的口號，但不是走向經驗中的現實事物。恰恰相反，他認為經驗是不可靠的，只有把經驗的、自然的觀點撇在一邊，使它「暫停」（epoché），才可能在純意識中把握事物不變的本質。顯然，這是一種追求永恆本質的現代柏拉圖主義，因此胡塞爾所說的事物和客體，都是存在於純意識中的抽象物，是所謂「意向性客體」。

在《邏輯研究》中，胡塞爾把意向性客體稱為意義。假定不同的人都在意識中想到某一客體，例如都想到桌子，那麼對於不同人的意向行動說來，這個意向性客體即桌子的意義是相同的、恆定不變的。換言之，不同的人只要作出同樣的意向行動，就能在意識中達到同一客體，得到同樣的意義。狄爾泰把這種觀點應用於通過「生活表現」與別人建立聯繫的理論，認為闡釋別人的生活表現，應當努力排除自己經驗範圍內的主觀成分，重複別人的意向，得出原來的意義。這樣，胡塞爾現象學就為那種以消除解釋者自我、達於作者本意為目的的闡釋學，提供了邏輯依據。

活躍於四十和五十年代的所謂「日內瓦學派」，最直接地把胡塞爾現象學應用於文學批評。這派文評的一個重要代表喬治‧布萊就認為，批評家應當擺脫屬於自己現實環境的一切，直到成為「可以被別人的思想充實的一種內在真空」。[9]在這派批評家看來，批評完全是被動接受由作者給定的東西，作者的自我才是一切的本源，闡釋只是努力回到這

---

[9]　喬治‧布萊（George Poulet），《批評意識中的自我與別人》（*The Self and the Other in Critical Consciousness*），載《辯證批評》（Diacritics）一九七二年春季一期，第46頁。

個本源，而解釋者是一片真空、一塊透明體，不帶絲毫偏見，不加進半點屬於自己的雜質，只原原本本把作者的本意複製出來。就象胡塞爾把現實事物「加上括號」那樣，[10]這派批評把產生文學作品的歷史條件及讀者的感受完全撇在一邊，拒絕加以考慮，只研究作品本文「內在的」閱讀。本文只是作者意識的體現，作品的文體和語義等方面被看成一個複雜整體的有機部分，而把各部分統一成有機整體的，則是作者的頭腦。為了瞭解作者的頭腦，現象學文評並不主張象十九世紀的傳記批評那樣研究作者的身世際遇，卻只注意體現在作品中的作者意識。因此，本文作為作者意識的體現，即狄爾泰所謂生活表現，在現象學文評裡並不具有最重要的價值，只有作者的意識，他的自我和本意才是闡釋的目標。

美國批評家赫施是這種傳統闡釋學在現代文論中的典型代表。赫施自己說，他的全部理論實際上是「試圖在胡塞爾的認識論和索緒爾語言學中為狄爾泰的某些闡釋原理尋找依據」，[11]換言之，是把現象學與闡釋學相結合，同時又吸收索緒爾語言學的某些概念作為補充。赫施在現代文論中相當突出的一點，就是他十分明確而堅決地主張作者是闡釋的最終權威。他的《闡釋的有效性》開宗明義第一章就以「保衛作者」為標題。他主張「客觀批評」，而為了尋找一個客觀的、恒定不變的準繩，就只有把作者奉為唯一的權威，所以他認為，「與作者想要達到的目的不嚴格符合的一切價值標準，都是外在的」。[12]例如弗洛伊德派對《哈姆萊特》的解釋，赫施認為是錯誤的，就因為它所強調的俄狄浦斯情結與莎士比亞本意的那種類型格格不入。

---

[10] 「加括號」（Einklammerung）是胡塞爾借用的數學術語，意為把現實事物置於括號中，暫不考慮。

[11] 赫施（E.D.Hirsch），《闡釋的有效性》（*Validity in Interpretation*），紐黑汶一九六七年版，第242頁注。

[12] 赫施，《闡釋的有效性》，第158頁。

赫施認為意義不可能是個人的，所以意義類型是很重要的闡釋概念，也就是說，不同的人可以共有某一類型的意義。用胡塞爾現象學的術語來說，就是「（在不同時候）不同的意向行動可以指向同一意向目的」；[13]在實際批評中，這意味著批評家應當消除自我，完全以回到作者本意為目的。在赫施看來，意義是作者在他的意向行動中一勞永逸地給定的，批評家只要設身處地，重複類似於作者那樣的意向行動，就能指向同一意向目的，複製出作者的本意。赫施堅持認為，意義（meaning）只能是作者的本意，解釋者由於自己環境的影響，對作者本意的領會往往可能有偏差，這種領會就不能叫做意義，只能叫意味（significance），而闡釋的目標當然不是分析意味，而是複製意義。在這種以作者為中心的闡釋理論中，批評主要成為一種認識過程，成為創作的附庸。這和另一位美國批評家默里·克里格爾的意見頗為一致，因為克里格爾明確地把批評稱為派生於創作的「二等藝術」，它對文學的解釋和評價正確與否，全得用作品本身和作者意識來做檢驗的標準。[14]在這裡我們不難看出，浪漫主義時代把作者即創造的天才加以神化的觀念，仍然在現代文論中返照出最後的光芒。

三、同一性的幻想

以回到作者原意為理想目標的傳統闡釋學，實際上是希望把握住永遠不變的、準確而有絕對權威的意義，任何偏離這一意義的理解和闡釋都可以用誤解這兩個字去一筆勾銷。這種態度是很平常的，例如仇兆鼇自序《杜少陵集詳注》，就有這樣幾句話：「注杜者，必反復沉潛，

---

[13] 赫施，《闡釋的有效性》，第218頁。

[14] 默里·克里格爾（Murray Krieger），《作為二等藝術的批評》（*Criticism as a Secondary Art*），載海納迪（P.Hernadi）編《什麼是批評？》（*What Is Criticism?*），印地安那大學出版社一九八一年版，第284頁。

求其歸宿所在，又從而句櫛字比之，庶幾得作者苦心於千百年之上，恍然如身歷其世，面接其人，而慨乎有餘悲，悄乎有餘思也。」在中國文評傳統裡，可以說這是對闡釋學的一個十分精彩的表述。所謂「反復沉潛」、「句櫛字比」，正是對闡釋循環的描寫，而「得作者苦心於千百年之上，恍然如身歷其世，面接其人」，則生動地指明了闡釋的目標。可是，這種希望超越千百年之上的時空距離，身歷其世、面接其人而與作者的自我合而為一的理想，是否只是一種幻想呢？批評家自以為排除了一切主觀偏見後得到的作者苦心，除了他的直覺和自，信，又有什麼客觀的辦法證明那真是屬於作者本人而非屬於批評家的苦心呢？薛雪在《一瓢詩話》裡恰好也談到杜詩，說是「解之者不下數百餘家，總無全璧」。仇兆鼇的注解，其實也不過諸家之一，並不因為他抱著與詩人本意合一的願望，就能一勞永逸地解決闡釋問題。不要說對過去歷史的理解，就是處在同一歷史環境中，要對作者本意完全理解也不那麼容易。歐陽修與梅聖俞都是大詩人，而且是好朋友，應當說互相理解是沒有問題的。可是歐陽修自己記載說：「昔梅聖俞作詩，獨以吾為知音，吾亦自謂舉世之人知梅詩者莫吾若也。吾嘗問渠最得意處，渠誦數句，皆非吾賞者，以此知披圖所賞，未必得秉筆之人本意也。」[15]由此看來，即便引為知音的詩友，也未見得就能把握住「秉筆之人本意」，更何況千百年之後，時過境遷，再來「重建」或「複製」作者本意，真是談何容易。客觀批評的困難，在於事實上無法完全證明其為客觀批評，批評家自以為得到了作者的本意和用心，但是否真是作者本意和用心，依然不能決然斷定。在這一點上，批評仍然擺脫不了闡釋循環的問題和困難，即批評家自以為客觀的判斷，很可能仍然是主觀的。[16]

---

[15] 見《四部叢刊》本《歐陽文忠公文集》卷一百三十八《唐薛稷書》。

[16] 參見大衛‧布萊奇（David Bleich），《主觀批評》（*Subjective Criticism*），巴爾的摩一九七八年版。

以作者本意為準繩即便可能，對於實際批評說來，也很難有什麼意義。批評的價值並不是或不僅僅是認識過去，而是以今日的眼光看過去。正因為如此，對於過去的經典作品，無論我們是否知道作者本來的用意，都在不同時代作出不同的解釋，不斷從中發掘出新的意義來。如果一切依作者本意為准，大部分最有獨創見解的批評就不能存在，這事實上當然是不可能的。莎士比亞的戲劇、《紅樓夢》等等最具豐富含義的古典名著，儘管已經有了各種各樣的解釋，但好像總還有提供新解釋的可能，對於這類名著的研究和解釋也總還會再繼續下去。換言之，批評是一種社會性的活動，它並不是解釋作者個人，倒更多是為批評家所處的社會解釋作者，或者代表社會說出對作者的體會或感受。批評家並不是作者的代言人，而是他的時代和社會的代言人，真正有創見的批評正是能反映批評家自己歷史環境的批評。

傳統闡釋學的弱點，在它的哲學基礎即胡塞爾現象學中已經看得清楚。追求恒定不變的抽象本質這種柏拉圖式唯心主義，在闡釋學中就表現為追求恒定不變的作者本意。這種作者本意就象柏拉圖式的理念一樣，是超驗的、超時空的、不可及的。解釋者要完全超脫自己的歷史環境，才可能在永恆中與神化的作者交流，然後再把這種神諭傳達給世間的讀者。以赫施為代表這種似乎唯理主義的批評理論，難道不是逐漸轉化為反理性的神秘主義了嗎？從認識論的角度看來，追求恒定不變的作者原意，把它作為絕對標準，就象追求永恆的絕對真理一樣，也只是一種幻想。正像人類整個說來永不可能窮盡真理一樣，批評也永不可能一勞永逸地找出作者本意，然後便停滯不前。對文學作品的認識和人類對整個自然與社會的認識一樣，永遠不會有止境，永遠不會達到枯竭的地步。我們將會看到，闡釋學的進步將不得不以批判胡塞爾的唯心主義為前提，在承認理解和闡釋的具體歷史性這一條件下，對闡釋學的基本概念作出全然不同的解釋。正如羅蘭·巴爾特那著名的口號所提出的，作者—上帝已經死去，當代文論進入了一個沒有上帝的世界。這並不是一

個秩序井然的美好的世界，可是要把死去了的作者一上帝再強加給批
評，卻已經是不可能做到的了。

仁者見仁，智者見智
──關於闡釋學與接受美學

　　大概每一位作者在寫作的時候，都有自己想要傳達的信息，都希望自己的作品被人理解和欣賞，而在很長的時期裡，西方文學批評主要關注的正是如何體會作者的本意，在符合作者原來用意的條件下，再進一步探討鑒賞和批評的問題。可是，且不說瞭解過去時代作者的本意有多困難，就連生活在同一時代、處於同一類環境裡的讀者，也未必就能準確無誤地領會作者原意，像他本人那樣來欣賞和批評他的作品。宋代有名的文學家歐陽修有一段話，就極明白地說出了這種知音的困難。他寫道：

> 昔梅聖俞作詩，獨以吾為知音，吾亦自謂舉世之人知梅詩者莫吾若也。吾嘗問渠最得意處，渠誦數句，皆非吾賞者，以此知披圖所賞，未必得秉筆之人本意也。[1]

歐、梅二位都是名詩人，又互相引為知己，在他們之間尚且存在這樣的差異，對於當時的一般讀者和後代的讀者說來，知音之難也就更是可想而知了。雖然歐陽修談的是鑒賞，但他顯然把理解視為鑒賞的基礎，認為鑒賞方面的差異來源於理解的不一致，即鑒賞者未能體會到「秉筆之

---

[1] 見《歐陽文忠公文集》卷一百三十八《唐薛稷書》。

人本意」。中國古人似乎很早以來就一直有知音難得的意識，也就是關於理解和闡釋差距的意識，而在西方文論中，這種意識則是在近十年中才越來越引起人們的重視，並且引出一系列很有意義的成果，形成了關於文學闡釋和接受的新理論。

一、理解的歷史性

我們每一個人都生活在一定的歷史環境裡，我們的一切活動，包括理解和認識這樣的意識活動，都必然受到歷史環境的影響和制約。傳統的闡釋學卻力求使解釋者超越歷史環境，達到完全不帶主觀成分的「透明的」理解，而把屬於解釋者自己的歷史環境的東西看成理解的障礙，看成產生誤解和偏見的根源。例如闡釋的循環，在傳統闡釋學看來只能是消極的惡性循環，因為它妨礙我們肯定認識的客觀性。對李商隱的《錦瑟》或莎士比亞的《哈姆萊特》，不同的理解導致對作品細節的不同解釋，而細節的解釋又反過來支持和證明對整首詩或整個劇的解釋。這樣一來，局部與整體構成論證的循環，被證明的東西已經是證明的前提，於是作為認識論的闡釋學在論證方法上就遇到無法克服的困難。赫施的客觀批評理論主張一切闡釋以作者原意為准，但究竟作者原意是什麼，仍然需要理解和闡釋來確定，所以仍然擺脫不開循環論證的困難。因此，有人批評他這種幻想解釋者可以超越自己現實環境的理論，是一種「天真的闡釋學」。[2]

德國哲學家海德格爾認為闡釋不只是一種詮釋技巧，他把闡釋學由認識論轉移到本體論的領域，於是對闡釋循環提出新的看法。在他看來，任何存在都是在一定時間空間條件下的存在，即定在（Dasein），

---

[2] 弗蘭克·倫屈齊亞（Frank Lentricchia），《在新批評之後》（*After the New Criticism*），芝加哥一九八〇年版，第263頁。

超越自己歷史環境而存在是不可能的。存在的歷史性決定了理解的歷史性：我們理解任何東西，都不是用空白的頭腦去被動地接受，而是用活動的意識去積極參預，也就是說，闡釋是以我們已經先有（Vorhabe）、先見（Vorsicht）、先把握（Vorgriff）的東西為基礎。這種意識的「先結構」使理解和解釋總帶著解釋者自己的歷史環境所決定的成分，所以不可避免地形成闡釋的循環。在海德格爾看來，「理解的循環並不是一個任何種類的認識都可以在其中運行的圓，而是定在本身存在的先結構的表現」；它不是一種惡性循環，因為它是認識過程本身的表現。換言之，認識過程永遠是一種循環過程，但它不是首尾相接的圓，不是沒有變化和進步，所以，「具決定性意義的並不是擺脫這循環，而是以正確的方式參預這循環」。[3]

　　闡釋學由一種詮釋的方法和技巧變成人的意識活動的描述和研究，就由認識論變成本體論。既然任何存在總是在一定時間空間裡的存在，那麼從存在即從本體論的角度看來，要消除過去和現在之間的歷史距離，要克服解釋者的主觀成見，不僅不可能，而且也沒有必要，因為正是歷史距離使過去時代的作品對現在的讀者呈現出不同面貌，產生新的理解的可能性。在《真實與方法》這部論述新的闡釋學的著作裡，伽達默認為「在海德格爾賦予理解這個概念以存在的意義之後，就可以認為時間距離在闡釋上能產生積極結果」。[4]在新的闡釋學家看來，施萊爾馬赫和狄爾泰等人力求消除的主觀成見，其實正是認識過程中的積極因素。伽達默甚至針對傳統闡釋學企圖消除一切主觀成見的努力，提出「成見是理解的前提」，充分肯定解釋者或讀者在闡釋活動中的積極作用。他所謂成見其實就是海德格爾所謂「先結構」，也就是解釋者的立

3　海德格爾（Martin Heidegger），《存在與時間》（Being and Time），麥克奎利（J.Macquarrie）與羅賓遜（E.Robinson）英譯，紐約一九六二年版，第195頁。
4　伽達默（H.G.Gadamer），《真實與方法》（Wahrheit und Methode），杜賓根一九六〇年版，第281、280頁。

場、觀點、趣味和思想方法等等由歷史存在所決定的主觀成分。這些成分構成他認識事物的基礎即他的認識水平（Horizont），而這個水平必然不同於其他人的認識水平。在理解和闡釋過程中，解釋者的水平並沒有也不可能完全消除，卻在與作品的接觸中達到與別的水平的融和（Horizontverschmelzung）。就文學作品的闡釋而言，這意味著承認讀者的積極作用，承認作品的意義和價值並非作品本文所固有，而是閱讀過程中讀者與作品相接觸時的產物。所以伽達默說，作品的意義並不是作者給定的原意，而「總是由解釋者的歷史環境乃至全部客觀的歷史進程共同決定的」。[5]這種新的闡釋學充分承認人的歷史存在對人的意識活動的決定作用，否認恒常不變的絕對意義和唯一理解，把闡釋看成作品與讀者之間的對話，同時注重讀者對意義的創造作用。在這些基本觀點上，這種闡釋學顯然與德里達、巴爾特等後結構主義者的理論有共同之處，而在此基礎上，閱讀活動與讀者反應逐漸成為現代西方文論一個十分突出而且重要的方面。

二、接受美學簡述

在過去時代的文學理論中，有一個明顯而基本的事實沒有得到足夠的重視，那就是文學作品總是讓人讀的，因此作品的意義和審美價值都是在閱讀過程中才產生並表現出來。第一個系統研究所謂「閱讀的現象學」、把讀者的反應作為重要因素來加以考慮的，是波蘭哲學家羅曼·英伽頓。他認為文學作品的本文只能提供一個多層次的結構框架，其中留有許多未定點，只有在讀者一面閱讀一面將它具體化時，作品的主題意義才逐漸地表現出來。英伽頓分析了閱讀活動，認為讀者在逐字逐句閱讀一篇作品時，頭腦裡就流動著一連串的「語句思維」

---

[5] 同上

（Satzdenken），於是「我們在完成一個語句的思維之後，就預備好想出下一句的『接續』——也就是和我們剛才思考過的句子可以連接起來的另一個語句」。[6]換言之，讀者並不是被動地接受作品本文的信息，而是在積極地思考，對語句的接續、意義的展開、情節的推進都不斷作出期待、預測和判斷。在這個意義上，可以說讀者不斷地參預了信息的產生過程。

由於文學作品充滿了出人意料的轉折和變化，讀者的預測和期待往往不盡符合本文中實際出現的語句，也就是說，其語句思維常常被打斷。英伽頓的文學趣味是傳統古典式的，所以在他看來，「這種間斷或者多多少少地使人感到真正的驚訝，或者激起人的惱怒」。[7]但是，如果一部作品的每句話都符合我們的預測，情節的發展完全在我們意料之中，我們讀來毫不費力，但也感覺不到奇絕的妙處，這種作品必然又枯燥乏味，引不起我們半點興趣。所以，從讀者的實際反應這個角度說來，打破讀者的期待水平，使他不斷感到作品出奇制勝的力量，才是成功的藝術品。就文學作品而言，這意味著本文結構中留有許多空白，這些空白即未定點可以允許讀者發揮想像力來填充。正如沃爾夫崗·伊塞爾所說，「作者只有激發讀者的想像，才有希望使他全神貫注，從而實現他作品本文的意圖」。[8]而激發讀者的想像，就要靠本文中故意留出的空白。就像我們看見山就無法想見山一樣，只有眼前沒有山的時候，我們才可能在想像中描繪出秀麗或嵯峨的山嶺。「文學的本文也是這樣，我們只能想見本文中沒有的東西；本文寫出的部分給我們知識，但只有沒有寫出的部分才給我們想見事物的機會；的確，沒有未定成分，

6　羅曼·英伽頓（Roman Ingarden），《論文學藝術品的認識》（*Vom Erkennen des literarischen Kunstwerks*），杜賓根一九六八年版，第32頁。

7　同上

8　沃爾夫崗·伊塞爾（Wolfgang Iser），《閱讀過程的現象學研究》（*The Reading Process: A Phenomenological Approach*），見湯普金斯（Jane P.Tompkins）編《讀者反應批評》（*Reader-Response-Criticism*），巴爾的摩一九八〇年版，第57頁。

沒有本文中的空白，我們就不可能發揮想像」。[9]

在新的闡釋理論的基礎上，接受美學（Rezeptionsästhetik）於七十年代初在德國最先開始發展起來，沃爾夫崗·伊塞爾和漢斯·羅伯特·堯斯就是這派理論的兩個重要代表人物。伊塞爾發揮英伽頓關於文學本文的未定點在閱讀過程中得到具體化的思想，認為文學作品有兩極，一極是藝術的即作者寫出來的本文，另一極是審美的即讀者對本文的具體化或實現，而「從這種兩極化的觀點看來，作品本身顯然既不能等同於本文，也不能等同於具體化，而必定處於這兩者之間的某個地方」。[10]這種看法試圖避免兩個極端，一個是把作品看成只有唯一一種解釋的絕對主義，另一個是認為每個讀者都可以按自己的方式隨意作出解釋的主觀主義。我們只要看看對同一首詩、同一部小說或劇本有多少不同然而各有一定道理的解釋，就不難明白絕對主義的謬誤。相信文學作品只有唯一一種「正確」解釋的人，實際上往往相信自己贊同那種解釋就是唯一「正確」的解釋，因而正是陷入了一種極端形式的主觀主義。另一方面，伊塞爾在充分承認讀者的創造性作用的同時，又認為讀者的反應無論多麼獨特，都總是由作品本文激發引導出來的。「讀者的作用根據歷史和個人的不同情況可以以不同方式來完成，這一事實本身就說明本文的結構允許有不同的完成方式」。[11]在伊塞爾看來，作品本文的結構中已經暗含著讀者可能實現的種種解釋的萌芽，已經隱藏著一切讀者的可能性。他用所謂「暗含的讀者」（Der implizite Leser）這個術語來表達這一概念，並且明確地說，「作為一個概念，暗含的讀者牢牢地植根于本文結構之中，他只是一種構想，絕不能和任何真的讀者等同起

---

[9] 沃爾夫崗·伊塞爾，《閱讀過程的現象學研究》，見湯普金斯《讀者反應批評》，第58頁。

[10] 沃爾夫崗·伊塞爾，《閱讀活動：審美反應理論》（*The Act of Reading: A Theory of Aesthetic Response*），巴爾的摩一九七八年英譯本，第21、37、34頁。

[11] 同上

來」。[12]真的讀者在閱讀過程中把本文具體化，得出一種解釋，只是以一種方式完成了「暗含的讀者」某一方面的作用，卻必然同時排除了其他方面的作用，排除了別的各種解釋的可能性。換言之，本文的具體化和讀者作用的實現是一個選擇性的過程，這種具體化和讀者作用的實現都只是各種可能當中的一種，只有作品本文和本文結構中暗含的讀者，才是無限豐富的，因為它們包含著各種闡釋的可能性。

羅伯特・堯斯主要從文學史的角度來看待文學的接受問題，即各時代的讀者怎樣理解和鑒賞文學作品。對他說來，作品之所以具有未定性不僅由於本文結構，還由於時代變遷造成的隔閡：由於過去時代和後代的讀者具有不同的歷史背景和期待水平，便必然形成闡釋的差距。堯斯認為，每部作品產生時讀者的期待水平提出一定的問題和要求，文學作品就像是對此作出的回答。研究文學應設法瞭解作品的接受過程，即重建當時讀者的期待水平，然後考察這個水平與各時代讀者水平之間的逐步變遷以及這種變遷對作品接受方面的影響。他認為這種方法可以「揭示對一部作品過去的理解和現在的理解之間的闡釋差距，並且使我們意識到它的接受歷史」。[13]堯斯的目的是用新的觀點和方法去研究文學史，這種文學史不象過去的文學史那樣以作者、影響或流派為中心，而是集中考察文學作品在接受過程各個歷史階段所呈現出來的面貌。

三、讀者反應批評

德國的闡釋學和接受美學把作品與讀者的關係放在文學研究的首要地位來考察，充分承認讀者對作品意義和審美價值的創造性作用。但

---

[12] 同上

[13] 漢斯・羅伯特・堯斯（Hans Robert Jauss），《試論接受美學》（*Toward an Aestheic of Reception*），巴蒂（T.Bahti）英譯，明尼蘇達大學出版社一九八二年版，第28頁。

是，這種理論並沒有把讀者看成意義和價值唯一的創造者，卻把本文結構視為最初的出發點。伽達默認為，「藝術的語言意味著在作品本身存在著意義的過量」。[14]伊塞爾認為，「暗含的讀者」牢牢植根于本文結構之中，本身就是本文結構的產物。在德國闡釋學與接受美學這些主要理論家看來，讀者的創造性活動歸根結蒂是限制在本文結構所提供的可能性之內，讀者作出的種種解釋無論怎樣互不相同，都總可以在作品本身找到一點萌芽或痕跡。總的說來，這種理論最終把理解作品的意義看做主要目的，而讀者的閱讀活動是達到這個目的的必要手段。在以讀者為主要研究對象的理論進一步的發展當中，某些理論家朝著更注重讀者主觀活動的方向邁出了很大的一步。

在美國，注重讀者的理論叫做讀者反應批評，這個名稱比接受美學這個名稱顯然帶著更多心理的和主觀的色彩。已經有人指出，把伊塞爾的德文著作譯成英文，往往使他的理論顯得更「主觀」。[15]美國批評家斯坦利‧費希卻認為伊塞爾的理論太保守，在費希看來，承認讀者積極參預了創造意義的活動，就應當進一步對意義、甚至對文學本身重新作出定義。費希針對新批評派對所謂「感受迷誤」的攻擊，提出「感受派文體學」，認為文學並不是白紙黑字的書本，而是讀者在閱讀過程中的體驗，意義也並不是可以從作品裡單獨抽取出來的一種實體，而是讀者對作品本文的認識，並且隨著讀者認識的差異而變化不定。因此，本文、意義、文學這些基本概念都不是外在的客體，都只存在于讀者的心目之中，是讀者經驗的產物。所以費希宣稱，「本文的客觀性只是一個幻想」。[16]這樣一來，作品本文和讀者之間的界限越

---

[14] 伽達默，《美學與闡釋學》，見《哲學闡釋學》（*Philosophical Hermeneutics*），林格（David E.Linge）英譯，伯克利一九七六年版，第102頁。

[15] 參見布魯克‧托馬斯（Brook Thomas），《讀伊塞爾或對一種反應理論的反應》，見《比較文學研究》（*Comparative Literature Studies*）一九八二年春季一期，第54-66頁。

[16] 斯坦利‧費希（Stanley E.Fish），《讀者心中的文學：感受派文體學》（*Literature*

來越模糊，批評注意的中心由文學作品的意義和內容漸漸轉向讀者的主觀反應。

　　另一位批評家大衛·布萊奇從認識論的角度肯定「主觀批評」，認為「主觀性是每一個人認識事物的條件」。[17]他認為人的認識不能脫離人的意圖和目的，所以處於同一社會中的人互相商榷，共同決定什麼是有意義的，什麼是無意義的以及意義究竟是什麼。布萊奇和費希都常常使用「解釋群體」（interpretive community）這個術語，指的是每個個人在認識和解釋活動中都體現出他所處那個社會群體共同具有的某些觀念和價值標準。布萊奇把認識看成解釋者個人與他所屬那個解釋群體互相商榷的結果，對於解釋者個人的主觀性說來，解釋群體就構成一種客觀的限制。在這個意義上，布萊奇仍然承認主觀客觀的對立和區別。有的批評家對解釋群體的理解卻很不相同，例如邁克爾斯把哲學家皮爾斯（Peirce）的理論和符號學、消解理論糅合在一起，企圖根本取消主觀和客觀之間的界限和區別。他認為，人的思想意識和別的任何事物一樣，都只有作為符號才能被我們所認識，所以「自我和世界一樣，也是一種本文（text）」，「自我本身已經包含在一定的環境之中，即包含在解釋群體或者說符號系統之中」。[18]換言之，解釋者的自我只是一個符號，解釋群體則是一個符號系統，一個符號是受符號系統限制的，所以解釋者永遠不可能完全擺脫這種限制。這種理論在批評實踐中試圖取消主觀客觀的界限，其實際效果必然是使批評家有更多理由相信自己的解釋的正當合理，因為他無論作出怎樣奇特的解釋，都可以說是代表他那個解釋群體的見解而不是他個人的主觀臆斷；與此同時，他也不可能

---

in the Reader: Affective Stylistics），見湯普金斯編《讀者反應批評》，第82頁。

[17] 大衛·布萊奇（David Bleich），《主觀批評》（Subjective Criticism），巴爾的摩一九七八年版，第264頁。

[18] 邁克爾斯（Walter Benn Michaels），《解釋者的自我：皮爾斯論笛卡爾的『主體』》（The Interpreter's Self:Peirce on the Cartesian「Subject」），見湯普金斯編《讀者反應批評》，第199頁。

超脫他那個解釋群體的見解而作出純客觀的解釋。邁克爾斯不僅否認解釋有客觀性，而且否認被解釋的作品和整個外部世界有客觀性。他認為，「獨立自足的主體這一觀念⋯⋯恰恰和獨立自足的世界一樣，都是值得懷疑的」。[19]在否認作品即解釋對象的客觀性這一點上，邁克爾斯、費希和其他一些持類似看法的理論家們，頗能代表當前西方文論中一種傾向，也反映出一種理論的危機。

四、結束語

闡釋學和接受美學以及讀者反應批評在文學研究領域中開拓了注重語言與閱讀過程的關係這一廣闊的天地，使我們意識到許多新的問題，或者從新的角度去看待某些老問題。新的闡釋學給我們證明了闡釋差距的必然性，一旦我們意識到這一點，即意識到對同一事物可以有而且總是有不同的理解，我們就不再堅持文學的鑒賞和批評只能有唯一絕對的解釋。這一點並不新奇，中國有句古話叫「詩無達詁」，說的就是這個道理。在當前西方文論中，新的東西是對閱讀過程中讀者的意識活動十分細緻的分析和描述。這種新的理論的確有力地闡明了讀者在文學接受歷史中的積極作用，使我們意識到多種闡釋的可能性和合理性。對於這種理論可以提出的一個問題，不是在闡釋差距本身，而是在闡釋的價值標準上。也就是說，對同一作品可能作出的各種解釋中，總會有較合理的和不那麼合理的、較有說服力和不那麼有說服力的，簡言之，較好的和較差的解釋。一種全面的文學批評理論必須超出純粹描述的水平，對價值判斷的標準作出合理規定。承認多種解釋的可能性並不能使我們放棄對批評的基本要求，即對文學作品作出價值判斷，而且對好的和不好的批評本身作出價值判斷。對文學作品固然不必像解數學方程那樣只有

---

[19] 同上

一種或兩種解釋，但在多種解釋中，我們應當能判斷哪一種或哪幾種是更令人滿意的解釋，而且說明這樣判斷的理由。審美價值及其標準似乎是當前西方文論家們相當忽略的一個問題，因而也是一個薄弱環節，而這個問題的探討和突破也必然是批評理論的進一步發展所必需的。

　　文學作品的闡釋和接受，從哲學的角度看來，歸根結蒂是一個認識論方面的問題。既然我們的意識是由我們的存在決定的，生活在不同歷史時代和不同社會環境中的人就必然具有不同的意識，對同一作品的理解也必然互不相同。理解的歷史性和闡釋的差距並不是抽象的理論概念，而是生活中到處可以見到的事實。因此，闡釋學和接受美學的基本觀念是我們不難理解和接受的。但是，某些批評家把讀者的作用強調得過分，乃至否認批評和認識的客觀基礎，就走到了另一個極端。新批評派和形式主義者為了強調文學的超功利的特性，認為文學語言是自足的，並不是指事稱物的實用語言；索緒爾的結構主義語言學強調語言符號的任意性，用能指和所指概念的關係代替了名與實的關係即語言與外部世界的關係，符號學和後結構主義的「消解批評」以及某些研究讀者反應的批評家根本否認有獨立于和先於語言的客觀存在，堅持認為作為批評對象的文學作品的本文本身就是讀者意識活動的產物，外部世界就是一種本文，因而外部世界也是意識的產物。這是一種極端的唯心主義，而且和否認認識對象的客觀性的任何唯心主義理論一樣，必然陷入理論上的謬誤。這種理論實際上造成文學批評本身的危機，因為批評對象如果是讀者意識的產物，那麼批評就完全是一種隨意的活動。可是，讀者讀《紅樓夢》或《十日談》或任何現代作品的反應，無論怎樣互不相同，只要這讀者神經正常，就總是對《紅樓夢》或《十日談》或某一部現代作品的反應。如果讀者所反應的對象本身就是讀者反應的產物，那還有什麼讀者反應批評？如果沒有可讀可解的作品先於閱讀和解釋客觀存在，那還有什麼閱讀和解釋？費希等人一方面否認本文的客觀性，另一方面又引進解釋群體的概念來對解釋者個人的反應作一定的限制，

可是解釋群體只是解釋者個人的擴大，這兩者之間是量的差異而沒有質的區別，所以在理論上並沒有多大進步。只有充分承認獨立於解釋者或解釋群體而存在的本文是文學批評的客觀基礎，才可能使批評擺脫理論的危機。

我們在前面說過，中國古人很早就意識到闡釋差距的問題，《易經》繫辭裡有名的話：「仁者見之謂之仁，知者見之謂之知」，後來成為一句常用的成語，就充分肯定了認識的相對性。這裡說的是不同的人對於「道」可能有不同的認識，而「道」並不完全就是知或仁，如果有人因此自信「道」就是他創造的，那更是一種狂想。在我們認識和借鑒西方文論的時候，隨時回顧我們自己豐富的文學傳統，在比較之中使兩種不同的文學批評理論互相補充而更為充實完備，那樣得出的結果必將是更為理想的。在對現代西方文論的主要流派作簡單評述之後，把它們和中國文論傳統進行比較，在我看來是一個非常有意義的研究題目。我希望將來能在這方面作些努力，但更希望我這些評述西方文論的文章能起拋磚引玉的作用，激發更多讀者的興趣來開展中西文論的比較研究，為豐富我們自己的文學鑒賞和文學批評共同努力。

附錄：學術著作年表

此表略去所有書評、翻譯和150餘篇發表於報刊雜誌的短文。

1978年

被錄取為北京大學西方語言文學系英國文學專業碩士研究生，到北大學習。

1979年

第一篇論文《也談湯顯祖與莎士比亞》發表於長春《文藝學研究論叢》頁470-81。

1980年

《弗萊的批評理論》發表於武漢《外國文學研究》1980年第4期，頁120-29。

1981年

獲北京大學西語系碩士學位，留校任教。

《論夏洛克》發表於北京《外國戲劇》1981年第1期，頁57-60。

《錢鍾書談比較文學與「文學比較」》發表於《讀書》1981年第10期，頁132-38。

1982年

編輯《比較文學譯文集》由北大出版社出版。

撰寫「精神分析派」、「牧歌」、「童話」發表在《中國大百科全書》外國文學卷第一和第二冊。

《悲劇與死亡》發表於《中國社會科學》第3卷第3期，頁131-45。此文後來獲中國社會科學青年工作者獎。在北大用英文撰寫的碩士論文全文發表於《中國社會科學》英文版：

「Death in Shakespearean Tragedy,」 *Social Sciences in China*, vol. 3, no. 3, pp. 169-222.

1983年

獲哈佛燕京學社獎學金，到哈佛大學比較文學系讀博士。

注釋華茲華斯（William Wordsworth）和柯勒律治（Samuel T. Coleridge）詩選，發表在王佐良等編《英國文學名篇選注》（北京：商務，1983），頁665-72，699-709。

《莎士比亞的早期悲劇》發表於《北京大學學報》1983年第4期，頁77-87。

《詩無達詁》發表於《文藝研究》1983年第4期，頁13-17。

《管窺蠡測》等9篇文章作為「二十世紀西方文論略覽」專欄，連續發表於《讀書》1983年4月至12月號。

1984年

與溫儒敏合編《比較文學論文集》由北大出版社出版。

《談外國語和外國文學的學習》發表於瀋陽師範學院學報編輯部編《在茫茫的學海中——談科學的學習方法》（瀋陽：遼寧人民出版社，1985），頁215-24。

《神、上帝、作者》和《仁者見仁，智者見智》作為「二十世紀西方文論略覽」專欄最後兩篇，發表於《讀書》1984年2月和3月號。

「Translation as Transformation,」 *Stone Lion Review*, no. 12, Cambridge, Mass., 1984, pp. 20-25.

「The Quest and Question of Poetic Language,」 *Phenomenology Information Bulletin*, vol. 8, Belmont, Mass., 1984, pp. 59-70.

應邀在普林斯頓大學做艾伯哈德・法貝爾1915級紀念講座（Eberhard L. Faber Class of 1915 Memorial Lecture）。

1985年

《維科思想簡論》發表於《讀書》1985年11月號，頁47-53。

「The Tao and the Logos: Notes on Derrida's Critique of Logocentrism,」 *Critical Inquiry*, vol. 11, no. 3, Chicago, March 1985, pp. 385-98。

獲哈佛大學蘇珊・安東尼・玻特比較文學頭獎（Susan Anthony Porter Prize, first prize in Comparative Literature）。

1986年

《二十世紀西方文論述評》由北京三聯書店出版。

《探求美而完善的精神》發表於《讀書》1986年6月號，頁62-71。重印於林道群、吳讚梅編《這也是歷史》（香港：牛津大學出版社，1993），頁38-52。

《佛洛德的迴圈：從科學到闡釋藝術》發表於《九州學刊》第1卷第2期，1986年冬季，頁61-70。

1987年

《傳統：活的文化》1987年5月發表於臺北《當代》第13號，頁23-34。重印於林道群、吳讚梅編《告別諸神》（香港：牛津大學出版社，1993），頁245-63。

《傳統的詮釋》發表於《九州學刊》第1卷第4期，1987年夏季，頁67-76。

「The Letter or the Spirit: The Song of Songs, Allegoresis, and the Book of Poetry,」*Comparative Literature*, vol. 39, no. 3, Eugene, OR., Summer 1987, pp. 193-217.

1988年

「The Critical Legacy of Oscar Wilde,」*Texas Studies in Literature and* Language, vol. 30, no. 1, Austin, TX., Spring 1988, pp. 87-103. 重印於Regenia Gagnier (ed.), *Critical Essays on Oscar Wilde* (New York: G. K. Hall & Co., 1991), pp. 157-71.

「The Myth of the Other: China in the Eyes of the West,」*Critical Inquiry*, vol. 15, no. 1, Chicago, Autumn 1988, pp. 108-31. 重印於Hwa Yol Jung (ed.), *Comparative Political Culture in the Age of Globalization: An Introductory Anthology* (Lanham, Md.: Lexington Books, 2002), pp. 83-108.

1989年

獲哈佛大學胡蔔斯傑出教育獎（Thomas T. Hoopes Prize for 「excellence in undergraduate teaching」）

獲哈佛大學比較文學博士學位，受聘於加州大學河濱分校（UC, Riverside）任教。

「The Tongue-Tied Muse: The Difficulty of Poetic Articulation,」*Critical Studies*, vol. 1, no. 1, Amsterdam, 1989, pp. 61-77.

1990-91年

《游刃於語言遊戲中的錢鍾書》發表於臺北《當代》第66號，1991年十月號，頁112-21。重印於陸文虎編《錢鍾書研究採集》（北京：三聯，1996），頁35-47。

獲加州大學校長人文研究獎（University of California President's Research Fellowship in the Humanities）。

1992年

「Western Theory and Chinese Reality,」*Critical Inquiry*, vol. 19, no. 1, Chicago, Autumn 1992, pp. 105-30.

《自成一家風骨：談錢鍾書著作的特點兼論系統與片斷思想的價值》發表於《讀書》1992年10月號，頁89-96。

出版英文專著*The Tao and the Logos: Literary Hermeneutics, East and West* (Durham: Duke University Press, 1992)，此書1997年有韓國延世大學鄭晉培韓文

譯本在首爾出版；1998年有四川大學馮川中文譯本由四川人民出版社出版，
2006年由江蘇教育出版社重印。

1993年

「Out of the Cultural Ghetto: Theory, Politics, and the Study of Chinese Literature,」
Modern China, vol. 19, no. 1, Newbury Park, CA., January 1993, pp. 71-101. 重印
於*Southeast Asian Journal of Social Science*, vol. 22, Singapore: Times Academic
Press, pp. 21-24.

「The Cannibals, the Ancients, and Cultural Critique: Reading Montaigne in
Postmodern Perspective,」 *Human Studies*, vol. 16, nos. 1-2, Dordrecht, April 1993,
pp. 51-68.

《再論政治、理論與中國文學研究——答劉康》發表於《二十一世紀》第21
期，1993年12月號，頁138-43。

《〈朱光潛美學文集〉讀後雜感》發表於《今天》1993年第4期，頁145-54。

3月做加州大學河濱分校人文研究傑出成就講座（Distinguished Humanist
Achievement Lecture）。

應邀加入《近代中國》（*Modern China*）編輯部。

1994年

《關於幾個時新題目》發表於《讀書》1994年5月號，頁89-98。

《簡論〈文心雕龍〉述文之起源》發表於《學術集林》1994年第1卷，頁159-
72。

「Historicizing the Postmodern Allegory,」 *Texas Studies in Literature and
Language*, vol. 36, no. 2, Austin, TX., Summer 1994, pp. 212-31.

《道與邏各斯》獲美國亞洲研究學會列文森書獎之榮譽獎（Honorable Mention
for the Joseph Levenson Book Prize）。

1995年

「Marxism: From Scientific to Utopian,」 in Bernd Magnus and Stephen Cullenberg
(eds.), *Whither Marxism? Global Crises in International Perspective* (New York:
Routledge, 1995), pp. 65-77.

「Critical Theory and the Literary Text: Symbiotic Compatibility or Mutual
Exclusivity? A Personal Response,」 *Pacific Coast Philology*, vol. 30, no. 1, Malibu,
CA., 1995, pp. 130-32.

「Revolutionary as Christ: The Unrecognized Savior in Lu Xun's Works,」
Christianity and Literature, vol. 45, no. 1, Carrollton, GA., Autumn 1995, pp. 85-97.

應邀加入《中國現代文學》（*Modern Chinese Literature and Culture*）編輯部。

1996年

「What Is *Wen* and Why Is It Made So Terribly Strange?」 *College Literature*, vol. 23, no. 1, West Chester, PA., February 1996, pp. 15-35. 此文由王曉路譯成中文，題為《文為何物，且如此怪異？》刊於《中外文化與文論》第3期，1997年四月版，頁85-105。

《多元社會中的文化批評》發表於《二十一世紀》第33期，1996年2月號，頁18-22。

應邀加入《二十一世紀》編輯部。

1997年

《起步艱難：晚清出洋遊記數種讀後隨筆》發表於《上海文化》第3期，1995年五月號，頁89-96。

《賽義德筆下的知識份子》發表於《讀書》1997年7月號，頁67-71。

《淺談里爾克詩歌語言的困惑與魔力》發表於《今天》第3期，1997年秋季號，頁161-71。

《現代社會與知識份子的職責》發表於黃俊傑編《大學理念與校長遴選》（臺北：臺灣通識教育學會，1997），頁17-34。

《二十一世紀的大學需要什麼樣的校長？》發表於同上書，頁249-63。

《道與邏各斯》韓文譯本在首爾出版。

1998年

「Cultural Differences and Cultural Constructs: Reflections on Jewish and Chinese Literalism,」 *Poetics Today*, vol. 19, no. 2, Durham, NC., Summer 1998, pp. 305-28.

「The Challenge of East-West Comparative Literature,」 in Yingjin Zhang (ed.), *China in a Polycentric World: Essays in Chinese Comparative Literature* (Stanford: Stanford University Press), pp. 21-35.

《什麼是「懷柔遠人」？正名、考證與後現代史學》發表於《二十一世紀》第45期，1998年2月號，頁56-63。

《中國文學中的美感與通識教育》發表於臺灣《通識教育季刊》第5卷第1期，1998年五月號，頁53-64。

《烏托邦：觀念與實踐》發表於《讀書》1998年12月號，頁62-69。

出版英文著作*Mighty Opposites: From Dichotomies to Differences in the Comparative Study of China* (Stanford: Stanford University Press, 1998).

《道與邏各斯》馮川譯中文譯本由四川人民出版社出版。

獲聘到香港城市大學任比較文學與翻譯講座教授。

1999年

《烏托邦：世俗理念與中國傳統》發表於《二十一世紀》第51期，1999年2月號，頁95-103。此文經修訂後，重印於《山東社會科學》第157期，2008年9月號，頁5-13。

《翻譯與文化理解》發表於香港《翻譯季刊》第11-12期，1999年，頁159-71。

《懷念錢鍾書先生》發表於《萬象》第1卷第4期，1999年5月號，頁174-89。

《漢學與中西文化的對立：讀於連先生訪談錄有感》發表於《二十一世紀》第53期，1999年6月號，頁144-48。

《憶周翰師》發表於《中國比較文學》1999年第3期，頁17-22。

《經典在闡釋學上的意義》發表於臺北《中國文哲研究通訊》第9卷第3期，1999年9月號，頁59-67。重印於黃俊傑編《中國經典詮釋傳統（一）：通論篇》（臺北：喜瑪拉雅基金會，2002），頁1-13。

「Debating 'Chinese Postmodernism', 」 *Postcolonial Studies*, vol. 2, no. 2, Abingdon, Oxfordshire, July 1999, pp. 185-98.

「Translating Cultures: China and the West, 」 in Karl-Heinz Pohl (ed.), *Chinese Thought in a Global Context: A Dialogue between Chinese and Western Philosophical Approaches* (Leiden: Brill, 1999), pp. 29-46.

「Qian Zhongshu on the Philosophical and Mystical Paradoxes in the Laozi, 」 in Mark Csikszentmihalyi and Philip Ivanhoe (eds.), *Religious and Philosophical Aspects of the Laozi* (Albany: State University of New York Press, 1999), pp. 97-126.

「Toleration, Accommodation, and the East-West Dialogue, 」 in John Christian Laursen (ed.), *Religious Toleration:* 「*The Variety of Rites*」 *from Cyrus to Defoe* (New York: St. Martin's Press, 1999), pp. 37-57.

2000年

《文化對立批判：論德里達及其影響》發表於三聯-哈佛燕京學術系列第一輯《公共理性與現代學術》（北京：三聯，2000），頁292-308。

《多元文化在二十一世紀》發表於《二十一世紀》第61期，2000年10月號，頁57-59。

「Difficult First Steps: Initial Contact with European Culture in the Late Qing Dynasty, 」 *East-West Dialogue*, vol. 5, no. 1, Hong Kong, June 2000, pp. 25-34.

《走出文化的封閉圈》由香港商務印書館出版。

11月20日應邀在臺灣大學做「我的學思歷程」演講。

2001年

「Translation and the Internationality of Hong Kong,」in Chan Sin-wai (ed.), *Translation in Hong Kong: Past, Present and Future* (Hong Kong: The Chinese University Press, 2001), pp. 255-59.

《此曲只應天上有》發表於成都《視聽技術》2001年9月號，頁59-61。重印於香港《明報月刊》第37卷第2期，2002年2月號，頁92-94。

《試論中國人對宗教的寬容態度》發表於劉述先編《中國文化的檢討與前瞻：新亞書院五十周年金禧紀念學術論文集》（River Edge, NJ: 八方文化企業公司，2001），頁259-80。

《〈中美詩緣〉序》發表於朱徽著《中美詩緣》（成都：四川人民出版社，2001），頁1-8。以《郎費羅的中國扇子》為題，重印於《萬象》第4卷第2期，2002年2月號，頁120-26。

2002年

《哈佛在憶中》發表於《萬象》第4卷第8期，2002年8月號，頁144-53。

《代聖人立言：談評注對經文的制約》發表於臺灣高雄《中山人文學報》第15期，2002年10月號，頁131-42。

《詮釋的暴力：論傳統的政治倫理批評》發表於楊儒賓編《中國經典詮釋傳統（三）：文學與道家經典篇》（臺北：喜瑪拉雅基金會，2002），頁1-14。

《烏托邦》發表於曹莉編《永遠的烏托邦：西方文學名著導讀》（北京：清華大學出版社，2002），頁168-90。

《講評》發表於劉紹銘、梁秉鈞、許子東編《再讀張愛玲》（香港：牛津大學出版社，2002），頁262-64。

「Hermeneutics and the Revival of Classic Studies,」*Reconstitution of Classical Studies*, no. 11, Kobe, Japan, March 2002, pp. 44-51.

「The Utopian Vision, East and West,」*Utopian Studies*, vol. 13, no. 1, St. Louis, Missouri, Summer 2002, pp. 1-20. 重印於Jörn Rüsen, Michael Fehr and Thomas W. Rieger (eds.), *Thinking Utopia: Steps into Other Worlds* (Oxford: Berghahn Books, 2005), pp. 207-29.

與周振鶴、葛兆光合集的《智術無涯》由天津百花文藝出版社出版。

11月任加州大學聖地牙哥分校人文研究中心傑出訪問學人（Distinguished Visiting Scholar）。

2003年

「Maps, Poems, and the Power of Representation,」 in Min-min Chang (ed.), *China in European Maps: A Library Special Collection* (Hong Kong: Hong Kong University of Science and Technology Library, 2003), pp. 23-28.

《我的學思歷程》發表於臺灣大學共同教育委員會編《邁向傑出：我的學思歷程第二集》（臺北：臺灣大學出版中心，2003），頁282-319。

《期待一個成熟的臺灣》發表於龍應台編《面對大海的時候》（臺北：時報文化，2003），頁147-50。

《理性對話的可能：讀〈信仰或非信仰〉感言》發表於《九州學林》第1卷第1期，2003年秋季號，頁340-50。

《關於〈我們仨〉的一些個人回憶》發表於《萬象》第5卷第10-11期，2003年10-11月號，頁23-38。

《諷寓》發表於《外國文學》第6期，2003年11月號，頁53-58。

2004年

《論錢鍾書的英文著作》發表於《文景》12期，2004年1月號，頁4-11。

《西方闡釋學與跨文化研究》發表於臺灣大學《東亞文明研究通訊》第3期，2004年4月號，頁25-29。

《「非我」的神話——東西方跨文化理解問題》發表於《文景》第2期，2004年8月號，頁8-25。重印於鄭培凱編《依舊悠然見南山：香港城市大學20週年文史論文集》（香港：香港城市大學出版社，2004），頁175-206。

《自然、文字與中國詩研究（上）》發表於《文景》第3期，2004年9月號，頁38-42。

《自然、文字與中國詩研究（下）》發表於《文景》第4期，2004年10月號，頁39-45。

「History and Fictionality: Insights and Limitations of a Literary Perspective,」 *Rethinking History*, vol. 8, no. 3, London, September 2004, pp. 387-402.

「The Jewish and Chinese Diasporas」被譯成現代希伯來文發表於以色列特拉‧維夫大學*Zmanim*雜誌第82期，2003-04冬季號，頁24-31。

《走出文化的封閉圈》增訂新版由北京三聯書店出版。

3至4月任多倫多大學人文研究中心傑出訪問學者（Distinguished Visiting Fellow）。

2005年

2月底3月初在多倫多大學做亞歷山大講座（Alexander Lectures）。

「History, Poetry and the Question of Fictionality,」 Grace S. Fong (ed.), *Hsiang Lectures on Chinese Poetry*, vol. 3 (Montreal: Centre for East Asian Research, McGill University, 2005), pp. 66-80.

《歷史與虛構：文學理論的啟示和局限》發表於《文景》第6期，2005年1月號，頁32-39。

《有學術的思想，有思想的學術——王元化先生著作讀後隨筆》發表於《文景》第13期，2005年8月號，頁4-11。

《都市的傳說——上海、香港與〈新傾城之戀〉》發表於《文景》第14期，2005年9月號，頁86-88。

《馬可波羅時代歐洲人對東方的認識》發表於《文景》第15期，2005年10月號，頁16-21。

《滄海月明珠有淚：跨文化閱讀的啟示》發表於《文景》第16期，2005年11月號，頁12-19。

《感懷李賦寧先生》發表於北京大學外國語學院編《李賦寧先生紀念文集》（北京：北京大學出版社，2005），頁162-65。

出版英文著作*Allegoresis: Reading Canonical Literature East and West* (Ithaca: Cornell University Press, 2005).

《中西文化研究十論》由復旦大學出版社出版。

2006年

《毒藥和良藥的轉換：從〈夢溪筆談〉說到〈羅密歐與茱麗葉〉》發表於《文景》第20期，2006年3月號，頁42-53。

《反者道之動：圓、迴圈與複歸的辯證意義》發表於《文景》第24期，2006年7月號，頁56-67。

《走近那不勒斯的哲人——邏輯和詩意想像的維柯》發表於《萬象》第8卷第4期，2006年7月號，頁135-47。

《錦裡讀書記》發表於《書城》第3期，2006年8月號，頁10-14。

《與闡釋學大師伽達默的交談》發表於《萬象》第8卷第8期，2006年11月號，頁109-16。

《中國古代的類比思想》發表於《文景》第29期，2006年12月號，頁56-59。此文的韓文譯本發表於延世大學《真理-自由》雜誌第64期，2007年春季號，頁18-22。

《魯迅論「洋化」與改革》發表於汪榮祖、林冠群編《民族認同與文化融合》（嘉義：中正大學臺灣人文研究中心，2006），頁175-92。重印於《萬象》第9卷第1期，2007年1月號，頁13-23。

「*Penser d'un dehors*: Notes on the 2004 ACLA Report,」 in Haun Saussy (ed.), *Comparative Literature in an Age of Globalization* (Baltimore: Johns Hopkins University Press, 2006), pp. 230-36.

「Two Questions for Global Literary History,」 in Gunilla Lindberg-Wada (ed.), *Studying Transcultural Literary History* (Berlin: Walter de Gruyter, 2006), pp. 52-59.

「Teaching English in China: Language, Literature, Culture, and Social Implications,」《外語教學與研究》, vol. 38, no. 5, September 2006, pp. 248-53. 重印於孫有中、金利民、徐立新編《英語教育與人文通識教育》（北京：外語教學與研究出版社，2008），頁182-90。

「Comparative Literature and the Plural Vision of Discourse,」 in David E. Johnson, Paola Mildonian, Jean-Michel Djian, Djelal Kadir, Lisa Block de Bahar and Tania Franco Carvalhal (eds.), *Comparative Literature: Sharing Knowledge for Preserving Cultural Diversity*, for *Encyclopedia of Life Support Systems (EOLSS)*, developed under the auspices of the UNESCO (Oxford: EOLSS Publishers, 2006) [http://www.eolss.net] 《同工異曲：跨文化閱讀的啟示》由江蘇教育出版社出版。

2007年

《文學理論與中國古典文學研究》發表於《中州學刊》第157期，2007年1月號，頁208-10。

《論〈失樂園〉》發表於《外國文學》第1期，2007年1月號，頁36-42。

《現實的提升：伽達默論藝術在我們時代的意義》發表於《文景》第35期，2007年6月號，頁4-13。

《生命的轉捩點：回憶文革後的高考》發表於《書屋》第118期，2007年8月號，頁16-19。

《錢鍾書論〈老子〉》發表於《中國文化》第25-26期，2007年8月號，頁16-27。

《廬山面目：論研究視野和模式的重要性》發表於《復旦學報》第5期，2007年9月號，頁10-16。演講整理稿重印於《復旦文史講堂之一——八方風采》（上海：中華書局，2008），頁163-202。

出版亞歷山大講座集成的英文書*Unexpected Affinities: Reading across Cultures* (Toronto: University of Toronto Press, 2007).

受歐洲布里爾（Brill）出版社聘請，擔任布里爾中國人文研究叢書主編。

受教育部聘為長江講座教授，2007至2009年在北京外國語大學講學。

2008年

「Marco Polo, Chinese Cultural Identity, and an Alternative Model of East-West Encounter,」 in Suzanne Conklin Akbari and Amilcare A. Iannucci (eds.), *Marco Polo and the Encounter of East and West* (Toronto: University of Toronto Press, 2008), pp. 280-96.

「Vico and East-West Cross-Cultural Understanding,」 in David Armando, Federico Masini and Manuela Sanna (eds.), *Vico e l'Oriente: Cina, Giappone, Corea* (Roma: Tiellemedia Editore, 2008), pp. 99-107.

《現代藝術與美的觀念》發表於《書城》2008年1月號，頁78-83。

《記憶、歷史、文學》發表於《外國文學》2008年1月號，頁65-69。

《資訊時代的知識匱乏》發表於《文景》第43期，2008年3月號，頁70-71。

《文學理論的興衰》發表於《書屋》第126期，2008年4月號，頁54-58。

《五色韻母》由臺灣大塊文化出版。

獲香港城市大學研究大獎（Grand Award）。

2009年

「Vision, Imagination and Creativity,」 *Technology Imagination Future: Journal for Transdisciplinary Knowledge Design*, vol. 2, no. 1, Seoul, June 2009, pp. 1-12.

「What Is Literature? Reading across Cultures,」 in David Damrosch (ed.), *Teaching World Literature* (New York: The Modern Language Association of America, 2009), pp. 61-72.

「Heaven and Man: From a Cross-Cultural Perspective,」 in Jin Y. Park (ed.), *Comparative Political Theory and Cross-Cultural Philosophy: Essays in Honor of Hwa Yol Jung* (Lanham, MD.: Lexington Books, 2009), pp. 139-50. 此文稍經修訂，重印於*Årsbok 2010 KVHAA* [*Yearbook 2010 from the Royal Swedish Academy of Letters, History and Antiquities*] (Stockholm: KVHAA, 2010), pp. 107-18.

「Openness and the Dialogue of Civilizations—A Chinese Example,」 in Michális S. Michael and Fabio Petito (eds.), *Civilizational Dialogue and World Order* (New York: Palgrave Macmillan, 2009), pp. 201-15.

「Humanism Yet Once More: A View from the Other Side,」 in Jörn Rüsen and Henner Laass (eds.), *Humanism in Intercultural Perspective: Experiences and Expectations* (New Brunswick: Transaction Publishers, 2009), pp. 225-31. 此文的西班牙譯本發表於阿根廷出版如下論文集：「Una vez más el humanismo: una mirada desde el otro lado」 [「Humanism yet once more: a view from the other side」 in Spanish], trans. Carlos Alberto Girón Lozano, in Jörn Rüsen and Oliver

Kozlarek (eds.), *Humanismo en la era de la globalización: Desafíos y perspectivas* (Buenos Aires: Editorials Biblos, 2009), pp. 49-57.

《約翰‧韋布的中國想像與復辟時代的英國政治》發表於《書城》2009年3月號，頁5-10。

《雪泥鴻爪：丹麥和芬蘭——北歐紀行之一》發表於2009年11月22日《上海書評》，頁3-4。

《在斯德哥爾摩——北歐紀行之二》發表於2009年11月29日《上海書評》，頁3-4。

《孔子在北歐——北歐紀行之三》發表於2009年12月6日《上海書評》，頁4。

《比較文學研究入門》由復旦大學出版社出版。

獲選為瑞典皇家人文、歷史及考古學院（The Royal Swedish Academy of Letters, History and Antiquities）外籍院士。

2010年

《與王爾德的文字緣》發表於《書城》2010年1月號，頁18-22。

《中西交彙與錢鍾書的治學方法》發表於《書城》2010年3月號，頁5-15。

《對文學價值的信念：悼念弗蘭克‧凱慕德》發表於2010年9月12日《上海書評》，《世界文學時代的來臨》發表於《二十一世紀》第121期，2010年10月號，頁23-27。

「The Complexity of Difference: Individual, Cultural and Cross-Cultural,」 *Interdisciplinary Science Reviews*, vol. 35, now. 3-4, London, December 2010, pp. 341-52.

《靈魂的史詩〈失樂園〉》由臺灣大塊文化出版。

四月12日在哈佛大學做雷拉托‧波吉奧裡講座演講（Renato Poggioli Lecture）；四月15日在衛斯理大學（Wesleyan University）做弗裡曼講座演講（Freeman Lecture）。

應邀擔任美國*New Literary History*（《新文學史》）顧問編輯（Advisory Editor）。

獲選為國際比較文學學會執委會委員。

獲聘為倫敦貝倫德爾基金會（The Berendel Foundation）顧問。

2011年

《一轂集》由復旦大學出版社作為「三十年集」之一種出版。

「Poetics,」 in *The Cambridge Encyclopedia of the Language Sciences*, ed. Patrick Colm Hogan. Cambridge: Cambridge University Press, 2011, pp. 631-32.

「Difference or Affinity? A Methodological Issue in Comparative Studies,」 *Revue de littérature comparée*, Paris, janvier-mars 2011, pp. 18-24.

「Poetics and World Literature,」 *Neohelicon*, Budapest, vol. 38, no. 2, 2011; 319-27.

「The Humanities: Their Value, Defence, Crisis, and Future,」 *Diogenes*, vol. 58, nos. 1-2, Feb. 2011, pp. 64-74. 此文發文譯本先於英文本發表於2010年：「Valeurs, défense, crise et avenir des sciences humaines」［「The Humanities: Their Value, Defense, Crisis and Future」 in French], trans. France Grenaudier-Klijn, *Diogène*, no. 229-30, janvier-juin 2010, pp. 6-23.

「Risky Business: The Challenge of East-West Comparative Studies,」 *Journal of East-West Thought*, vol. 1, no. 1, Pomona, Calif., December 2011, pp. 115-22.

「Reading Literature as a Critical Problem」由鈴木章能(Suzuki Akiyoshi)譯為日本，發表於《英文學研究》2011年三月號》：「危機に瀕する文學の読み」 in 《英文學研究》[*Studies in English Literature*], vol. 47, Konan Women's University English Literature Society, Kobe, Japan, March 2011, pp. 3-16.

《擲地有聲：評葛兆光新著〈宅茲中國〉》，2011年6月發表於臺北《思想》雜誌第18輯，頁287-314。同年七月發表於《開放時代》，頁137-50。

十一月底至十二月初，在復旦大學做光華傑出人文學者系列講座演講。

2012年

《文學、歷史、思想：中西比較研究》由香港三聯書店出版。

《從比較文學到世界文學》由復旦大學出版社出版。

編輯論文集出版*The Concept of Humanity in an Age of Globalization*. Göttingen: V&R unipress, 2012.

「Qian Zhongshu as comparatist,」 in *The Routledge Companion to World Literature*, eds. Theo D'haen, David Damrosch and Djelal Kadir. London: Routledge, 2012, pp. 81-88.

「The poetics of world literature,」 in *The Routledge Companion to World Literature*, eds. Theo D'haen, David Damrosch and Djelal Kadir. London: Routledge, 2012, pp. 356-64.

「Introduction: Humanity and the Diversity of Conceptualization,」 in *The Concept of Humanity in an Age of Globalization*, ed. Zhang Longxi. Göttingen: V&R unipress, 2012, pp. 9-20.

「What Is Human or Human Nature? Different Views in Ancient China,」 in *The Concept of Humanity in an Age of Globalization*, ed. Zhang Longxi. Göttingen: V&R unipress, 2012, pp. 189-201.

「Effective Affinities? On Wilde's Reading of Zhuangzi,」in Zhaoming Qian (ed.), *Modernism and the Orient*. New Orleans: University of New Orleans Press, 2012, pp. 27-37.

「Divine Authority, Reference Culture, and the Concept of Translation,」*Taiwan Journal of East Asian Studies*, vol. 9, no. 1, Taipei, June 2012, pp. 1-23.

《法西斯時代的日本》發表於《書城》2012年3月號，頁5-14。

《闡釋學與跨文化研究》發表於《書城》2012年8月號，頁61-62。

《從比較文學到世界文學》發表於《書屋》2012年8月號，頁4-7。

2013年

《張隆溪文集》第一卷由韓晗主編、台灣秀威資訊科技股份有限公司出版。

「Toward Interpretive Pluralism,」in Theo D'haen, César Domínguez and Mads Rosendahl Thomsen (eds.), *World Literature: A Reader*. London: Routledge, 2013, pp. 135-41.

「Nature and Landscape in the Chinese Tradition,」in Pei-kai Cheng and Ka Wai Fan (eds.), *New Perspectives on the Research of Chinese Culture* (Singapore: Springer, 2013), pp. 1-15.

「Crossroads, Distant Killing, and Translation: On the Ethics and Politics of Comparison,」in Rita Felski and Susan Stanford Friedman (eds.) *Comparison: Theories, Approaches, Uses* (Baltimore: The Johns Hopkins University Press, 2013), pp. 46-63.

《「走出中世紀」的啟示》發表於《書城》2013年2月號，頁18-23。

9月15-19日，當選為歐洲科學院（The Academy of Europe）外籍院士。

2014年

《張隆溪文集》第二、三、四卷由韓晗主編、台灣秀威資訊科技股份有限公司出版。

語言文學類 文學視界55 AG0169

張隆溪文集第四卷

作 者/張隆溪
主 編/蔡登山
責任編輯/林千惠
圖文排版/楊家齊
封面設計/秦禎翊

發 行 人/宋政坤
法律顧問/毛國樑 律師
出版發行/秀威資訊科技股份有限公司
　　　　114台北市內湖區瑞光路76巷65號1樓
　　　　電話：+886-2-2796-3638 傳真：+886-2-2796-1377
　　　　http://www.showwe.com.tw
劃撥帳號/19563868 戶名：秀威資訊科技股份有限公司
　　　　讀者服務信箱：service@showwe.com.tw
展售門市/國家書店（松江門市）
　　　　104台北市中山區松江路209號1樓
　　　　電話：+886-2-2518-0207 傳真：+886-2-2518-0778
網路訂購/秀威網路書店：http://www.bodbooks.com.tw
　　　　國家網路書店：http://www.govbooks.com.tw

2014年10月 BOD一版
定價：360元
版權所有 翻印必究
本書如有缺頁、破損或裝訂錯誤，請寄回更換

國家圖書館出版品預行編目

張隆溪文集 / 張隆溪著. -- 一版. -- 臺北市：秀威資訊科
技, 2014.10-
　　冊；　公分
　　ISBN 978-986-326-092-9(第1卷：平裝). --
ISBN 978-986-326-127-8(第2卷：平裝). --
ISBN 978-986-326-200-8(第3卷：平裝). --
ISBN 978-986-326-252-7(第4卷：平裝)

　1. 文學　2. 比較文學　3. 文集

810.7　　　　　　　　　　　　　102004315

讀 者 回 函 卡

感謝您購買本書,為提升服務品質,請填妥以下資料,將讀者回函卡直接寄回或傳真本公司,收到您的寶貴意見後,我們會收藏記錄及檢討,謝謝!
如您需要了解本公司最新出版書目、購書優惠或企劃活動,歡迎您上網查詢或下載相關資料:http:// www.showwe.com.tw

您購買的書名:_____

出生日期:_____年_____月_____日

學歷:□高中 (含) 以下　　□大專　　□研究所 (含) 以上

職業:□製造業　□金融業　□資訊業　□軍警　□傳播業　□自由業
　　　□服務業　□公務員　□教職　　□學生　□家管　　□其它_____

購書地點:□網路書店　□實體書店　□書展　□郵購　□贈閱　□其他

您從何得知本書的消息?

　□網路書店　□實體書店　□網路搜尋　□電子報　□書訊　□雜誌
　□傳播媒體　□親友推薦　□網站推薦　□部落格　□其他_____

您對本書的評價:(請填代號　1.非常滿意　2.滿意　3.尚可　4.再改進)

　封面設計____　版面編排____　內容____　文／譯筆____　價格____

讀完書後您覺得:

　□很有收穫　□有收穫　□收穫不多　□沒收穫

對我們的建議:_____

_____

_____

_____

11466
台北市內湖區瑞光路 76 巷 65 號 1 樓

秀威資訊科技股份有限公司　　　收

BOD 數位出版事業部

....

（請沿線對折寄回，謝謝！）

姓　　名：＿＿＿＿＿＿＿＿＿　年齡：＿＿＿＿　性別：□女　□男

郵遞區號：□□□□□

地　　址：＿＿＿＿＿＿＿＿＿＿＿＿＿＿＿＿＿＿＿＿＿＿

聯絡電話：(日) ＿＿＿＿＿＿＿＿＿＿＿　(夜) ＿＿＿＿＿＿＿＿＿＿＿

E-mail：＿＿＿＿＿＿＿＿＿＿＿＿＿＿＿＿＿＿＿＿＿＿